算什麼大師 4

懿珊 著

風文創 1127

目錄

第六十一章

林東趁著兩人說話上前看了一眼營業執照上的名字和新鮮出爐的日期，臉色瞬間變得如黑炭似的，總覺得自己這次是掉到陷阱裡了。

「要不這次的事就算了，我們可能認錯地方了。」

王胖子抱著胳膊冷笑道：「你說算了我還沒說算了呢，從我店裡推了好幾千元的東西不給錢，鬧了一上午說算了？我是做生意啊還是陪你玩呢？回頭人人都和你一樣，我這生意還做不做了？」

王燕在旁邊附和道：「老太太往車裡裝的整板的草莓、藍莓都是怕壓怕捂的，這種水果進貨很貴，平時我們賣的時候，拿了是不能放回去的，要不然都無法賣了。」

林東氣得嘴直抽。「怎麼，你們還要強買強賣啊？」

「我們開業這麼久從來沒有強買強賣，東西是老太太自己往車上放的，我們兩個售貨員都沒攔住。」王燕轉頭和警察說道：「總不能既影響我們營業又損壞我們商品，讓我們吃虧吧？」

東西全帶來了，王燕把商品的價目記得明明白白的，一件一件的算了一遍，總共要三千八百九十八元。因為磕碰的原因，草莓有的已經壓扁了，藍莓也破了不少，這兩樣東西是絕對不能退貨的。至於油麵米倒是可以退，不過那將近兩千塊錢的巧克力盒子上面都有劃痕，不知道是林老太往車裡放時被什麼東西刮到的。

王胖子看到金額笑容燦爛。「將近四千元，這可夠得上刑事犯罪了吧？」

看到警察點了點頭，林東慌了。「我花錢買還不行嗎？我給錢！」

警察面無表情地說道：「錢你們肯定是要給的，不能讓人家無辜的商家受損失。而且你們的行為已經構成了犯罪，我們得立案調查。」

林老太心裡有些發慌，伸手抓住了林東的手。「什麼叫立案調查啊？」

林東此時什麼想法都沒了，只想撇清這件事。要是他真的因為這個進去坐牢，不僅丟臉，工作也保不住了，以後他兒子考公務員、找對象都可能受影響。

林東氣急敗壞地將老太太的手甩開，急切地撲到了警察的桌子上。「警察先生，這事可與我沒關係啊！都是我媽拿的。」

警察聽到這話，對他一點好臉色都沒有，斥責道：「那些東西有幾樣是老人用得上的？最貴的就是那酒和巧克力，你也好意思說！」

林東咬了咬牙，伸手掐了林老太一把。「快和警察說這事都是妳自己的主意，和我一點關係都沒有。」

警察看不下去了，拿筆敲了敲桌子。「你不用往你媽身上推，這事你跑不了。那邊監視器都拍到，東西搬到車上以後，你攔著超市的人不給人家搬回去，還把車門都鎖上，在這案子裡，你絕對是主犯。」

林東瞬間就放棄狡辯了。

王胖子從派出所出來去了林清音家，把今天的事詳細說了。王胖子不好意思評價林老太，把矛頭對準了林東。「那個林東是你哥？他可真夠不要臉的，恨不得把所有罪名都栽贓老太太身上，他就是無辜的一朵白蓮花。」

林旭扯了下嘴角笑了一下。「林東是我大哥，我媽最疼的就是他和他的兒子，我們有點什麼好東西，我媽恨不得都搶去給她的大兒子、大孫子。」

王胖子喝了口水說道：「沒想到老太太那麼狠，拿了那麼多東西，都到判刑的金額了。警察說如果得到受害者的諒解可以從輕處罰，我想那畢竟是你媽，老太太年紀大了，便給她寫了和解書。不過林東我沒理他，我看他在派出所一時出不來了，說不定還可能判刑。」

林老太和林東沒占到便宜，反而把自己鬧進了拘留所裡，這下林旭的超市徹底安靜了。不過林旭的二哥林升和姊姊林覽倒是來老房子找過林旭幾次，不過鄰居都說人搬走了，至於搬到哪就不知道了。

林旭的帳戶每個月照常給老太太轉贍養費，但林家人就是聯絡不上他。

過完年後林家人就像是走了霉運，除了鬧事的林東和林老太以外，林覽的丈夫祝付勇在從事銷售經理期間侵吞公司財產的事情也被查出來了，涉案的金額還不小，董事長陳大恆震怒後直接報警，現在祝付勇已經被抓起來立案調查了。

林覽此時後悔得腸子都青了，祝千千也每天埋怨她那天不該去找鄭光燕和林清音的麻煩，他們怎麼也想不通，林清音何時有這麼大的能耐，好像成了什麼了不起的人物。

短暫而快樂的寒假過去了，又到了開學的日子。兩個朋友大半個月沒看到林清音，一見面都興奮地往她身上撲。張思淼也就算了，商伊比林清音還要高半頭，非把頭垂下來在林清音的肩膀上蹭，也不知道脖子疼不疼。

大家兩個多星期沒見，自然很多話要說，張思淼噼哩啪啦說了一堆自己回老家過年的事，還帶了很多好吃的特產回來要給林清音，相比商伊情緒就黯淡多了。

「上次我爸來找妳算過卦以後就回帝都了，果然就像妳算的一樣，我爺爺在一個月後就去世了。我爺爺在帝都的家業還不小，為此他的兩個私生子一直嚴防死守，天天把他們的兒子往我爺爺身邊送，防賊似的防我爸。」

商伊嘆了口氣，有些苦惱地說道：「我爺爺這個人也挺奇怪的，他重男輕女，覺得我爸只有我一個女兒以後不能繼承他的家業，為此十幾年沒和我爸聯繫，還認回來兩個他在外面的私生子。可他去世後的遺囑卻把老宅和產業都留給我爸，他的兩個私生子只分到一些存款和股票，那兩人不服，說遺囑是假的、是被篡改的，這都鬧了快半年。」

張思淼聽得目瞪口呆。「商伊，沒想到妳家還是豪門啊！」

商伊被張思淼沒心沒肺的話給逗笑了。「什麼豪門啊？本來我爸只想陪我爺爺最後的時光，根本就沒去想遺產的事，可誰知道老爺子早就把遺產公證好了。」想起只見過一面的爺爺，商伊對他的感情十分複雜。「那個老頭脾氣太怪也太拗，他覺得女孩不能繼承家業。可又嫌他的幾個孫子都是私生子生的，不是他正經的家人。我那兩個叔叔謀劃了十幾年最後落得一場空，當下就氣瘋了。」

林清音聽著兩人說話，手指飛快地剝著松子，一顆一顆地往嘴裡扔，嘴都沒閒著。看著商伊滿腹心事的樣子，林清音才寬慰道：「當時我給妳爸算卦的時候就和他說了，雖然過程比較波折，但結果是好的。」

張思淼同情地看著商伊。「現在情況怎麼樣了？」

商伊說道：「過年的時候我們去了帝都，住在我家的老宅四合院裡。我聽我爸和我媽說，我那兩個叔叔似乎還在埋怨、不甘心。可過年那幾天我那兩個叔叔忽然像是換了一個人，不但不再提遺囑的事，還樂呵呵的帶著老婆孩子回老宅過年。」

張思淼立刻說道：「不是在謀劃什麼吧？」

「我也這麼覺得。」商伊苦惱地說道：「雖然那四合院已經是我爸的了，但是之前我兩個叔叔在那裡都有房間，又是我爺爺離開的第一年，我爸不好把他們攔著，便讓他們回去住了。可是他們回去的第二天，妳送給我爸的護身符就化成了灰。」

林清音吃松子的動作一頓。「妳的護身符有沒有事？」

商伊搖了搖頭。「我爸見護身符化成灰了，趕緊讓我媽帶著我回齊城，我走的時候把我的護身符給他了。」

商伊說到這，有些害怕地拉住了林清音的胳膊。「清音，我叔叔會不會用什麼陰招害我爸啊？」

林清音有些無奈地看著她。「妳怎麼不早和我說啊？」

「我爸不讓。」商伊可憐巴巴地說道：「他說他能處理，不讓我打擾妳過年，可我怕我那兩個叔叔使壞，總覺得他們不安好心。」

林清音丟下松子。「別急，我先算一卦！」

林清音問商伊她父親的生辰八字後搖了一卦，果然卦象透著大凶，不過因為被護身符擋了一下，暫時沒有太大的危險，但根源並沒有解決。

林清音用拇指撓了撓太陽穴。「妳說一開學我就請假，老師會答應嗎？」

商伊想了想，說道：「我問題是不大，我已經決定高中畢業就出國了，老師對我們這種都會睜一隻眼閉一隻眼，只要不擾亂課堂秩序其他都好說。不過妳就難說了……」商伊湊過來道：「我上次去辦公室的時候，在走廊裡碰到了王校長和你們班導師于老師，我聽他和王校長說想讓妳參加什麼數學競賽呢。」

「我沒答應啊。」林清音伸了個懶腰。「有那時間我出去算卦多好。」

張思淼看了看商伊又看了看林清音。「清音，那商叔叔的事怎麼辦啊？要是于老師不給妳請假怎麼辦？」

林清音聞言從口袋掏出手機看了看日期。「今天報到，按照慣例明天會發新課本順便講期末考試的試卷。之後兩天要舉行開學考試，這加起來就有三天時間，足夠我去帝都一趟了。」

商伊聽了以後激動得眼淚都出來了，伸手摟住林清音的胳膊又在她肩膀上蹭了蹭。「多謝小大師！」

既然林清音都肯為她請假去帝都，那商伊更沒什麼好猶豫的。「上晚自習之前我去和老師請假，然後訂明天一早的高鐵票。從齊城只要三個小時就能到帝都，我讓我爸來接我們。」

兩人商量好了各自去班導師辦公室請假，商伊的請假理由很委婉，表示自己有緊急事要去帝都。商伊的班導師知道商伊是打算出國留學的，對於這種學生來說，雅思成績比高考更重要。商伊的班導師以為她要去帝都上什麼短期的英語培訓班，十分痛快地準假。

而林清音的請假就很隨意，她根本就沒找理由，到班導師跟前直截了當地說道：「于老師，我要請三天假，得到帝都去給人算個卦。」

于承澤摀著臉。

心好累，我想靜靜！

于承澤雖然教學時間比起老教師並不算太長，但是他自問也帶過七、八年的學生，也算是有經驗的老師了。在這種私立學校裡，各種專長的學生都有，但是林清音這個專長他真的是第一次見。不過好在他之前親眼看她給學校改了風水，還順便治好校長的禿頭有過心理建設，但過去了幾個月，他都快忘了林清音不但是學生還兼職神棍的事了，能不能不要一開學就給他這麼大的衝擊。

看著林清音坦坦蕩蕩的表情，于承澤有些一言難盡。「明天我們還要講期末考試的卷子。」

林清音不明所以地看著他。「我幾乎都滿分了還用聽嗎？」

這個回答簡直讓人無力招架，但是于承澤依然不甘心的試圖垂死掙扎。「後天還有開學考試呢？」

林清音笑了。「考試是為了檢測學生的學習情況，我覺得我掌握的已經挺好了，考試對我來說挺浪費時間的。再說了，我總考第一也不太適當，總得給第二名一點希望嘛，你說是不是？」

這理由簡直讓人都不知道該怎麼反駁了，于承澤被林清音給氣笑了。「妳還真的去帝都算卦啊？公園算卦已經滿足不了妳了嗎？」

「真的得去。」林清音正色說道：「這次是人命攸關的大事，要不然我也不會特地找你請假，總不能為了考試，眼睜睜看著別人被害吧？」

于承澤是知道林清音的本事的，也知道林清音不會在這種事上撒謊。于承澤一邊簽假條，一邊語重心長地勸。「我們學校課程的講解深度和廣度比重點高中還是差了許多，妳要是真覺得學校的課程不夠，妳可以考慮參加數學競賽，其他的任課老師們可以根據妳的進度單獨給妳補課。」

林清音伸手將于承澤簽了字的假條接過來，笑咪咪地拒絕。「老師，我真的不想參加。我那飯卡還有好幾萬塊錢呢，要是出去參加競賽集訓，等畢業了飯卡裡的錢沒吃完怎麼辦？可不能浪費了！」

于承澤絕望地揮了揮手。「去算妳的卦吧！」

翌日一早，林清音和商伊吃完早飯後出了學校，王胖子的車已經在校門口等著了。

王胖子雖然沒有算卦看風水的天分，但是他就喜歡這一行，覺得眼界大開。更何況王胖子在人際交往和處理事務方面很有一套，有他管瑣事，林清音除了算卦的事其他都不用操心，因此不管去哪兒都習慣帶著他。

因為出發的急，普通的票都賣完了，商伊訂了三張商務座，第一次坐火車的林清音對寬敞的座椅和高鐵風馳電掣的速度都很好奇，土包子第一次出省了！

和林清音當了許久的室友，商伊已經十分了解林清音的喜好，帶了滿滿一書包的零食，讓林清音從上車吃到下車，足足三個小時嘴就沒停下，早上吃了三個大包子的王胖子硬生生看餓了。

嘴裡叼著向商伊要的牛肉乾，王胖子心裡非常感慨。

也就是小大師會算卦賺得多，要不然一般人家實在養不起她，太能吃了！

知道林清音要來，商伊的爸爸商景華親自來接。王胖子到了商家老宅以後忍不住嘖嘖稱讚，商家老宅是古色古香的二進四合院，保存得十分完整，地理位置又相當不錯，光這一間房子就不知道價值幾億，也怪不得商景華的兩個私生子弟弟那麼眼紅。

商家老宅有專門宴客的花廳，廚房就設在花廳的裡間，做菜上菜都方便，商景華直接請他們在家裡吃飯。

商伊發現才分別了五、六天，商景華看起來明顯的憔悴許多，她連忙焦急地問道：「爸，我給你的護身符還在嗎？」

商景華從口袋裡掏出一個紅色的小袋子，將裡面的護身符拿了出來，原本鮮亮的顏色消失，整個護身符都泛灰了。

商伊的眼眶一下子就紅了，伸出手背擦了下眼睛。「爸，你當初就不應該讓那兩人住進來！」

「當初不是想著你爺爺屍骨未寒，他們再怎麼樣也是我同父異母的弟弟……」商景華搖了搖頭。「還是老爺子看人眼毒，他去世前告訴我，等他沒了以後就不要和那兩人有太近的來往，是我太婦人之仁了。」

商景華這人本來就很感性，要不然當初也不會為了商伊和她媽媽放棄家產遠走齊城。他對兩個異母弟弟倒是抱持著善意，只可惜人家並不稀罕他這個礙事的哥哥。

桌面剛擺上涼菜，林清音想等菜全上都還要一陣子，倒不如先趁著這個時候把有問題的地方解決。

商家老宅是最傳統的二進院子，商景華住的是前面的正房，林清音繞著正房前走了一圈，最後在中間的一塊地磚上踩了踩。「拿東西把這個地磚撬起來，把底下東西挖出來，順便拿個火盆過來。」

商景華趕緊找來東西，王胖子拿鐵鍬一撬，那塊地磚輕而易舉地被翻了過來。王胖子拿鐵鍬往地上鏟了兩下，道：「這下面的土被人翻過，很鬆。」

說著一用力掀起一鐵鍬土，裡面露出一個紅布包裹，林清音連忙指著商景華準備好的瓷盆說道：「直接放盆裡。」

王胖子雖然不知道裡面包了什麼，但是從布裡面隱隱約約散發出來的惡臭就知道不是好東西。

正月的風大，風一吹臭味更濃了，商景華掩著鼻子問：「小大師，這要怎麼處理？」

「燒掉！」林清音也捂著鼻子退後了兩步。「你家裡還有黃表紙吧？拿一些過來。」

商家的老爺子離世不到半年，家裡的黃表紙香火都備了不少，商景華取了一沓過來。林清音把黃表紙展開，拿出符筆沾了硃砂往上畫了一道符。別看林清音只在最上面那張黃表紙上畫，等她將符筆遞給商伊後把手裡的黃紙一抖，每張紙上都有一個一模一樣的圖案。

林清音也沒讓王胖子拆那紅包裹，直接將手裡的黃表紙往瓷盆裡一撒，緊接著盆裡的黃表紙燃燒了起來，發出了噼哩啪啦的聲響。

林清音讓王胖子看著火盆別讓火熄滅了，她指了指正房問商景華。「你現在住在那裡？」

商景華點了點頭。「對，以前我家老爺子住在東邊的屋子裡，等我搬回來以後就住在西邊那間，東邊保持著原樣沒動。」

林清音將大衣的領子立了起來。「我們去東邊那個屋子看看。」

正房平時沒落鎖，商景華直接推開房門請林清音進去，房子擺著成套的紅木雕花的家具，看起來十分的沈重。

林清音站在廳堂打量一番，忽然轉頭問道：「你這間房子平時都是誰打掃？」

商景華說道：「我爸活著的時候家裡有一個廚師、一個司機和兩個四十來歲的保姆。廚師李大叔跟了我爸二十多年，那兩保姆也在這個老宅子工作了三、四年，反正這房子也需要有人打掃收拾，我就沒讓他們走。」

林清音呵呵了一聲。「廚師、司機先暫且不說，那兩個保姆你可以好好審審了。」林清音說著走到廳堂裡主位的椅子前蹲下，從椅子下面拉出來一張符紙，把它撕得粉碎。

商景華見狀頓時臉上的顏色就變了，那是他每天都要坐的椅子。他之前在這裡陪老爺子的時候看過保姆打掃，別說椅子底下，就是椅子腿腳下面都會擦得乾乾淨淨，要說保姆打掃時沒有發現，他是絕對不信的。

把那張符紙碎片捏在手裡，林清音又推開東邊的房門，這是商老爺子生前的住處，裡面的家具擺設還和之前一模一樣，只是桌子上多了一張老爺子的照片，前面擺了新鮮的鮮花水果和供品。

林清音環視了室內說道：「你父親死後，你兩個弟弟經常來這個房間吧？」

商景華點了點頭。「他們經常過來祭拜，我不好攔阻他們盡孝心。」

林清音看了商景華一眼說道：「剛才我們在院子裡發現的紅布包裹和在廳堂發現的符紙都不是最要緊的，最致命的東西在這間屋子裡。」

商景華環顧了房間一圈，他對這裡並不陌生，他在這間屋子陪了老爺子一個月，連晚上都是睡在一起的，可他看不出這個房間有什麼變化。

「是不是哪裡又貼符紙了？」商景華說著蹲下來往床底下看了一眼，這一看不打緊，差點嚇得他頭髮豎了起來，踉蹌地往後倒退兩步跌坐在地上。「床底下好像躺著個人。」

老爺子睡的木頭床也是老式的，床板離地面有大約四十公分高，平時床單垂下來半擋著，若不是蹲下來還真看不見裡面有東西。

林清音伸手把立在床頭的枴杖拿過來，往床底下一勾，將底下的那個「人」給勾了出來。商景華這才看清楚，那其實是一個紙紮人套著一身衣服，床底下光線不足，乍一看就像真人似的。

紙紮人十分精細地描繪了五官，細看和商景華有幾分的相像。林清音拿枴杖挑開衣裳，裡面用硃砂寫了商景華的八字，八字周圍貼了一張又一張的符紙，上面描繪了各種可怖的符咒。

商景華臉色很難看，從他兩個弟弟回來祭拜老人到現在至少一個多星期了，這個房間一天要打掃兩遍，這麼大一個紙紮人放在床底下，他不信那兩個保姆沒看見。

商景華看到林清音把符紙掀起來，上頭也畫了各種亂七八糟的東西，看得他有些頭皮發麻。

「小大師，這要怎麼辦？扔火盆裡直接燒掉嗎？」

林清音看了他一眼說道：「看到這八字周圍的符咒了嗎？這是一個附身咒，有了這個符咒，這個紙人就和你真人一模一樣，它遭受什麼樣的待遇，都會在你身上體現。只不過現在這紙人才在這躺了十天，效力還不強，等它在這待夠七七四十九天，你弟弟再把這紙人取走，那真是他想讓你怎麼死你就怎麼死了。」

第六十二章

商景華臉色難看地問道：「大師，為什麼要在這裡躺四十九天啊？」

「害人的東西沒那麼輕易就做成。在風水學中，房子分八個方位，東方是震卦方位，代表著長子。」林清音指了指床說道：「這個房間是整間正房最東面的屋子，床又在房間的最東面，只要用合適的陣法，再將寫了你八字的紙人放在震卦方位上，只要四十九天就能變成你的替身了。」

林清音將符筆取了出來。「好在替身還不成形，很容易破解。」說著林清音將符筆拿了出來，沾了硃砂在紙人上不停的勾勾畫畫，將上面的符咒一一破開，最後用硃砂筆在八字上一抹，徹底抹掉了這個紙人和商景華之間的關聯。

林清音這才站起身來說道：「趁著院子裡的火沒滅，將這個扔火盆裡燒了。」

商景華不敢耽誤，把衣服一攏將紙人抱起來，挾到胳膊底下就衝了出去，眼看著擺在院子中間的火盆裡的火快要熄滅，商景華趕緊將手裡的紙人扔進去，也不管能不能放得下。火苗碰到紙人後竄了半公尺高，瞬間將紙人和衣服燒得乾乾淨淨，只留下了一盆灰。

林清音走到門口前的位置，點了一塊地磚說道：「胖哥，把這塊地磚撬起來，挖個坑將灰埋在這裡面。」

王胖子連忙扛著鐵鍬過去，和剛才那塊活動的地磚不同，這塊地磚幾乎和土地黏在一起了，王胖子費了好大的力氣才撬開，按照林清音說的把那盆灰都放到坑裡，然後蓋上一層薄薄的土。

林清音拿符筆在土上畫了一道符，掏出幾個鵝卵石丟在裡面，這才讓王胖子將地磚蓋回去。

王胖子放好地磚後怎麼看都覺得高出來一點，他扔下鐵鍬，在上面使勁地蹦踏幾下，把地磚弄得平平整整看不出一點痕跡，這才把多餘的土攏了攏丟到樹根底下。

商景華圍著那塊大地磚轉了好幾圈，有些不解地問林清音。「小大師，這又是幹麼的？」

「去晦氣的，這裡是大門口，每天出來進去的所有人都會踩到這裡，踩得越多，你身上的運勢越好。」林清音嘴角露出一抹狡猾的笑意。「不過對於『晦氣』來說就不太好了，天天被人在腳底下踩著，你說能順嗎？」

商景華這才恍然大悟，惡狠狠地往地磚上踩了兩腳，總算是出了一口惡氣。

家裡的一個廚師、兩個保姆都在廚房忙活，之前商景華覺得在家裡吃飯口味好又清靜，可他現在知道家裡的兩個保姆都被人收買了，再吃這飯就有些不安心了。尤其當其中一個保姆將一盆熱氣騰騰的羊蠍子端上來的時候，他都有點想問她有沒有往裡下毒。

林清音看著商景華憂心忡忡的樣子，洗了手在桌邊坐下，挾了一塊羊蠍子啃了一口，羊里肌肉鮮嫩入味還不腥膻，滋味相當不錯。

「其實你不用擔心那麼多，他們要是敢直接下手，就不用繞這麼一大圈。畢竟現在找一個能畫這種符咒的高人，比買毒藥可難多了。」林清音用牙齒咬下來一大塊肉，輕笑了一聲。「再說，我猜你那兩個弟弟也不是多大方的人，收買的錢頂多能讓人睜一隻眼、閉一隻眼。要是讓人下毒，他們還出不起錢。」

既然小大師說沒事，商景華倒是能安心吃這頓飯了，不過他也打算等吃完飯後就把這兩個保姆辭退了，至於廚師還得讓小大師看看。

冬天的飯菜多以溫補為主，帝都的口味和齊城差不太多，林清音吃得格外順口。等吃完了飯，商景華將兩個保姆都叫了過來，當著林清音等人的面直截了當地問道：「妳們收了商景天、商景中多少錢？」

兩個保姆臉色一下子就變了，支支吾吾不承認。縱然商景華是個好脾氣，看這兩人不乾不脆也很不耐煩，看著比自己大不了幾歲的保姆他冷笑道：「我這段日子是比較忙，但不代表著我就好欺負，椅子底下是什麼？老爺子的床底下擺了什麼？還要我一一說明嗎？」

看著兩個保姆尷尬的神色，商景華冷笑了一聲。「妳們也不用解釋，也不必說不是有心的，我商景華不是任由妳們糊弄的傻子。」他往外一指。「因為這個月過年，薪水都提前給妳們了，回去收妳們的東西給我走人。多拿一樣或者留下什麼不乾淨的東西讓我發現了，我直接報警。」

兩個保姆本身就是貪小便宜被說動的，一人拿了五千塊錢，打掃的時候假裝沒看到那些詭異的東西。她們原本以為也不是什麼大事，因為除了她們根本就不會有人蹲下去看看床下、椅子底下有什麼東西，可沒想到居然這麼快就被發現，還丟了一份高薪的工作。

兩個人不管怎麼懊惱後悔都沒用了，收拾完東西互相埋怨地離開。在帝都找工作很容易，但是像商家這種吃好、住好、事少、薪水不少的工作卻難找到了。

等保姆離開以後，廚師老李清洗好砧板出來，特別直接地說道：「我能猜到她倆是因為什麼事走的，肯定是受了那兩人的收買。其實景中和景天私下都曾拉攏過我，可我就是個廚子，除了做飯別的事我都不管。」

商景華無奈地笑了笑。「其實我也能理解，畢竟我回來沒多長日子，而我那兩個弟弟卻在家裡住了好多年，你們和他們感情深也是可以理解。」

「你不用套我話，我和他們不一樣。」老李說道：「我在老爺子身邊待了這麼多年，除了老爺子我誰都不認。你別看我只是個廚師，這麼多年來，老爺子苦悶的時候就只喜歡和我喝兩杯說說話。在這家裡，沒有誰比我更了解老爺子，從始至終，他心裡就只有你一個繼承人。我給他當了這麼多年的廚師就只聽他一人的，你願意我留下，我就跟著你，你要是不放心，我自己收拾東西走。」

商景華有些遲疑地看了眼林清音，林清音笑了笑，大大方方地說道：「這個人做飯很好吃，說話也挺老實的。」

商景華這才如釋重負地鬆了口氣。「我剛才真的是有些杯弓蛇影了……」話還沒說完，外頭傳來了敲門聲，司機老張打開門，只見商景天、商景中帶著一個老頭和一個眼熟的山羊鬍走了進來。

林清音一看就笑了，這可是冤家路窄啊！

過年那會兒，商景華雖然知道兩個弟弟對他心懷不滿，但是看在老爺子剛過世，他就讓他們進來了，可沒想到這兩人趁人不備弄了這麼一堆害人的東西。現在商景華都發現了，再讓他們進來他就是真傻了。

商景華推開門朝老張罵。「先看清楚是什麼東西再開門，回頭家裡少了東西算誰的？」

商景中虛情假意的笑容還沒擠出來就僵在臉上，有些不是滋味的瞥了商景華一眼。「大哥你這話是什麼意思？把我和老三當賊防啊？」

商景華眼睛往地下一掃，看他正好站在那塊埋了灰的瓷磚上，皮笑肉不笑地說道：「也不單純是擔心家裡丟東西，更害怕你們落下點什麼東西就不好了。」

商景中和商景天兩人對視了一眼心裡都有些不安，但卻不好把話說破。這兩人之前無論是在院子裡埋的污穢之物，還是在椅子後面貼的符紙都不算是陣法。那床底下的假人倒是真會害人，但是因為放的時日短還沒成氣候，所以這三樣東西即便是被毀了，商景中和商景天兩人也沒什麼感覺，還不知道商景華已經發現了他們做的手腳。

他們這次過來純粹是湊巧，他們請的大師楊金海的師弟山羊鬍正好從魯省過來。楊金海對自己做的假人十分自得，便想帶他來看看自己的本事，順便再看看有沒有其他可以下手的地方。

楊金海見商景華這個態度就知道哪裡露餡了，不過他倒是一點都不著急，反而推開商景中走了進來。「你是景華吧，我是你父親的老朋友了，我剛從國外回家就聞到噩耗，所以讓景中和景天帶我過來祭拜一下老爺子。」

商景天緊跟著說道：「大哥你可能不認識楊金海，父親在世的時候經常請楊先生來家裡喝茶。」

商景中在旁邊呵呵了一聲，略帶諷刺地說道：「大哥不認識也是正常的，畢竟十多年沒回家，父親有哪些朋友你可能都不知道。」

「楊金海嗎？」商景華嘴角露出嘲諷的笑容。「我父親臨走之前特意交給了我一本小冊子，上面寫了他的每一個朋友的情況，就是怕我對不上人怠慢了他的朋友，可我怎麼不記得上面有楊先生的大名呢？」

這下別說楊金海了，就連商景中和商景天兩人都說不出話了。老爺子到底有沒有給商景華一本這樣的冊子，兩人都不確定。畢竟自從商景華回來後，老爺子就沒見過他倆，整日只讓商景華陪。

見騙是騙不過去，商景中沈下了臉。「怎麼，我們兄弟倆連祭拜父親的資格都沒有了嗎？這房子可是父親留下來的！」

「父親把這房子給我了，現在我是房主。」商景華擋住去路絲毫不肯退讓。「若說要祭拜，我覺得你們去墓地看看，總比兩手空空的來家裡更顯得心誠一些。」

這話簡直是赤裸裸地打兩人的臉，商景中見商景華不給面子索性也撕破臉了。「你今天就是不讓我進去了對吧？」

「是！」商景華將胳膊抱在胸前，面無表情地看著他。「難道你還敢硬闖？」

商景中磨了磨牙，氣急敗壞地說道：「既然這樣你就別怪弟弟我心狠！」他轉身走到楊金海旁邊，小聲的嘀咕。「大師，你用上次埋的那個東西給他點教訓。」

商景華雖然聽不清兩人說什麼，但是有林清音在他心裡格外的踏實。

楊金海這種人心術不正卻又自視甚高，他抱著害人的目的過來，人家不待見他，他還覺得被落了面子，非得想出這口氣。只見他從衣服裡掏出一張黃表紙，用手一搓冒出綠色的火光被他往空中一丟，臉上露出了惡意十足的笑容。

半分鐘過去了……

一分鐘過去了……

那張黃表紙都燒光了，院子裡也沒什麼動靜，商景華低頭看落在地上的灰，有些不解地問道：「你是特意跑我們家院子丟垃圾？」

看著商景華嘲諷的表情，楊金海覺得十分尷尬，他這次過來本來是想在師弟面前炫耀自己的能耐，可現在倒讓自己下不來臺了。

楊金海眼裡閃過一絲狠戾，從口袋裡掏出一張有些破爛的符紙，露出不捨的表情。這可是他壓箱底的寶貝，要不是今天想給商景華一個教訓，他是捨不得用這張符紙的。

手指一捻，那張符紙急速地朝商景華襲來，縱然商景華只是一普通人也能感受那張符紙裡的邪惡氣息。他下意識想避，就在這時那張符紙忽然拐了個彎，繞過商景華朝另一個方向飛去，輕飄飄地落在一個女孩的手上。

山羊鬍看到不知什麼時候出來的林清音臉色都變了。「怎麼又是妳這個死丫頭。」

「這才幾天不見啊，你的嘴怎麼還是不乾不淨。」林清音手指輕輕一捻，楊金海壓箱底的寶貝就化為了灰燼。

楊金海看到這一幕臉都心疼得扭曲了，情急之下伸手又掏出一張符紙丟過去。這次林清音連接都懶得接，從口袋裡摸出一粒瓜子彈出去，和那張符紙在半空中撞在一起，只聽「砰」的一聲，符紙爆燃，幾秒鐘就燒得乾乾淨淨連灰也不剩。

楊金海臉色有些凝重，知道自己這是碰到對手了。山羊鬍遠沒有楊金海的本事，他很多東西只流於表面卻又自命不凡，總覺得天下比他厲害的沒幾個。他眼中的自己和真實的自己，簡直隔了八層濾鏡。

他不認識楊金海的符紙，自然就不知道林清音這一手有多厲害，反而因為那套別墅沒有到手而憤憤不平，低聲向他師兄嚼舌根。「師兄，這就是我在琴島遇到的那個丫頭騙子，特別會耍嘴皮，在琴島哄得事主眉開眼笑只聽她一個人的。」

「他是你師兄？」林清音輕笑了一聲。「你暗害師弟居然又拜了個師父，你怎麼沒給他下毒啊？你這師兄看著倒是比你強一些，起碼能分得清東西南北。不像你，給人家看個風水沖煞位置都看不懂，你說你師父當初是不是被你氣死的呀？」

山羊鬍氣得鬍鬚一翹一翹的，倒是楊金海十分冷靜地攔住了他，眼睛陰狠地盯著林清音。「這位小友，我看妳年紀輕輕的也有些真才實學，最好為自己的前途著想，別一入行就得罪了不該得罪的人，以後連怎麼死的都不知道。」

林清音笑了。「這句話我也送給你，既然來了，肯定不會讓你們這麼輕易走了，做過壞事沒有報應，豈不是太便宜你們了？」她看了商景中和商景天一眼。「你們不是總對遺產分配憤憤不平嗎？我幫你把你家老爺子請上來，讓你們好好聊聊。」

林清音話音剛落，王胖子就十分有眼力的遞上了裝著石頭的袋子，林清音一揮手，幾十個石頭同時被丟出去，將商景中四人團團圍了起來，只見他們茫然的環視了一眼，同時跌坐在地，臉上不約而同地露出驚慌失措的神情。

看到這一幕，別說商家的廚師和司機，就連商景華都有些迷糊。他不由得回想起林清音的話，臉色頓時變得十分複雜。「小大師，您真把我父親的……那什麼……魂魄……」

看著商景華吞吞吐吐的樣子，林清音直截了當地問道：「你是想問我是不是真把魂魄請上來和他們談心？」

商景華沈重地點了點頭，雖然他有些後悔這麼多年都沒回帝都，直到父親臨死前才回來陪他一個月，可是這不代表著他不害怕他爸爸的魂魄，怎麼說那也是鬼啊。

林清音一眼就看穿了商景華的想法，忍不住笑了。「想什麼呢，這世界上哪有那麼多的鬼啊？你以為我還真能從陰曹地府給你請個鬼魂上來啊？」

商景華傻愣愣地點頭，他還真相信林清音有這個本事。林清音把玩著一顆石頭說道：「不過是個幻陣而已，在裡頭內心所有的東西都會放大，包括恐懼。當然，什麼陣都可以人為控制……」林清音說著又拿起幾塊石頭來，狡黠一笑。「他們要是安分守己就算了，要是總想用這些邪門歪道的手段，我不介意讓他們和『老爺子』多聊聊天。」

此時陣裡，商景中和商景天看著眼前半透明的老爺子瑟瑟發抖，他們確實不滿老爺子把幾乎所有的家產都給了商景華，覺得自己兄弟兩個白裝了這麼多年的孝子賢孫，心裡十分不平衡。

可是再不平衡，也不代表著他們想和老爺子來爭論這件事，老爺子活著的時候，他們見他都如老鼠見了貓似的，站在他面前都恨不得立軍姿，更別說這人死了以後又出現在他們面前了。這時候他們根本就不想分什麼財產了，只想趕緊拿衣服擋擋，別讓老頭子看出來他們尿褲子了。

商景中和商景天看到的場面還算溫和，老爺子起碼只說話沒動手，可楊金海和山羊鬍兩人經歷的就慘多了。他們跟著同一個師父學的時候就不是走正路，這麼多年來不知道害過多少人。山羊鬍能耐不行，害人程度有限，大部分是坑事主，而這個楊金海有能耐又心狠手辣，為了錢什麼生意都接，甚至做法害死過人命。

楊金海經歷的幻境類似於心魔，他變成被自己害的人，一遍遍的經歷那些痛不欲生以及讓人絕望的痛楚，甚至體驗了各種死亡姿勢。如果他真的咬牙度過去了，他魔心堅固將迎來天雷劫；如果沒度過去，天道審判，會降天雷懲罰。

說白了，無論什麼樣的結果，出來都要挨雷劈。

這個陣法是神算門給剛入門的弟子檢驗心魔用的，林清音擺的是簡化版本，不過即便這樣就已經讓陣法裡面的四個人十分絕望了。

林清音掏出手機看了眼時間，不急不慢地說道：「先讓他們在裡面待兩、三個小時吧，冷靜冷靜也能好好反省。」

司機老張看著坐在院子門口的四個人像發羊癲瘋似的，不由得嚇到直哆嗦。這幾個人都閉著眼睛但卻一臉痛苦、渾身抽搐，怎麼看怎麼嚇人，他忍不住問：「真的不用叫個救護車嗎？」

林清音似笑非笑地看了他一眼。「你要是不放心，也可以進去坐坐，好好回憶背著主家收別人錢的時候是怎麼想的。」

老張老臉臊得通紅，其實他這些年也沒少收商景中兩兄弟的錢，其實並不是讓他做什麼特定的事，就是有事的時候行個方便。以前他給老爺子開車的時候，兄弟倆不過是問問老爺子去哪兒了，等老爺子死了以後商景華繼承了家業，兄弟倆又像以往那樣送錢來，他當時有猶豫，但最後還是貪婪戰勝了職業道德。

老張知道這女孩是個大師，人家既然這麼說，肯定是算出來了，自己還不如痛痛快快先辭職，省得像那兩保姆似的丟臉。

商景華之前繼續雇用他們，只不過是不願意讓人說他苛責老員工，但這幾個人雖然伺候他父親的時候都盡心盡力，但是對他還真不如商景中兩兄弟好。

就像老張，按理說有外人上門，他怎麼也要先問問商景華才能把人放進來，可無論哪次商景中兩兄弟來他都直接放進來，甚至有一次商景華晚上回來，才發現那兩兄弟早就在正房裡待了許久。

商景華早對老張有些意見了，見他過來跟自己說要辭職，他連挽留都懶，給他一個紅包將他送出門算是給面子了。廚師老李看到這一幕有些感嘆，既傷懷認識多年的人一眨眼都走光，又有些生氣他們為了蠅頭小利連是非都不分。

普通老百姓家裡，兒女長大了各自成立了小家都得有距離有分寸，像這麼有錢的人家，三個兒子又不是同母的，他們這種外人就更不能插手了。現在倒好，人家三兄弟直接在明面上撕破臉，像兩個保姆和老張這種私下裡收了兩兄弟好處的，除了捲鋪蓋走人以外真的是沒有別的選擇了。

老李不禁看了一眼還帶著一點嬰兒肥的林清音，沒想到居然有這麼年輕的大師，若是老爺子早些遇到這個大師說不定還能再多撐幾年，可惜了。

商家的老爺子作為丈夫、作為父親都是特別渣的人，因為想要孫子逼走了大兒子十幾年，自己倒是美滋滋的領回來兩個私生子，等身體不行了又開始嫌棄兩個私生子品行不好也沒能耐，除了給一些零頭供他們生活外，所有的財產都留給自己婚生的大兒子，最終這三個兒子都被他折磨得夠嗆。

商老頭雖然能折騰，但不得不說人家會投胎還會賺錢，才能在這種地段擁有這麼大，保存又完好的四合院。林清音圍著四合院轉了一圈，便對房子的布局了然於心，轉頭對商景華說道：「我可以幫你在這裡擺一個風水陣，招財聚氣，人丁興旺之類的都可以。」

第六十三章

商景華搖了搖頭。「什麼招財、人丁興旺對我來說沒什麼用處，我在齊城的時候就有自己的公司，雖然在我家老爺子眼裡不算什麼，但是比起大部分人家已經強上很多了，現在我又繼承了家產，錢對我來說只是數字而已，再多其實也沒什麼用。至於人丁興旺就更不用提了，我老婆生伊伊的時候傷了身體，不能再生育了，老爺子就因為這個逼我離婚，我這才帶她們母女一去齊城就是十幾年。」

商景華長嘆了一口氣。「我可不想像老爺子似的弄私生子回來，鬧得全家不得消停。至於伊伊以後結婚生子的事是她自己決定，不過我私心希望她最多生一次就行了，別要那麼多的孩子。」想起妻子當年的生產經歷，商景華至今還有些後怕。「女人生孩子太危險了。」

商伊有些無語地看著商景華。「老爸，人家清音問你想布什麼陣法，你直接說就好了，幹麼扯到我身上？我還沒高中畢業呢！結婚至少也是十年後的事。」

「結不結都好，反正爸爸有錢，養得起妳。」商景華哈哈大笑起來，親暱地揉揉商伊的頭髮，說道：「請小大師幫我布一個讓家人健康平安的陣法就行，您看布陣法需要什麼玉或者什麼法器，我這就去準備。」

想要身體健康的話，布一個聚靈陣就可以，每天有靈氣沖刷著身體，肯定身體棒、胃口好，吃什麼都香。更何況帝都有龍脈，商家的這套四合院就離龍脈很近，紫氣加上靈氣會讓聚靈陣的效果翻倍。至於讓全家平安也不難，在聚靈陣上增加轉運聚氣的陣法就可以。

林清音向王胖子要來紙筆一邊寫需要的用品，一邊說道：「這幾樣東西都必須要品質好的，尤其玉器絕對不能輕忽。你這宅子的位置好，別的地方布上陣法可能幾年、十幾年就失去效果了，但是你這裡附近有龍脈，只要玉買得好，龍脈會源源不斷地給陣法補充靈氣，陣法就能一直運轉下去。」

商景華也聽商伊說過林清音特別喜歡玉，也有不少人跟她求玉刻的護身符。他之前聽到父親身體出問題的時候來得太過匆忙，來不及給家人買玉符，現在正好把林清音請過來，想乾脆把護身符一起配齊。

商景華說道：「家父留下來很多古玉，有首飾、有擺件、有沒雕刻過的玉石，小大師看看有沒有可用的。」

「古玉？」王胖子有些咂舌。「要是普通的古玉也罷，若是裡頭有那種有來歷的就貴了。」

商景華對錢財一直很佛系，要不然當初也不會放棄這麼大的家業跑到一個小城市待那麼多年。聽王胖子說有來歷的之前，商景華笑著說：「有喜歡的你們隨便拿，都是身外之物，沒必要那麼在意。」

林清音對古玉很感興趣，商景華帶著他們來到老爺子儲放東西的庫房，打開一層層的鎖後，一排排架子險些讓王胖子跪下。「商先生，你家也太有家底了吧？東西多得都用架子裝。」

商景華笑了笑。「都是一代代傳下來的。」

林清音先到裝著古玉的架子看了看，品相都很好，但是很多古玉隨著年代的流逝，裡面的靈氣不是很濃郁，倒不如買新玉更好。倒是有一塊玉墜靈氣濃厚又和商伊的八字相合，林清音將它選了出來準備用它給商伊刻護身符。

林清音挑挑選選，幫他們一家三口都選好玉交給王胖子，這才問商景華。「我可以在這裡轉轉嗎？」

商景華連忙說道：「您隨便轉都行，喜歡什麼我送您，這一陣子多虧小大師照顧我們家商伊，這次我家有事您又專門請假過來，我該好好謝您的。」

林清音得到商景華的允許以後，沒有東瞧西看，而是徑直朝最裡面的一個櫃子走去。王胖子還第一次見到林清音腳步這麼急切，趕緊快步跟上，等他看到林清音拿出來的東西時有些愣住了，那是一個核桃大小石頭，灰撲撲的看起來很不起眼。

商景華也不認識那是什麼，若不是林清音從櫃子裡把它拿出來，他還以為是從哪個石堆裡撿的。

「小大師您喜歡這個？」商景華有些糾結地說道：「這個不像是什麼好東西啊！要不然您再瞧瞧那邊，古董字畫什麼都有。」

林清音笑了笑。「我挺喜歡這個的，剛好對我有用。」

商景華趕緊遞過來一個袋子讓林清音裝上，忍不住勸道：「要不您再多挑幾樣，王大師您也選選。」

林清音摸著手裡的石頭喜不自禁，而王胖子是小富即安的那種，對這些古董都欣賞不來，於是他隨意挑了一串木頭的手串，大小戴著合適看起來又沒那麼貴重。

商景華見狀有些發愁。

大師怎麼都這麼佛系呢？他想送禮都送不出去，真是頭疼。

四個人已經待在陣法裡一個多小時了，在幻境中的商景中等人已經不記得自己是怎麼來到這麼個古怪的地方，在他們眼裡看不到老宅，也看不到商景華、林清音，他們每個人都深陷在自己的心魔裡。

商景中看著鏡子裡自己的年輕模樣，神情有些恍惚，他不知道自己為什麼要站在鏡子前，也不知道自己要做什麼。

「阿中，你打扮好了嗎？」一個上了年紀的女人推門走了進來。「好了我們就走吧。」

商景中有些茫然。「媽，我們去哪兒啊？」

「當然是去見你的親生父親。」女人嗔怒地打了他一下，不滿地說道：「你怎麼每天都渾渾噩噩的，連這種大事都忘了。我和你說，你見他以後一定要討好他，他要是給你改名改姓什麼的你都答應，當初我只跟了他一晚，他就給我買了間房子呢。」

商景中眼睛一下子就亮了。「那以後我就是有錢人家的少爺了？」

「當然了！」女人笑得無比開心。「以後洋房豪車都是你的。」

畫面一轉，商景中發現自己面前坐著一個威嚴的男人，而自己旁邊還有三個和自己差不多大的男孩子。

「就是他們？」商老爺子露出一絲嫌棄的神情。「親子鑑定沒出錯吧？」

站在旁邊的助理直接將文件遞了過來。「樣本送到了三家不同省分的鑑定機構，不會出錯的。」

商老爺子點了點頭，端起放在手邊的紅茶說道：「我可以把你們接回家裡，也可以給你們車、房、錢，但是你們必須改名。另外有一點你們要記住，以後這家產和你們無關，都別給我起那些見不得人的心思。」

當時的商景中還不知道商老爺子的家產有多少，他聽到房、車、錢三個字就已經心花怒放了，在他眼裡這已經是了不得的家產，忙不迭地點頭答應。「我聽您的。」

就這樣，他和另一個願意改名的男孩子被帶回了商家，他被改名叫商景中，另一個叫商景天。剛回商家的時候他被老爺子給的巨額生活費砸暈了頭腦，覺得這是世界上最好的生活，可在商家住了兩年後，他不滿足只拿到這些生活費了。都是老爺子的親生骨肉，憑什麼他不能繼承家產？

這時老爺子的鬼魂突然出現在商景中面前，陰惻惻地看著他。「你忘了當初讓你回來的時候怎麼和你說的了，要不要再提醒你？」

看著越來越逼近的老爺子，商景中大喊了一聲，褲子又濕了一大片。

林清音站在陣法外面嫌棄地捏住鼻子，再看看商景天也是這副德行。

王胖子蹲在楊金海和山羊鬍面前打量著這兩個人，楊金海那張老臉扭曲得像鬼似的，不知道正經歷什麼可怕的事情，相比之下山羊鬍看起來狀態倒是更好一些，不過總是用手一遍遍的掐自己的脖子。

林清音看了山羊鬍一眼，冷笑了一聲。「這個人本事不行還總是狂妄自大，遇到比他厲害的就覺得是自己時運不濟，心裡總是想掐死人家。」

王胖子簡直要笑尿了。「我看他還是直接把自己掐死算了，免得看誰都不順眼。」

一陣北風颼過，溫度又降了幾分，王胖子站這麼一會兒就覺得腳有點發冷了，不由得用力跺跺腳。

林清音雖然要教訓這幾個人，但也不想他們在這院子裡出事。她踏進陣法，先在楊金海頭上用靈氣畫了一道符，暫時可以遮掩一下氣息，免得一出陣法就被雷劈，倒成了麻煩事。有了這道靈氣畫的符，還能讓他多活二十四小時。

林清音看這幾個人都已經凍透了，一揮手將陣法撤了下來。商景中先一步醒了過來，睜開眼睛以後倉皇地爬起身，可剛站起來就撲騰一下摔倒在地，嘴正好磕在一塊布陣法用的鵝卵石上，直接把牙給撞掉了，滿嘴都是血。

商景華看見嚇一大跳，剛想走過去看看嚴不嚴重，可商景中看到他就像是見了鬼，捂著嘴鬼哭狼嚎地站起來，一瘸一拐地跑走了。商景天雖然比商景中醒來的晚了點，但是他的表情和剛才跑掉的那位一模一樣，看著站在自己面前的商景華都快哭了，使勁地把屁股往後挪。「我錯了，我不敢了，我再也不要家產了，你千萬別讓爸再來找我了，求求你了，我不要了。」

商景華傻眼看著自己的兩個異母弟弟屁滾尿流地跑了，心裡不由得有些感慨，也不知道他們在幻境裡看到了什麼，居然連惦記了十幾年的家產都放棄了。

楊金海和山羊鬍因為壞事做太多，在心魔劫裡險些出不來，還是林清音踢過去兩個石頭將兩人砸醒的。兩人都懂一些陣法，在幻陣裡的經歷讓他們心有餘悸，這次就連十分自大的山羊鬍都不敢嘴賤，攙扶著楊金海狼狽的走了。

商景華見狀鬆了口氣，要是事情不解決，他真的不敢把妻子女兒接過來，他一個人身體壯一些還能扛著，可他老婆身體那麼弱，非生病不可。

再三謝了林清音後，商景華帶他們到早已準備好的房間休息，還讓老李晚上多準備些好菜，商景華自己開車出去親自採購林清音要的法器和玉石。

只要有錢就沒有買不到的東西，更何況商家在帝都也有些地位。商景華只用了兩個小時就帶回來林清音要的所有的玉石和法器。

布好了陣法，林清音難得的連晚飯都沒吃，直接回到了自己的房間，還特意囑咐商伊和王胖子，無論聽到什麼動靜都不要進去打擾她。

林清音盤腿坐在床上，從口袋裡掏出了那塊從庫房裡拿出來的灰撲撲的石頭，手指微微一用力，像石頭一樣的外殼紛紛落下，露出裡面奪目的樣貌。

感受到晶石散發出來的靈氣，林清音深吸了一口氣，臉上露出愉悅的笑容，她怎麼也沒想到居然在這個世界還能遇到一塊極品靈石。而且這塊極品靈石是被封在這石頭裡的，靈氣一點都沒有消散，足夠她用來突破了。

突破對很多修煉的人士來說是終生難邁的關卡，可對林清音這種天資卓越又有過修煉經歷的人來說卻是水到渠成。如今水夠了，她只用不到一天時間就完成了很多人需要閉關數年才能邁過的門檻。

商伊是個乖學生，見家裡的事情都辦完了，便想著早點回學校上學。林清音摸了摸她的腦袋，笑咪咪地說道：「出都出來了，也不差這一天，再說還有好戲沒看呢！」

商伊一臉茫然。「什麼好戲啊？」

很快她就明白林清音說的意思，之前一直陰沈沈飄雪花的帝都突然在下午打了個巨雷。緊接著不到幾個小時網上就出現了新聞，巨雷劈碎一家窗戶，火球直接鑽了進去，一個老頭當場身亡，另一個渾身上下燒傷百分之八十。

林清音看著新聞不禁搖頭。

想當年她一個人獨扛九天神雷，直到最後一道天雷才被劈死，相比之下這些人身體太差了，連普普通通的雷都扛不過，丟人！

與此同時，商景中兄弟倆看著新聞裡眼熟的地點和人名，連滾帶爬躲進了廁所裡，緊緊地把門關上，嚇得哇哇大哭起來。

嗚嗚嗚，不就謀劃個家產嘛，不是見鬼就是遭雷劈，這也太嚇人了！

林清音為期三天的帝都之行無比的順利，不但把商景華的麻煩給解決了，自己的修為也更上了一層，關鍵是她還嚐到了道地的帝都菜，好吃又合口味，要不是怕回去晚了被于老師念叨，她真的想再多待幾天，還有一家味道特好的涮涮鍋她還沒去吃呢。

商伊買了第三天下午回去的高鐵票，臨行前商景華給林清音轉了一筆巨額的感謝費，讓林清音有些不好意思，畢竟她和商伊是朋友，她也從商家拿到了一塊極品靈石。

商景華給得倒是真心實意。「小大師，這事對您來說是舉手之勞，對我來說就是救命之恩。更何況要不是您之前給的護身符，我說不定早已倒下了。」商景華說著又笑了起來。「反正您也知道我家家產多，這筆錢和我的性命相比也就是九牛一毛，您千萬別和我客氣。」

除了林清音，商景華也給了王胖子禮物，除了五萬現金紅包外，還有一枚前朝某王爺戴過的玉扳指。

從帝都回到齊城，王胖子從火車站的地下停車場把車開了出來，將林清音和商伊送回到學校，順便把商景華給的各種特產零嘴幫兩人搬到宿舍。

林清音每樣挑出一盒，裝了滿滿一袋子遞給王胖子，王胖子有些莫名的看著林清音。「小大師，我不愛吃這些甜的。」

林清音抿嘴一笑。「不是給你的，你拿著就行，回頭記得送人。」

王胖子一頭霧水，不過他見林清音沒有解釋的意思也不再多問，反正小大師囑咐的事向來都不會錯，讓拎著就拎著唄。

從學校出來的時候天已經黑了，王胖子雖然中午吃得挺飽，但這時間又有些餓了。他從網上看到一家口碑不錯的麵館，便想去嚐嚐，若是好吃下次就推薦給小大師。

麵館位置比較偏，又在一個胡同的中間，王胖子看到胡同窄得只能過一輛車，乾脆將車停在巷子口，步行走了過去。這個時候已經是晚上六點多，麵館裡的客人不少，王胖子坐在靠門的位置上，點了個滷味拼盤加一碗牛肉麵。

麵條熱氣騰騰的端了上來，王胖子剛拿起筷子，忽然一個女孩慌慌張張推開門進來，一屁股坐在王胖子旁邊，有些慌亂地看了他一眼，故作大聲地說道：「你怎麼沒去接我下班啊？」

王胖子一愣，用餘光看到一個戴眼鏡的男人也從外面走了進來，看到女孩坐在王胖子身邊頓時露出一抹意外又生氣的神色。

王胖子已經跟林清音學了大半年的看相，雖然不是很精通，但是也能看得懂一些。這個戴眼鏡的男人看似斯文，但王胖子卻發現他眼露凶相不是什麼良善之輩。再結合兩人的舉止，王胖子推測這肯定是跟蹤女孩的變態狂。

王胖子只看了那男人一眼就收回視線，伸手將剛送上來的麵條端到女孩面前，十分自然地說道：「我怕這裡沒位置就先來了，妳先吃這碗，我再叫一份。」

女孩感激地看了王胖子一眼，低頭喝了一口熱湯，狂怦亂跳的心臟這才安穩下來。

小店桌子不大，兩張椅子靠得很近，王胖子小心翼翼地往外挪了一點，免得身體碰觸到這個女孩讓她更害怕。

和服務生又點了碗麵條和一份青菜，王胖子在服務生離開的時候又往眼鏡男的位置掃了一眼，只見他依然時不時地看一眼自己旁邊的女孩，神情看起來十分陰鬱。

女孩顯然也發現了，低著頭連頭都不敢抬，一根一根的吃著麵條，可桌子底下的腿抖個不停。

王胖子沈吟了片刻，伸手從口袋裡將身分證掏出來遞給女孩。「昨天妳說要用我身分證開什麼證明，先把身分證放妳那裡，免得待會我又忘了。」

女孩驚愕地抬頭看著王胖子，王胖子笑著往前一遞。「拿好了，別弄丟，要不然補辦很麻煩。」

女孩努力克制著手指的顫抖，接過了王胖子的身分證，迅速地看了一眼上面的訊息。王胖子的身分證是前年剛換的，不過那時的他比現在要胖兩圈，和現在的樣子看起來判若兩人。

女孩拿著身分證差點又哭出來，王胖子見狀笑著撓了撓頭，不好意思地說道：「那時候我胖，不太好看是不是？不過妳看我這眼睛和厚耳垂，可一點都沒變。」

女孩感受到王胖子的善意，心裡暖暖的，知道他是擔心自己害怕，所以才把身分證拿出來給自己，為的就是讓自己安心。

女孩將身分證還給王胖子，努力笑了一下。「暫時先用不到，等什麼時候要用我再和你說。」

見王胖子把身分證收了起來，女孩從包包裡掏出手機，飛快地打了幾句話在文件軟體上讓王胖子看，只見上面寫道：「王先生謝謝你，那個男人和我在一個大廈上班，他昨天攔著我向我表白被我拒絕了，當時他就放下狠話說要給我好看。今天一下班我發現他跟在我後面，手放在口袋裡也不知道拿了什麼東西。這個時間我招不到車，這附近又沒有什麼公車站，我記得這家麵館人很多，就直接跑進來了。」

王胖子低頭看了一眼，裝模作樣地笑了幾聲。「這段子還挺好玩，不過我今天也看到一個挺有意思的，我找給妳看。」說著他拿過手機在上面回了一條。「妳要不要先打電話報警？」

女孩咬著嘴唇搖了搖頭，回道：「沒有什麼證據，即便是報警也不過是口頭警告他，我怕反而會激怒他。」

有這樣的顧慮十分正常，眼鏡男完全可以咬定自己只是下班碰巧和她走一路，在沒有犯罪事實面前，警察也拿他沒辦法。不過這對於被跟蹤的女孩子來說，卻是非常恐怖的事情。

王胖子倒是可以直接送這女孩回家，但是同理一下，這個女孩已經被眼鏡男嚇成了這樣，未必敢上一個陌生男人的車。王胖子掏出自己的手機，找到公園派出所小警察馬明宇，把情況和他說了，順便給他發了個地址，讓他有空的話趕緊來一下，一起送女孩回家。

馬明宇自從手術成功後就和小大師、王胖子成了朋友，小大師忙著上學算卦吃飯沒空聊，馬明宇只能透過王胖子轉達對小大師的謝意，結果兩人越聊越投機，現在馬明宇在王胖子這裡已經有算卦免費插隊資格了。

馬明宇剛剛下班，本來已經換上了自己的私服，一看王胖子的訊息又換回了警服，從路邊攔了計程車趕了過來。

一碗麵即便吃得再慢，二十分鐘也吃完了，在女孩子放下筷子的一瞬間，坐在她斜對面的眼鏡男立刻看了過來，招手叫來服務生結帳。看著他勢在必得的眼神，女孩好不容易安穩下來的心又怦怦跳了起來，手心裡全都是汗。

就在這時麵館的門被推開了，穿著警服的馬明宇走了進來，一進門就看到了王胖子和坐在他身邊的女孩，笑著拍了拍他的肩膀。「沒想到在這碰到你了，和朋友來吃飯啊？」

「這可真是太巧了，有幾天沒見了。」王胖子叫服務生過來結了帳，和馬明宇說道：「這裡太吵了，我們換個地方說話。」

馬明宇身上的警服安撫了女孩害怕的情緒，她懸起來的心終於放下了。

第六十四章

有馬明宇在，眼鏡男收斂了許多，不再明目張膽地看著女孩，不過等三人從麵館裡離開的時候，眼鏡男還是跟在他們後面出來，直到三人開車離開才一臉戾氣轉身走了。

王胖子將眼鏡男甩開以後就將車停在路邊，他看到女孩哭得渾身發抖，連忙拿出一包紙巾遞了過去。「下次妳遇到這種事最好還是報警，起碼先脫離危險再說。」

馬明宇十分認同地點了點頭。「妳這次是幸運正好遇到了王虎這種好心人，但是下次就未必有這麼幸運了。」

女孩哽咽地點了點頭。「多謝你們，那個人簡直是太變態了，我快被他嚇死了。我不敢再和他在一個大廈裡上班了，我明天就去辭職。」

王胖子認同地說道：「從面相上看那個眼鏡男眼珠發紅、眉毛雜亂逆生，這種人心狠手辣占有欲又強，妳離他遠一點是正確的選擇。」

馬明宇聞言不禁笑了起來。「王哥幾個月沒見，你的業務能力見長啊！」

「那是！」王胖子驕傲地挺起了胸膛。「我可是小大師手把手教出來的，要不是小大師不允許，我非去街道上擺攤不可。」

女孩被這兩句話驚到連哭都忘了，十分傻眼地看著王胖子。「大哥，你是做什麼工作的啊？」

「看不出來嗎？我是算卦的呀！」王胖子探身打開副駕駛前方的儲物箱，從裡面拿出了一個紅色的小袋子遞給了女孩。「我看妳最近氣運不佳，面帶霉運。這是我們小大師過年時候親手做的護身符，正好有多餘的，送妳一個改改氣運。」

女孩愣愣的接過護身符。

大哥，你的畫風變得也太突然了！

問了女孩家住址，王胖子將人送到門口，和女孩互加了好友。「明天妳要去公司的時候提前和我說一聲，我送妳去、送妳回來，免得那人再纏上妳。」

女孩感激地朝他鞠了一躬。「謝謝你王大哥，就怕太麻煩你了。」

「沒事。」王胖子揮了揮手。「趕緊上去吧，把門鎖上注意安全！」

馬明宇站在車旁看著兩人道了別，轉身將副駕駛的車門打開，這才看到副駕駛的位置上放了一袋特產零食。他拿出一包茯苓餅看了看，順嘴問道：「你去帝都了？」

「陪著小大師去解決了一件事，這是事主送的。」王胖子說完這句話忽然恍然大悟。

「我說小大師怎麼非要我帶上這包零食，她是算到我今天會見到你吧？這袋子零食送你了！」

馬明宇忍不住扭頭看一眼姑娘住的地方，一言難盡地看著王胖子。「你確定送我？」

「不送你送誰？」王胖子一邊繫安全帶，一邊不解地看了眼馬明宇。「我又不愛吃。」

馬明宇深吸了一口氣。「王哥，你真是憑實力單身！」

王胖子傻眼看著馬明宇。

你幹麼人身攻擊我？

那袋零食最後給誰了林清音沒問，但從面相上看王胖子桃花已開好事將近，一切順其自然會有好結果。

剛過了正月十五，好消息一個又一個的傳來。姜維在報考的學校的網站上看到了研究生的公示名單，他的名字赫然在其中；林清音的爸爸、媽媽換了住處也沒閒著，在王胖子家附近轉了幾天後看到了一間位置不錯，夫妻倆打算租下來再開一家超市。至於王胖子因為過去的愛情創傷讓他對自己格外沒自信，覺得自己這種不會有女孩真心喜歡，所以根本就沒往別處想，陪著女孩去辦了離職手續後，單純好心的陪著人家找工作換房子，免得那個變態男從女孩的公司打聽到她的住址再追過來，忙得不亦樂乎。

林清音雖然在琴島和帝都接的工作都是幾百萬報酬，但是齊城算卦事業她也沒放下，這大半年時間從林清音這算過卦的人累積好幾百了，更別提有圍觀群眾，他們把林清音的名聲越傳越遠，現在已經有外地人都來預約了，這才剛過年沒出正月，算卦的預約已經排到八月去了，生意非常火爆。

算卦的生意做得風生水起，林清音的功課也沒落下。對於林清音的成績，依然是有的老師歡喜、有的老師發愁，理科的老師都非常喜歡林清音，無論多麼刁鑽的題目在她手裡都不是問題，成績都是十分完美的滿分，讓老師看了非常有成就。歷史、地理、政治這種背誦得分的科目，老師們對林清音也很放心，畢竟林清音寫的簡答題答案連標點符號都和書上一模一樣，就是讓別的同學照抄說不定都不如她精準。

說白了，對林清音發愁的老師只有中文和英語了。中文老師發愁的是林清音每次考試作文都寫文言文，把他一個普普通通的中文老師硬生生的鍛鍊成了齊城市文言文研究會的一員。而英語老師李彥宇就不同了，他面對做試卷滿分、背課文標準、一實際對話就失語的林清音簡直是欲哭無淚。

小大師，您學英語的時候可以用心嗎？

林清音從帝都回來後，月考的成績也出來了，她因為沒有參加考試，沒有成績。一到教室，在重新分班後第一次考了個第一的萬年老二郭然同學淚流滿面的遞上一袋零食，千恩萬謝地朝林清音拜了拜。

「多謝林同學不考之恩。」

林清音接過袋子往裡面看，這位同學像是把這一個月的零食都貢獻出來了，她說了聲謝謝，隨手從口袋裡摸出一個護身符遞給他。

郭然頓時一愣。

看著郭然一臉迷糊的樣子，林清音笑咪咪地看著他。「送你的回禮，這可是大師親手畫的，可靈驗了，記得要隨身帶著。」

郭然一言難盡地點了點頭，艱難地說了聲謝謝。

張思淼坐在林清音旁邊笑得簡直要暈過去了，看到郭然朝她看過來，她連忙也從口袋裡掏出了一個一模一樣的符紙給他看。「確實很靈驗的。」

「神神道道的！」郭然嘟囔，不過還是聽話的把符紙放到了口袋裡。林清音看著郭然乖巧的樣子滿意地點了點頭，重新分班後現在班裡的同學都挺可愛的。

張思淼幫林清音把裝零食的袋子掛到椅背上，把林清音拽過來小聲說道：「過完年以後，二年級有好幾個退學，聽說是因為家裡破產了，而且學業成績本來也沒好，考大學也沒什麼希望。最關鍵的是交不起升高三的學費，所以乾脆不上了，還能省半年的生活費。」

林清音淡淡一笑，不用張思淼說她就知道那幾個人是誰，當初她在學校布的陣法就是專門針對校園的風氣設的，心善的人好運連連，欺負他人的學生霉運罩頂，手段越惡劣的氣運越來越差而且會影響家人。

這幾個都把家裡帶到破產了，想也知道是和原主自殺有直接關係的那幾個人。至於其他的那些，現在大概也不好過。

林清音淡淡一笑。「不用管他們，臭蟲而已。」

兩個人嘀咕著悄悄話，林清音把手伸到袋子裡摸出一塊巧克力來，還沒等撕開，于承澤就拿著一份厚厚的卷子走進來，伸手敲敲林清音的桌子。「把書都收起來，把月考的數學試卷給做了。」

林清音鬱悶得將巧克力放到了抽屜裡。

就不能讓她少考一次試嗎？

于承澤看著她的表情，露出笑容。呵呵，妳想得美！

高二下學期課程明顯更趕了，老師們努力的將課程往前趕進度，爭取給學生們留住更多的複習時間。

林清音雖然學習好，但是副業太多，又是算卦又是看風水還給人畫符，連校長都成了她忠實的粉絲。于承澤目前頭沒禿，暫時不用從林清音那買符，他只希望林清音把精力多放在學習上，雖然競賽沒指望了，但是高考狀元的目標還是能爭一爭的。

休息放假的時間他管不了，不過上學期間，除了人命關天的事以外他不允許林清音請假了。不過這種事畢竟是少數，有時候趕在一起比較多，有時候又半年遇不到一次。

林清音整個高二倒是沒有接過這種工作，原本週末兩天的休息時間也只剩下了半天，林清音算卦的時間日益減少。王胖子暫時停止預約申請，手頭上這些人已經夠算一年多了，真有急事的也不是只加一千塊就能插隊了，起碼得再多一個零。

時間在林清音算卦、修煉外加上學中過得飛快，鋼鐵直男王胖子在經過漫長的接送過程中終於開竅了，不過心理陰影讓他不敢表白，一邊像忍者龜那樣憋著，一邊每天兢兢業業的接送女孩上下班，看得馬明宇抓心撓肝，恨不得替王胖子送封情書。

好在女孩在每天的相處中對王胖子也日生情愫，雖然覺得王胖子職業不太可靠，可能生活也沒有什麼收入來源，但她還是毅然表白了。

被表白的王胖子傻愣了三分鐘，等回過神來激動得淚流滿面，直接掏出手機給林清音打了個電話。

「嗚嗚嗚，小大師，瑩瑩說喜歡我，想和我在一起。」

站在王胖子對面的李瑩瑩無言了。

手機那邊的林清音搖搖頭，心道：你還是單身算了！

好在王胖子在瞄到李瑩瑩臉色不對，及時掛掉了電話，總算開竅的撲了過去，緊緊把李瑩瑩抱在懷裡。「其實應該我來表白的，我就是怕妳嫌棄我的職業不敢和妳說。」

李瑩瑩無奈地看著他。「我就這麼不值得你嘗試一下嗎？」

王胖子委屈得嘴都癟了起來。「我想試試的，但是又不敢，怕說了以後連見妳的機會都沒有了。」

李瑩瑩看著王胖子個頭這麼大一個人，卻像八爪魚似的抱著自己，臉上還掛著一串串的淚水頓時忍不住氣笑了。「你可真是的！」

李瑩瑩心裡也很無奈，她喜歡王胖子，也能感覺到王胖子對自己有好感。但是拖來拖去王胖子總不開口，她又不想錯過這段感情，只能鼓起勇氣自己開口了。

王胖子一抹眼淚抬頭看到不遠處的花店，隨即鬆開李瑩瑩用百米衝刺的速度跑了過去，沒一會兒抱了一大捧玫瑰出來，傻乎乎地站在李瑩瑩面前傻笑。「剛才不算，這次重來，我來表白。」

李瑩瑩看王胖子臉上還掛著淚痕，頓時笑了起來，嬌嗔地白了他一眼。「你看你的樣子，真的傻死了。」

得到小大師通風報信，偷偷躲在附近圍觀的馬明宇看到這一切後忍不住直捂眼睛，傻成這個樣子是怎麼能得到女孩子喜歡的？難道是因為傻人有傻福嗎？

王胖子不知道自己已經被好友圍觀了，他傻笑著在鮮花盛開的季節迎來了自己的春天。

王胖子和李瑩瑩彼此都是真心喜歡對方，戳破了這張紙後，兩人感情升溫得很快，除了李瑩瑩上班的時間，其他時候兩人都恨不得時時黏在一起。才相處了半年王胖子就忍不住求婚了。

李瑩瑩當初和王胖子談戀愛，就代表著她接受了他這種無業兼擺攤算卦的生活，但是這種事可不能在父母面前說，要不然沒哪個爸媽會答應女兒嫁給這麼不可靠的男人的。

在李瑩瑩憂心忡忡想怎麼和父母說的時候，王胖子直接拿出了卦室當初登記的營業執照。「就和叔叔、阿姨說我是開公司的。」

李瑩瑩嘴角一抽。呵呵，你職業可真多。

王胖子有車有房，明面上還有間公司，再加上他自從認識林清音後也被指點著修煉，雖然努力了一年多才引氣入體，但在靈氣的沖刷下，身材已經不是當初那個貨真價實的王胖子了。

一胖毀所有，胖子瘦下來也都是潛力股，王胖子現在看起來至少比當初擺攤時候年輕十歲，身上的油膩感已經蕩然無存。

拎著厚禮去了隔壁城市的李家，李瑩瑩父母對王胖子算是很滿意的，再加上女兒是真心喜歡，也同意了兩人的婚事。在過了父母那關後王胖子開始籌備婚姻大事，第一個步驟就是算結婚的日子。

本來李瑩瑩的父母打算去鄉下打聽打聽有沒有會算卦的，王胖子一聽直接拍胸脯說道：

「這事就交給我了，我認識最靈驗的大師。」

於是王胖子理所當然的在林清音週日出來算卦的時候，把自己排在了第一位，快樂無比的帶著李瑩瑩一家三口來到自己的卦室，絲毫忘了自己的營業執照還掛在卦室的牆上。

李瑩瑩父母一看傻眼。現在後悔應該還來得及吧！

看著李瑩瑩父母瞬間黑下來的臉，王胖子手足無措，不知道該如何解釋，好在這個時候林清音從裡面出來了。

林清音對王胖子這種在別的事都牢靠，唯獨在感情上像毛頭小子似的慌亂有些無奈，只能出來替他打圓場。

「來都來了，先算一卦吧！」

來都來了這四個字簡直是魔咒，李瑩瑩父母雖然沈著臉，還是不由自主的點了點頭。

林清音打量下一家三口，說了句「稍等」便先進了卦室。片刻後她出來打開房門說了句請進。

李瑩瑩父母對算卦這個職業沒有多大的好感，總覺得像街頭騙子的營生，不是正經的工作。只是看著女兒要哭的樣子，老倆口勉強同意留下來，想著來都來了怎麼也要摸清楚王虎的老底，知己知彼才能回去好好勸勸自家的傻丫頭。

跟著林清音走進去，剛走了兩步的老倆口把自己原本的念頭都忘了，一臉驚愕的看著眼前的世界。

細軟的粉色沙灘，像藍色果凍一樣晶瑩剔透的大海，肉眼可見的魚群在淺海中游過。

這明明是他們一直想去，但最終因為捨不得花錢，只能從影片裡過過眼癮的一個國外度假勝地，怎麼會突然出現在一個房間裡？這也太離奇了。

不僅李瑩瑩父母愣住了，就連李瑩瑩都睜大了眼睛，手指緊緊地抓住王胖子的手，目瞪口呆地看著眼前的一切。

林清音領著幾個迷迷糊糊的人走到海上小屋裡，盤膝坐在了蒲團上。

「你們是來給王虎和瑩瑩算結婚日子的吧？」林清音洗手烹茶。「從他們倆的八字來看，在秋天辦婚禮正合適。」

被眼前的一幕震驚到的李瑩瑩父母下意識點頭。「您說得對！」

林清音也不急著算，先讓人欣賞海景，等喝了幾杯茶水，待李瑩瑩一家三口回過神來以後，才開始介紹自己的身分：術數大師，王虎的師父。

聽林清音開口承認自己是徒弟，王胖子激動得淚流滿面，沒想到自己結個婚還能撈到首席大弟子的身分，簡直太值了。

李瑩瑩的父母對師父徒弟的不是很感興趣，他們只想知道眼前這一幕是怎麼回事？剛才明明是進了個房間，怎麼走了幾步就變成了大海呢？

林清音笑了。「這不過是布了一個陣法，和算卦風水一樣都是屬於術數的一部分。王虎他並不是街頭算卦的騙子，他一直在和我學這方面的知識。」

林清音說著朝王虎示意了一下。「你去把陣法改一下。」

王胖子擺得最熟練的就是竹林陣法了，這陣子林清音讓他天天練習，他之前還不知道怎麼回事，現在才明白了林清音的苦心。

王胖子哼哧哼哧的改著陣法，李瑩瑩一家三口則迷惑的看著王胖子挪動著沙灘上的綠植擺設。

看著看著李瑩瑩的媽媽忽然覺得剛才還在耳邊的大海的聲音不見了，她回頭一看藍色的海水消失了，身後是一片碧綠的竹林。

李瑩瑩父母見了不禁驚呼。這什麼時候變的？他們居然都沒發現！

看到這樣的一幕，李瑩瑩父母對林清音和王胖子是心服口服，雖然這職業聽起來像騙子，但是兩人的本事卻如神話似的神奇。

這不僅不是騙子，還是大師啊！

李瑩瑩父母對王胖子頓時肅然起敬，李母拉著他樂得就像看親兒子似的。

「虎啊，你先給阿姨算一卦唄！」

王胖子激動得腿直哆嗦。「阿姨，妳想算什麼？」

「我媽前年去世的時候留給我一盒首飾，當時人多手雜，我藏了起來，等忙完以後就找不到了，你幫我算算是被人拿走還是我藏忘地方了？」

一來就這麼難的嗎？這個他真不會算啊？

王胖子頓時心虛，艱難地扯出了一個笑容，伸手將林清音拽了過來。「阿姨，讓我師父幫妳算。」

林清音沒好氣地看他一眼。呵呵，你叫得還真順口！

林清音搖卦算出首飾盒藏的位置，李母根據林清音說的地方也漸漸地回憶起自己藏東西時的一幕，對林清音崇拜得簡直五體投地。

師父這麼厲害，徒弟也差不了。

李瑩瑩父母接受了王胖子這個女婿，剩下的就好說了，林清音給他們算好結婚的日子，順便連新房怎麼佈置都一起說了。老倆口沈著臉來，現在笑得歡天喜地，拉著王胖子一口一個女婿，怎麼看怎麼順眼。

林清音算完了日子，拿出兩塊玉來，說要給老倆口刻玉符。

李瑩瑩父母看到玉的成色，不好意思要，一個勁的推辭。

林清音將王胖子推了出來。「這是王虎買回來的玉，我不過是動動手罷了。」

李瑩瑩摸著脖子上的玉符也勸父母。「我戴了這個符以後，覺得之前脖子肩膀的痠澀都不見了，身體感覺也好了，而且工作上也很順心。」她轉頭看了王胖子一眼，笑得特甜。「我以為是這陣子運氣好，原來是這玉符真的管用。」

既然東西這麼好又是未來女婿送的，老倆口欣然接受，美滋滋掛在了脖子上。

王胖子的婚期決定後就開始忙碌了，按照小大師的指點，他在很短的時間內訂好了飯店和婚禮企劃公司，順便還把伴郎的人選敲定——姜維和馬明宇。

馬明宇接到邀請後心情十分複雜，看著王胖子都嫉妒了。他也想結婚！

忙完王胖子結婚的事，離高考就剩不到半年的時間了，林清音實在抽不出空來算卦，暫時把卦室的生意停了，也正好給王胖子放婚假，讓他帶妻子和岳父岳母到真正的度假聖地去放鬆幾天。

學校前幾屆高考成績結果不怎麼好，這一屆林清音所在的班級學習風氣濃厚，王校長覺得怎麼也能出十幾個一線大學的。至於林清音就更不用說，王校長已經私下訂製了高考狀元的橫幅了。

摸著濃密的黑髮，王校長覺得自己這輩子做得最正確的一件事，就是用獎學金將林清音招到了自己的學校！

看著還有半個小時要到學生們中午下課的時間了，王校長趕緊到食堂轉了轉，順便不忘囑咐他們，除了一日三餐以外宵夜也要豐盛，可不能讓高三的學生（主要是小大師）餓著肚子睡覺。

和其他緊張到連飯都有些吃不下的學生相比，林清音看起來狀態特別好。因為吃得好外加修煉的緣故，她的身高已經長到一米七二了。高挑的身材、吹彈可破的皮膚和姣好的五官，讓她成為東方國際高中默認的校花，不過私下同學們都說校花特迷信，過完年就喜歡給看得順眼的同學塞護身符。

不過收到護身符的同學也都表示還挺靈驗的，有的因為隨身戴著護身符躲過了橫衝直撞的車，也有的正好避開了樓上掉的花盆，還有一些雖然沒遇到特別驚險的事，但是總覺得隨身帶著護身符以後就特別順利，好像整個人的運氣都提升了一樣。

林清音經過李彥宇和楊大帥兩人長達兩年多的英語課程以後，終於把英語成績真正的提升上來，不再靠算了。

雖然馬上就要高考，但是這次林清音沒有再算英語考試的題目，反正不用開口說英文，她覺得自己發揮也能拿到不錯的分數。

時間在複習中流逝得飛快，林清音幾次的統考都是以接近滿分的成績排在第一，就是重點高中的資優生也望塵莫及。

小大師要高考，最高興的就是那些找她算卦的以及來看小大師算卦的大爺、大媽了，平日看不到小大師大顯身手的樣子，人生樂趣都少了一半。能看個考試成績也好啊！

第六十五章

兩天的考試轉瞬即逝，林清音走出考場那一刻神清氣爽的，把東西放書包裡一塞直接叫車前往卦室。此時卦室裡已經來了不少人，看到林清音都笑呵呵地問她考得怎麼樣，幸虧林清音學習成績好外加有精準的直覺，要是換一個考生說不定都會被問崩潰了。

林清音心情好，把卦室的陣法也略微改了改，除了最深處的竹屋竹林以外，其他地方都是一片花海，看得就讓人高興。

現在來算卦的都至少預約了半年，都是林清音的老熟客，他們多少也猜到這屋裡可能有什麼機關奧秘，不過小大師不說也沒人問，反正知道小大師很厲害就好了。

在林清音這算卦還是和以前在公園那邊差不多，林清音算卦的時候一群大爺、大媽坐草地上圍觀，聽得津津有味。有的顧客算的事涉及隱私不想讓人知道的，就會排到後面，等送走大爺、大媽以後再單獨給他們算。

這個時候算上卦的，至少是大半年前預約到的，倒是沒有特別大的事，更多的是積壓在心頭許久的不安。

第一個來算卦的是林清音的熟人了，打從她在公園算卦的時候這個大媽就每天搬著小板凳坐在最前面。自從她有心事以後，別的法子都沒想，直接從王大師那裡預約，等了大半年終於輪到她。

「小大師，我姓黃，叫黃永貞。」黃大媽坐在竹凳上，接過林清音遞過來的茶先喝了一大口，這才嘆了口氣說道：「我是來給我女兒算的，她去年下半年的時候交了個男朋友，小夥子看著儀表堂堂，有學問、家世條件也不錯，可是不知道為什麼，我每次看他和我女兒相處都覺得彆扭，總覺得哪裡怪怪的。」

黃大媽露出了糾結的神情。「說他對我女兒不好，可是他也挺體貼的，每逢節日都給我女兒買化妝品、買衣服；要說他好吧，我又覺得他沒真的把我女兒放心裡，更像做樣子。」

坐在下面的一個大爺和黃大媽很熟悉，聽到黃大媽說的話忍不住吐槽道：「妳們女人就是麻煩，好也不行、不好也不行，人家要不是真心談戀愛結婚，跟妳女兒浪費這時間幹麼？他圖什麼？」

黃大媽一拍大腿。「我這不就是想讓小大師給我算算他圖什麼呢，我們女人的直覺可準了，我雖然想不明白，可是這其中一定有問題。」

林清音看了看黃大媽的面相。「從妳面相上看，妳女兒的感情確實有些波折。不過實際的事還得從他們的面相上來看。」

黃大媽直接從包包裡掏出好幾張照片遞給林清音。「我在老年大學學過攝影，這是過年他來我家做客的時候我特別拍的！」

林清音一看照片就笑了，黃大媽這照片一看就是特地為算卦拍的，整張照片根本就沒考慮構圖，直接開大光圈拍了特寫，連臉上的痣都能看得一清二楚。為了讓小大師算得更準確，黃大媽不僅準備了正面，還有兩張側面以及後腦杓的照片，可謂是十分周到。至於她女兒的更是如此，不僅有臉部的照片，連掌紋也都拍了。

不得不說，除了看真人以外，這種不虛化沒有濾鏡沒有修圖的高清照片是看得最準確的了，林清音也省了不少事。

拿起黃大媽女兒的照片看了幾眼，又看了看她的掌紋，林清音這才說道：「妳在子嗣上有些艱難，有了這個女兒以後很寵愛她吧？」

「哎，我年輕的時候因為工作的原因老是下井，體內入了寒氣，結婚以後好幾年沒有孩子，中藥、西藥都不知道吃了多少，都快三十五了才懷上她，妳說我能不寵她嗎？」黃大媽嘆了口氣。「我把一生的心血都放在她身上了，我也不求她大富大貴，就能有個幸福的小家庭就知足了。」

林清音微微一笑，手指在照片上點一點。「妳女兒帶著期待和父母的愛出生，衣食無憂，從一出生到現在就沒離父母太遠，也從來沒有過什麼煩心事。」

黃大媽立刻說道：「是的，她小學到大學都是在我們齊城上的，就她上大學的時候還三天兩頭的往家跑呢，反正騎電動車就十幾分鐘，回家吃飯很方便。」

「總體來說挺順的，就是沒經歷過什麼挫折，也沒見過人心的險惡。」林清音搖了搖頭。「一看就是單純好騙的類型。」

一聽到「單純好騙」四個字黃大媽心裡一沈。「他還真是騙子？」可說到這黃大媽又納悶了。「他圖什麼呢？他爸還是我們這裡一個領導呢。」

林清音把小夥子的照片放到桌上，淡淡地笑了笑。「他圖和妳女兒結婚啊！」

黃大媽聞言更納悶了，要是能結婚的話也是好事啊，可是她見這兩個孩子也不提結婚的事，心裡才更沒底的。

林清音掏出龜殼來搖了一卦，等卦象出來以後林清音看了眼時間。「大媽妳先別急著走，等晚上我帶妳和妳女兒去個地方，妳就知道他圖什麼了。」

黃大媽連忙答應了，她把手裡的茶杯放到桌上，將桌子上的照片都收了起來，有些遲疑地問道：「那小大師，我先到下面等著了？」

林清音起身從後面的櫃子裡拿出黃表紙和符筆畫了一道符，疊好以後遞給黃大媽。「妳體內寒氣鬱結不散，手腳冰涼關節發痠，該找個好中醫好好調理調理，另外妳明天下午一點帶著這張符紙找個地方曬曬太陽，坐到出汗了妳再回家。」

一聽這話下面有個胖乎乎的大媽就笑了。「這種大熱天，我甭說在外面了，就是在家不開冷氣我都出汗。」

黃大媽小心翼翼地將符紙收起，喜笑顏開地說道：「多謝小大師，不瞞您說我夏天出汗的時候還真少，別說冷氣，就連風扇都不敢用。說起看中醫的事我也有些頭疼，小大師您看相這麼準，肯定也會把脈吧，要不乾脆您給我開個方子？」

林清音猛烈搖頭。「這個我真不會！」

一口氣給二十人算了卦，林清音這才覺得渾身舒坦了。在外面等著回家給剛剛懷孕的老婆做飯的王胖子探頭看了好幾次，見裡面散場了終於鬆了口氣。「小大師明天我們可不能算這麼多了，明天瑩瑩休息不上班，我要早點回去。」

「這結了婚的人就是不一樣啊，知道以家庭為重了。」看著王胖子美滋滋的樣子林清音笑了。「正好姜維放假回來了，也不能讓他太閒，你把卦室的鑰匙和預約的名單都交給他，這兩個月你放假。」

「好咧！」王胖子拿出手機立刻將姜維拉到群裡，信誓旦旦地保證。「小大師您只管放心，姜維那邊我會盯著他做事，您安心算卦就行。」

姜維下了火車回到家剛沖涼出來，就看到王胖子邀請他入群。出於對王胖子的信任，姜維連看都沒看就點了通過，緊接著鋪天蓋地的訊息砸得他眼花撩亂。

姜維一臉凝重，心裡總有種不好的預感。

這種預感就和當初林清音讓他代寫作業時的感覺是一樣的！

林清音和王胖子十分愉快的給姜維安排好暑假的工作後，林清音站起來伸了個懶腰，和黃大媽說道：「妳現在給妳女兒打個電話到這裡，我帶妳們去看戲。」

黃大媽猶豫了下，忍不住問道：「真是看戲？我怎麼覺得聽來像是要去捉姦呢？」

黃大媽雖然是為了女兒來算卦，不過打電話給女兒董曉娟的時候只說讓她陪自己吃飯。這邊林清音也沒閒著，打電話叫姜維開車到卦室來。

姜維心裡不好的預感更濃了，他放下電話猶豫了片刻，還是開車過去了，其實對他來說再猶豫也沒用，小大師都說了他還能拒絕嗎？他就是想拒絕也沒那個膽！

姜維一家在今年春天的時候又搬進了豪宅，離卦室有一段距離，加上這個時間正是下班交通高峰，路上多耽擱了一些，差不多一個多小時才到卦室，正好和黃大媽的女兒董曉娟在樓下碰到了。

林清音算著時間快到了，帶著黃大媽下了樓，董曉娟看見林清音和姜維，伸手挽住了黃大媽的胳膊低聲問道：「媽，妳不是說帶我和妳的朋友吃飯嗎？」

「嗯！這兩位就是我的朋友，別看他們年紀小，可都是我的忘年交！」黃大媽說得絲毫不心虛，反正這話都是小大師教的，照著說準沒錯。

董曉娟看了姜維一眼，覺得有點不對勁。最近她媽沒少在她面前叨唸她男朋友，話裡話外都有些挑刺的地方。董曉娟不知道她媽到底看她男朋友哪裡不順眼，可總不能因為這個又給她相親吧？這對人家小夥子來說也太不厚道了！

董曉娟彆彆扭扭地拽了黃大媽一下，可當著林清音和姜維的面她又不好意思把話直接挑明，臉上十分尷尬。黃大媽絲毫沒注意到女兒的心思，轉頭問林清音。「小大師，我們現在去哪兒啊？」

「去吃飯吧。」林清音拍了拍姜維的肩膀伸手拉開車門。「我請客。」

林清音要去的地方正好是周文生開的飯店，原本周文生開的酒樓買賣就很不錯，這兩年在白蛇的庇佑下生意更火爆。所以今年周文生又在水系公園附近開了一家會員制的私人會所，開業那天特意給林清音送了一張最高等級的貴賓會員卡，享受七折以及無須訂位等服務。

其實這家私人會所的菜色味道和之前開的酒樓差不多，主要是擺盤、分量更加精緻，在這裡吃飯的人圖的也不是味道，而是看中了這裡的環境和隱私性，方便談一些工作上或者工作外的事情。

姜維按照導航來到這家中式風格的私人會所，車一到門口就有迎賓的人員走了過來，林清音直接掏出會員卡遞了過去。

會所的工作人員不認識林清音卻認得這張卡，這種卡是不對外發售的，只做了幾張，是老闆專門送給自己的親朋好友，當時還特別囑咐過他們，無論哪個來了都必須奉為貴賓。

迎賓人員看到這張卡以後笑得更加燦爛了，將人引導到會所裡，馬上有大堂經理出來，笑容滿面地說道：「我們會所的紫氣東來房間是特意為頂級客戶準備的，我帶您過去。」

林清音擺了擺手。「你們這裡是不是有一個兩間相鄰，中間有推拉門能打開的房間？」

大堂經理愣了一下，有些遲疑地說道：「是有那樣一間，不過那個房間隱私性不強，一般就餐的人數太多，一個房間坐不下的時候我們才會將客人帶到那個包廂，將中間的推拉門打開可以將兩個中等房間合併成為一個大包廂。」

林清音聽了十分滿意。「就去那間。」

大堂經理不太明白林清音為什麼放著好好的高檔包廂不用，反而用最普通的。不過客人是上帝，客人既然要求了，大堂經理也不好多問，只能滿腹疑惑地帶他們過去。

這個包廂在會所的最角落裡，和其他包廂相比，光就外面的環境就差了許多，裡面是十人桌，除此之外有長沙發和茶几，供客人用餐前聊天打牌。

大堂經理將兩個包廂中間類似屏風樣式的推拉門關上，在他準備鎖上的時候林清音忽然叫了他一聲，大堂經理連忙轉過身來，等和林清音說完話他就忘了鎖門，按照林清音點的菜單出去準備了。

和陌生的男女同桌吃飯，董曉娟有些尷尬，不過黃大媽根本就沒給她說話的機會，一個人和林清音聊得熱火朝天的。林清音體驗人生後，現在最大的特點就是親民，不管是七老八十的老太太還是三、四歲的小孩子，她都能扯上一天。

好在這家店上菜的速度快，看著精緻的菜一道一道的端了上來，一直傻坐著沒說上話的董曉娟這才鬆了口氣，有東西吃總比傻坐著尷尬要好。

既然上菜了，林清音也就不聊了，她在吃飯這件事上數年如一日的認真，筷子上下飛舞，嘴巴鼓鼓的，看起來特別的享受。

姜維今天剛回來，中午就在火車上吃了點，這會兒早就餓得前胸貼後背了，也毫不客氣地大快朵頤。

董曉娟看了看姜維、又看了看林清音，看兩人認真吃飯的樣子，終於察覺這好像並不是一場相親宴。那她到底來幹麼啊？

四個人都不說話埋頭苦吃，一桌子的菜才只用了半個小時就一掃而光，林清音讓服務生將盤子撤下去，擺上水果、瓜子和茶水，有一搭沒一搭的和姜維說著話。

黃大媽吃飽後有些坐不住了，小聲地湊到林清音身邊問道：「小大師，我們接下來去哪兒啊？」

林清音遞給她一塊甜瓜，笑咪咪地說道：「妳就等著吃瓜看戲吧。」

大約坐了十來分鐘，隔壁的包廂忽然傳來開門的聲音，林清音連忙做了個噤聲的手勢，又朝隔壁指了指。

黃大媽緊張地吞了下口水，連手裡的瓜子都不敢嗑了，仔細地聽著隔壁的動靜。董曉娟雖然有些莫名其妙的，不過她也不知道該說什麼，便低著頭小口小口的咬著西瓜，打算再略微坐坐就找藉口告辭。

很快隔壁的門「砰」的一聲關上，房門的鎖咔噠一聲扣上，緊接著就傳來啵啵嘖嘖親嘴的聲音，一聽就知道兩個人親得有滋有味的。

聽到這個聲音，黃大媽的臉一下子就沈了下來。她對今晚來這裡的目的心知肚明，既然小大師說看戲，那隔壁房間的肯定不會是旁人，定然是她女兒的男朋友李旭迪。

沒想到還真是捉姦來了！

隔壁的兩個人就像是八輩子沒親過，啵啵聲伴隨著哼哼唧唧的喘息，聽得姜維和董曉娟兩人面紅耳赤，氣得黃大媽臉色發黑。

林清音對情情愛愛的事根本就沒開竅，根本不懂害羞，隔壁的聲音在她耳朵裡就像是催眠曲，睏得她直打哈欠。

在林清音第八次看錶的時候，隔壁親熱的聲音終於停了下來，一個男人聲音低沈又帶著沙啞地問道：「小迪，你到底怎麼想的？」

房間裡安靜了兩秒鐘，另一個男聲響了起來，聲音裡帶著明顯的委屈。「我能怎麼想啊？我已經找了個女朋友騙我爸了，可是他不信我們斷了，非逼著我結婚。」

黃大媽的下巴險些掉了下來，第一個男人是誰她不知道，但是第二個聲音她非常非常的熟悉，就是她女兒的男朋友李旭迪。

黃大媽被這不按牌理出的牌震驚得連話都說不出來了，她之前頂多以為李旭迪有個藕斷絲連的前女朋友或者有個私下裡相好的情人，可是讓她沒想到的是現實居然突破了她的想像力。

她女兒的男朋友有個能抱著親嘴的男朋友！

董曉娟此時已經傻住了，她不但聽出了其中一個人是她男朋友李旭迪，另一個人的聲音她也聽出來了，那個人就是李旭迪的好朋友遲海。

李旭迪和遲海從小學到高中都在同一所學校，大學的時候兩人又考到了同一個城市，現在兩人在同一家公司上班，兩人可謂是親密無間。按照李旭迪的話說，他和遲海好得像一個人似的。

都親成這樣了，可不是好得像一個人似的嗎?!

董曉娟氣得眼眶發紅，她一直很羨慕他們的兄弟情深，覺得有這樣一個時刻將對方放在心上的好朋友是十分幸福的事。現在看來，他們兩個確實很幸福，只有她一個人傻乎乎的被李旭迪拙劣的藉口哄得團團轉。

在他們眼裡自己就是個傻子吧！

姜維看了這母女的表情，便知道隔壁房間的人和她們有關了，他頓時忍不住嘆了口氣。這小大師也真是夠心大的，這才剛成年，就連捉姦的活都敢接了，難道不覺得難為情嗎？

林清音抬頭看了姜維一眼，將手裡的瓜子殼小心翼翼地放在盤子裡，又抓了一把瓜子一粒一粒地剝著，吃得無比認真。

姜維無言地搖搖頭。看來他白操心了。

隔壁房間，遲海將李旭迪壓在牆上，嘴唇緊緊地貼著他的臉。「我不管你爸怎麼想的，我就想知道你是不是真的打算和董曉娟形婚？我真的是特別討厭她，她天真的一點眼力都沒有，就像個傻子似的。」

「她要不傻當初我就不選她了。」李旭迪緊緊地摟住了遲海的脖子，一條腿勾到了他的腰上。「我們好成這樣她都覺得我們是哥們，換個人可沒這麼好哄，而且這事我已經有了主意。」

遲海直接將李旭迪抱起來一轉身坐在椅子上，緊緊地摟住了他的腰。「你說說到底有什麼主意？」

李旭迪一笑。「你別看董曉娟父母都是普通職業，可是她父母攢了一輩子，有不少積蓄，我聽她說家裡都給她準備好買房子的錢了。我打算我們倆一起申請調到珠城分公司去，不過我爸肯定不希望我離開齊城，所以他不會給我在珠城買房子，這時候就需要董曉娟了。」

「你想讓董曉娟拿錢給你買房子？」遲海笑了。「她會傻成這樣？」

李旭迪嗔了遲海一眼，信心滿滿地說道：「你放心，她很好哄的。不過為了保險起見，我可能會先和她辦個婚禮，等辦了婚禮以後我們再調去珠城。無論從經濟從環境從未來發展看，珠城都比齊城強，就是她父母也會同意的。」

遲海猶豫了一下問道：「萬一她也跟著去珠城怎麼辦？」

李旭迪搖了搖頭。「她是鐵飯碗，不會那麼輕易放棄的，再說她從小到大就沒離開過齊城，她父母也捨不得她到別的城市生活。況且我也不和她說實話，就說三五年會調回來，大不了一年應付她幾次把她哄好了就行。」李旭迪伸手在遲海臉上捏了一下。「就是你可不許吃醋啊！」

遲海按住了李旭迪的後腦杓，吻住了他的嘴，含糊不清地嘟囔著。「就吃醋！」

坐在這邊的董曉娟再也聽不下去，她大步朝推拉門走過去。林清音見狀一閃身就來到了董曉娟的前面，手一揮，門就開了，在李旭迪和遲海還沒有反應過來的時候連續拍了十幾張兩人的熱吻照，順便把剛才錄的音存檔。

李旭迪和遲海被突然出現的幾個人嚇了一跳，還不等兩人起來，之前緊鎖的房門正好開了，李旭迪公司的同事正在找他們兩個，聽到這邊有動靜就過來看了一眼，正好瞧見了李旭迪坐在遲海腿上的情景，頓時被眼前的一幕驚呆了。

怪不得酒桌上兩人才喝了幾杯就失蹤，原來跑這裡偷情，這也太夠刺激了吧。

董曉娟此時已經顧不上旁人了，她走過去扯著李旭迪給了他一個重重的耳光。「你這個騙子！」

李旭迪白淨的臉登時出現了一個紅色的手掌印，讓遲海十分火大，怒罵瘋女人後攬著李旭迪安慰個不停。

看著自己男朋友躲在別的男人懷裡，董曉娟對李旭迪最後一點眷戀也消失了，她打開包包從裡面掏出李旭迪送的化妝品全都摔在他臉上，氣得渾身發抖。「你們既然愛得要死要活，何必拉上我給你們當擋箭牌？我也是爹媽生養的，你們這樣做還有良心嗎？」

林清音搖了搖頭，董曉娟這個女孩還是太傻白甜了，都這個時候了措辭還這麼溫柔，看得讓人心疼。這兩人性向所致，找擋箭牌還能勉強說社會壓力，但連錢財都圖謀，根本不是什麼好東西。

姜維第一次陪著林清音出來就遇到這麼讓人頭大而且尷尬的事情，還真不知該如何處理。他悄悄拍了拍林清音的肩膀，壓低聲音問：「然後要怎麼辦？」

林清音聽到這個問題直接轉頭問董曉娟。「妳有什麼想法？」

第六十六章

董曉娟抹了把眼淚，委屈得嘴唇直抖。「他騙我就算了，還想騙我爸媽的錢，簡直是豬狗不如，我……我……」

董曉娟一時間不知道該怎麼辦才好，最後氣得一跺腳。「我要告訴你爸爸！」

姜維聞言單手掩面，要不是剛才親眼目睹限制級的場景，他還以為是小學生吵架。

可讓姜維沒想到的是，剛才還一臉無所謂的李旭迪聽到這話後瞬間變了臉，幾步衝到董曉娟面前就想動手。姜維還沒反應過來，就見林清音一甩手直接將李旭迪扔出去。

林清音走過去居高臨下地看著他，淡淡一笑。「你放心，無論是照片還是錄音我都有，我全都會發到你父親的郵箱，讓他也聽聽他兒子計劃周密的主意。」

李旭迪倒在地上看著林清音，氣急敗壞地說道：「妳以為妳是誰？還給我爸發郵箱，我爸的郵箱妳以為誰都會知道嗎？」

林清音蹲下來看著他，笑得很開心。「忘了告訴你，我是算卦的，郵箱什麼的算算就知道了。」

林清音說著將照片和錄音一起從郵箱發了出去，朝李旭迪搖了搖手機。「而且我還算出來，你父親現在剛好就在電腦前很快就會打開郵箱。」

遲海走過來將狼狽的李旭迪抱了起來，林清音看著他倆說道：「你們相愛沒什麼錯，但是萬不該去欺騙無辜的女孩子為你們的愛情犧牲。」

李旭迪此時根本就聽不下去這些，他滿腦子考慮的都是眼前這個小姑娘是不是真的把郵件給他爸發過去了。

林清音看穿了他的想法，勾起嘴唇一笑。「放心，這裡面你父親也不無辜，明知道你喜歡的是男人，還硬逼你和女孩子結婚，不就認為他兒子高貴，別人都低人一等唄。」

黃大媽嫌棄的吐了口唾沫。「他爸是個不大不小的官，死要面子的那種。」

「愛面子，所以要犧牲別人？」林清音呵呵了兩聲。「這次我看他肯定要沒面子了，不過這種人還是讓他沒面子才好，免得再害了別人。」

此時某辦公樓的會議室裡，李旭迪的父親李責坐在電腦前看著投影到牆上的內容說：「評比的簡報還是要多加幾張才能體現我們這裡的風貌，我剛才讓基層單位發過來幾張，大家看看加在哪裡適合。」

李責說著打開郵箱，看了眼最上面郵件上有「照片，請收閱」五個字後，他想也沒想的點開了第一張照片，頓時李旭迪和一個男人緊緊相擁的激吻照片被投放到牆壁上。

被留下來加班到昏昏欲睡的十來個人看到這張照片，瞬間精神一振，眼裡都閃爍著八卦的光芒。

李責慌忙的連點了幾下滑鼠都沒能把照片關上，他氣得直接將電腦上插著的電源線都扯了下來，狠狠摔在地上。緊接著掏出手機一邊往外走，一邊撥通了李旭迪的電話。「你！現在！給我滾回家去！看我不把你腿打斷了！」

聽到李旭迪手機話筒裡傳出來的咆哮聲，董曉娟和黃大媽覺得壓在胸口那口惡氣終於算是吐了出來。

姜維開著車，扭頭看了眼林清音悠哉剝瓜子的樣子，頓時有些發愁。「小大師，今晚這到底是怎麼回事啊？」

「就你看到的那回事啊。」林清音將瓜子殼放到塑膠袋裡，漫不經心地說道：「黃大媽覺得她女兒交的男朋友好像怪怪的，又怕自己想多了，所以找我來算一算。」

姜維愁得頭都大了。「那妳直接告訴她不就好了，還親自出來看啊？」

「眼見為實嘛，再說了要是沒看到真相，那個董曉娟也不會相信啊。」林清音將瓜子仁扔進嘴裡說道：「董曉娟的姻緣是個坎，要是邁不過去就是淒慘孤苦一生。她除了傻白甜一點是個不錯的好姑娘，我不能眼睜睜地看著她被人騙婚又騙財啊！」

姜維輕笑了一聲，想不到兩年過去，小大師依然是這麼善良可愛。

「對了，王胖子讓我明天一早到卦室去，他有什麼事嗎？」

「當然是去上班啊！」林清音笑咪咪地看著他。「王胖子休假了，這段時間你就是我新上任的助理了。」

頓了頓，林清音補充。「免費助理，沒有薪水！」

姜維絕望得想哭。「你們好歹先問過我的意見啊。」

「你有意見嗎？」

看著林清音威脅的眼神，姜維連忙把委屈憋了回去，搖了搖頭。「沒有。」

姜維送完林清音回到家後看到姜母在收拾東西，順嘴問：「媽，妳準備去哪啊？」

「出去度假啊！」姜母將化妝品裝進旅行箱裡，隨口說道：「明天一早的飛機，我和你爸還有你爺爺、奶奶都去。」

姜維驚住了，指了指自己問道：「那我呢？度假為什麼沒通知我？難道我不用去嗎？」

姜母尷尬地站在原地，心虛得沒敢和姜維對視。「那個，你還真不用去。一開始訂機票飯店的時候，我們是真的忘記你了，根本就沒買你的機票。不過這事也不能全怪我，你平常也不在家，我們一時疏忽忘了你的存在也是情有可原的。」

姜維有些氣結。「那後來也沒想起來嗎？」

「今天收拾行李的時候想起來了。」姜母笑得格外燦爛。「我正不知道怎麼辦的時候剛好接到了小大師電話，她說要借你用兩個月，我就把你借給她了！」

姜母一邊說著，一邊掏出手機給姜維轉了一筆錢。「啊，這兩個月你好好幫小大師做事，千萬注意別讓小大師累著。」

提起林清音，姜母臉上露出了心疼的神色。「小大師才多大啊？就得天天算卦，我一想到就心疼。我和你說，你去了卦室以後把小大師不愛操心的那些雜事都安排好，記得給她倒水、買零食，中午小大師要是不回家，你幫她準備好飯菜，千萬別讓她餓著知道嗎？」

姜維看著姜母眼睛發直。「媽，我這助理在您的嘴裡怎麼像丫鬟似的？」

「這麼說也沒錯。」姜母朝姜維努了下嘴。「看看剛才轉給你的錢收到沒？那可是你未來兩個月給小大師買零食和請她吃飯的錢，你可別亂花了。」

姜維嘴裡嘟囔著能有多少啊，等掏出手機看到簡訊提示的金額後瞬間睜大了眼睛。「十萬！」他不敢置信地抬起頭看著姜母。「媽，妳是多打了一個零嗎？我一年的生活費妳才給我三萬，給小大師當兩個月助理妳就給我十萬？」

「你和小大師能一樣嗎？」姜母翻了個白眼。「你隨便吃吃，別餓死了就行，小大師可是女孩子，得營養均衡才長得漂亮。」

「行了，別在這礙事。」姜母推開姜維，把丟在床上的衣服疊起來放在旅行箱裡。「對了，我問過小大師，她要報考數學系，你有空可以提前給小大師補補課，這個你有經驗！」

妳可真是我親媽！

又被指派任務的姜維欲哭無淚。

好不容易放了假，但讓姜維鬱悶的是他和以前一樣依然沒辦法睡懶覺，早上剛過六點半他的手機就響了，比在學校設置的鬧鐘時間還早。

姜維閉著眼睛伸手摸了兩下，終於抓到手機。他睡眼惺忪地睜眼看看手機上的名字，有些絕望地點了通話鍵。「王哥，這個點是不是有些太早了？你以前不都睡到早上九點的嗎？」

「瞎說，以前陪小大師算卦的時候我都四點多起來，只有小大師上學的時候我才睡到九點。」王胖子擺了擺手。「不過那都是以前了，自從結婚以後我都起得很早，早上要陪我家瑩瑩去跑步，還要一起做早餐，怎麼能把時間都浪費在睡懶覺上呢？」王胖子頓了一下，略帶嫌棄地說道：「這種已婚人士的生活，像你這種單身狗是不懂的。」

姜維覺得從自己回來這兩天受到的暴擊一個比一個重，他被王胖子赤裸裸的炫耀給氣笑了。「王哥，等我像你這個歲數的時候，孩子都能叫爸爸了。」

王胖子得意一笑。「你到我這個歲數有沒有人叫你爸爸我不知道，反正我的孩子已經在我老婆肚子裡安家了。對了，偷偷告訴你，小大師替我算過了，我媳婦肚子裡是兩位千金，你早點備禮物，記得要豐厚一些啊！」

姜維翻了個白眼，王胖子美滋滋地笑了幾聲，緊接著又換了個口氣。「趕緊起床啊，我送瑩瑩上班後就去卦室等你。」

把手機丟在床上，姜維認命地從床上爬起來走進洗手間，他對著鏡子仔細地打量了下自己，雖然不像現在當紅的那些小生一樣精緻如畫，但怎麼看也算得上是玉樹臨風、品貌不凡的代名詞啊！肯定能在結婚的年齡上戰勝王胖子！

姜維默默給自己比了個勝利的手勢。

吃了早飯，姜維開著家裡的車來到卦室，小大師雖然還沒來，但是等著算卦和看熱鬧的人已經來了不少了。王胖子鄭重地給來看熱鬧的大爺、大媽和來算卦的事主們介紹姜維，讓他們以後有事就聯絡姜維。

從公園過來的那些圍觀群眾們都認識姜維，姜爺爺、姜奶奶家就住在市民公園附近。姜維當初被人劫走氣運家裡破產的時候，全家搬過去住了兩、三年，和附近的那些人們都十分熟悉。而且姜家的事也是小大師處理的經典事例，現在還讓人津津樂道。

知道姜維要給林清音當助理，大爺、大媽們都十分支持，紛紛表示姜維身為高考狀元、數學系的在讀研究生，一定能把小大師的算卦工作安排好，否則就白讀這麼多年的書了。

姜維已經不想和他們分析這裡面的邏輯了，反正只要涉及到小大師的事，這些人就沒有邏輯。誰敢和狂粉說邏輯？

別看王胖子讀書不怎麼樣，可是幫林清音打理卦室確實井井有條，預約的名單和預約人員資料都詳細的登記在記錄裡，即便是換個人也不會影響卦室的正常運轉。

卦室的事也不太複雜，除了做好預約和提前按照名單通知預約人以外，其他最重要的就是幫忙林清音談出手的價格。小大師現在身家豐厚，近幾年內修煉的錢掙得充足以後她又變佛系了，一心軟就不收錢，有時候還會搭幾個護身符送出去，要是沒有人替她操心，王胖子生怕她把自己都送出去。

林清音雖然高中畢業了，但打扮跟以前一樣，舒適的T恤、淺色的牛仔褲和一雙小高跟涼鞋，除了那張臉以外，最引人注意的就是那雙大長腿了。

因為要趕在暑假期間把所有的預約全都算完，林清音現在每天上午、下午各算十卦，時間安排得滿滿的。

林清音洗了手以後從竹筒裡取了茶葉出來，用王胖子從山區訂購的泉水烹茶，趁著林清音煮茶，大爺、大媽們也都找好了自己的座位，有直接坐地上的，也有帶著折凳來的，一眼看過去至少有二、三十個人。

第一個算卦的並不是排隊預約的客人，她和原本預約的人是親戚關係，因為遇到了急事所以和親戚要了這個名額。像是這種頂替名額的，只要是無償的，林清音都不會干涉，可若是有人想當黃牛，林清音會直接把人轟出去。

林清音本身就是算卦的，那些心思活躍的人也知道要是做這種事肯定瞞不過林清音，都很老實的打消念頭。人生幾十年，誰也說不準以後會遇到什麼事，萬一因為這個得罪小大師，以後真有事的時候他們就是哭都來不及。

這個要了親戚名額來算卦的是一位三十出頭的女人，帶著一個四、五歲的孩子來的。進了卦室以後她無心欣賞裡面的風景，抱著孩子腳步匆匆地走到林清音面前，將孩子放了下來，開門見山的說道：「大師，我想替我兒子算一卦。」

林清音看了她一眼。「怎麼稱呼？」

女人連忙說道：「我姓王，叫王茵，我兒子叫鄭穎果，小名果果。」

林清音轉身打開身後的櫃子，從裡面摸出幾塊巧克力來，笑咪咪地看著果果。「果果，到姊姊這裡吃糖。」

林清音本身長得就好看，再加上她手裡的巧克力對於孩子來說吸引力十足，四歲的果果毫不猶豫地走了過去，伸出兩隻手朝林清音拜了拜，奶聲奶氣地說了聲謝謝姊姊，這才伸手把巧克力接了過來。

林清音端詳了一下果果的面貌，又打開他的小手看了看掌紋，這才問道：「妳想給妳兒子算什麼？」

當著兒子的面，王茵沒有貿然開口。她招手把果果叫過來，好聲好氣地商量著。「果果先到旁邊去玩一會兒，我和姊姊說會話好不好？」

果果早就被一旁的鮮花、竹子、小鳥吸引了注意力，一聽媽媽讓他去玩，立刻歡天喜地朝小鳥跑了過去，嘴裡發出咯咯的歡快笑聲。

看著兒子天真無憂的模樣，王茵臉上帶了幾分苦澀。「大師，我想算算我兒子是不是活不到五歲？」

王茵的話音一落，坐在下面的大爺、大媽都倒吸了一口冷氣，十分惋惜地看著漂亮的果果，都覺得有些心疼。

林清音沒有回答這個問題，反而看著王茵。「是誰和妳這麼說的？」

「是我婆婆。」王茵的眼睛有些紅了。「我和果果的爸爸工作很忙，一直以來都是我公公婆婆幫忙照顧果果的，去年果果上了幼兒園，每天也是由我婆婆接送。上個月某一天，我婆婆從幼兒園接了果果回家，路上碰到一個打扮的像是道士的老頭，他一看到我兒子就嘆了口氣說挺好的孩子，可惜活不到五歲。」

王茵的聲音開始變得有些哽咽。「好好的孩子突然被人說這麼不吉利的話，任誰也會不高興，當時我婆婆就追著那個人把他罵跑了。這事說起來也不是什麼好事，我婆婆回家也沒提，直到上個星期我們一家人到七蓮湖濕地公園去玩，我兒子追著蝴蝶跑的時候撞到了一個老頭身上，那個老頭嫌棄地將我兒子推到了一邊，嘖嘖兩聲說看著挺靈氣，其實不過是個短命相，活不過五歲。」

王茵的眼淚滴了下來，落到她的手背上。「當時我老公就急了，和那老頭吵了起來，可我婆婆卻被這句話嚇到了。短短一個月的時間，從兩個不同人的嘴裡聽到我兒子活不過五歲這句話，別說是她，就連我們夫妻都不安穩。」

林清音看著王茵的眼淚一滴一滴的落下來，從茶盤裡拿了一個杯子出來，倒了杯茶遞到了王茵面前。「妳相信他們的話了？」

「我不想相信，也不願意相信，每個母親都希望孩子能平安的長大，誰也不想看到自己的孩子夭折。」王茵有些無助地搖了搖頭。「可是果果還有兩個月就到五歲了，我不能什麼都不做，萬一果果真的出事，我會後悔一輩子的。」

她看著林清音，眼睛裡是期冀的目光。「我聽我大姨說您算卦非常準，破災改運也很靈驗，我就想知道我兒子五歲的時候是不是真的會……」

最後兩個字王茵說不下去了，她轉頭看了眼果果，臉上露出了悲傷的神色。「如果是的話，大師能不能幫幫忙，把我的命續給果果？」

林清音有些無奈地看著王茵。「誰告訴妳能把妳的壽命延續到別人身上的？這種一聽就是邪術，我吃飽了撐著找雷劈嗎？」

王茵的嘴唇微微動了下，臉上露出了糾結的神色，可她最終還是說了出來。「是我婆婆說的，她前天又遇到了在公園裡的老頭。我婆婆覺得他能看出我兒子的命數一定是高人，所以想請他救我兒子的命。那個老頭說也不是不可以，只是得有人願意將命續給我兒子。」

林清音皺起了眉頭。「他是不是有什麼附加條件？」

王茵點了點頭。「他說續命術不是一次就可以完成的，至少要用三年時間穩固命魄，這三年我兒子不能見家人，必須跟在他身邊才行。」

想起老頭提的條件，王茵有些暴躁。「續命的話，我完全願意用我的命，但是我實在是不放心把兒子交給這個古怪的陌生人，不過我婆婆好像答應他了，這幾天一直在勸我。我現在班都不上了，天天帶著果果，就連上洗手間都帶著，生怕一分鐘沒在眼前他就被我婆婆帶走了。小大師，我兒子到底有沒有救啊？」

林清音將手裡的茶杯放下，拿出了幾張黃表紙一邊疊一邊說道：「果果的身體和一般人的不太一樣。絕大部分普通人身體有陰氣有陽氣，維持著身體的平衡，也有少部分人因為生辰八字的原因是純陰或者純陽體質，果果身體裡的陽氣比純陽體質的人還要濃郁。

「打個比方，純陽體質的人是個火爐，那妳兒子的身體就是座火山。」林清音將疊好的黃表紙放到一邊。「隨著年齡的增長他體內的陽氣越來越足，等他的身體承受不住體內的陽氣，他的壽命就到頭了。」

王茵眼淚噼哩啪啦地掉了下來，林清音遞過去一張紙巾。「不過這至少是二十年後的事，妳現在哭得有點太早了！」

王茵猛然抬起了頭，心裡不知道是喜還是悲，喜的是起碼現在沒事，悲的是二十年後果果也不過才二十四歲，到時候她白髮人送黑髮人，也未必能承受。

看著王茵悲鳴的神色，林清音說道：「果果的事自然有化解的方法，不過我覺得妳此時的關注點應該放在妳婆婆，還有那個想帶走妳兒子的老頭身上。」

王茵愣住了，有些不明所以地看著林清音。「小大師的意思是我婆婆和那個老頭是一夥的？」不等林清音回答，王茵就搖頭說道：「不可能，我婆婆很疼我兒子，她不可能害我兒子，肯定是被那個老頭的危言聳聽給嚇住了，所以才配合著他想說服我。」

林清音拿出了龜殼。「我替妳搖一卦吧。」

王茵虔誠地看著林清音手裡的金色龜殼，連大氣都不敢喘，緊張地看著她將三枚古錢放在龜殼裡，動作流暢地將三枚古錢搖了出來。連搖六次，林清音將卦象合起來，微微地皺了皺眉頭。「妳婆婆是不是信奉些什麼？」

「沒有吧？」王茵有些不確定地說道：「平時在家裡也沒看她燒香拜佛呀。」

林清音手指一勾，用一道靈氣將果果面前的蝴蝶引了過來，果果追逐著蝴蝶跑回到了竹亭裡。林清音朝他招了招手，笑咪咪地問道：「果果到姊姊這裡來，姊姊問你一點事。」

鄭穎果很喜歡面前的這個漂亮姊姊，覺得她身上有一股好聞的氣息。鄭穎果這種體質的孩子，天生對靈氣就敏感，林清音對他來說特別有吸引力，恨不得黏在她身上。

林清音摸了摸他的頭。「果果，你奶奶都喜歡帶你去什麼地方啊？」

「去買菜、去泡腳，還喜歡去聽課。」果果皺著眉頭說道：「我不喜歡聽課的那個地方，裡面有一股臭臭的味道，不好聞。」

王茵抓住了果果的手，神色緊張地問道：「奶奶聽的是什麼課啊？」

果果的小臉皺了起來，不知道該怎麼說。他仔細地想了想，倒是真讓他想出一件事來。

「給奶奶講課的人，就是上次在濕地公園和爸爸吵架的那個老頭。」

王茵的臉色一下子就變了，上次在濕地公園，就是因為那個老頭說的話全家才一團亂，到現在她還記得婆婆絕望的神色，她怎麼也不相信老實巴交的婆婆居然這麼戲精。更何況果果一出生就是她婆婆照顧，每天餵飯、洗澡，疼愛得不得了，所以她根本就沒懷疑過婆婆會對果果有壞心。

第六十七章

林清音將龜殼放到手心裡撫摸了兩下。

「果果的體質十分罕見，他體內的陽氣對於一些邪門歪道來說是十分罕見的大補之物。之前果果年幼，體內的陽氣不足，就像未成熟的靈草，雖然也有效果，但是直接用了有些暴殄天物，所以他們才耐住性子一邊給妳婆婆洗腦，一邊等待時機到來。」

王茵氣得嘴唇有些發紫，她從來沒有想過自己疼愛的兒子居然被人視為藥草，更沒想過自家糊塗婆婆居然會信這些東西。

林清音想了想，安慰她道：「妳應該慶幸這群人都是一些跳梁小丑，有賊心沒賊膽，怕事情鬧大自己被逮住，所以才和妳婆婆合演了這麼一齣戲。至於妳婆婆呢，確實蠢了一些，她是真的相信那個老頭說的話，但沒有壞心。」

王茵深吸了兩口氣。「不管怎麼樣我都不能再讓她接觸果果了，等這件事了了我把他們老倆口送回去，我就是辭職不工作，我也不會再把果果交給別人帶。」

林清音將果果的小手握到手心輸入一絲靈氣，將他體內的情況看得清清楚楚。這個孩子即便是在修真界都是難得的好苗子，更何況在這靈氣凋零的末法時代，真的算是鳳毛麟角的存在了。

林清音到這個時代以後還沒有正式收過傳承弟子，這個鄭穎果倒是一個不錯的選擇。只是神算門的弟子不但要求有修煉天賦，還得有感應天道的能力，鄭穎果年歲小，在這方面的天分還看不出來，所以也不急著現在收徒，不過倒是可以先給予一些保護，免得他再被別的邪修盯上。

林清音從盒子裡拿出一塊晶瑩剔透的玉石，在上面雕刻上隱藏體質的陣法後穿上紅繩掛到果果的脖子上。玉石上的靈氣順著果果的經脈在身體裡遊走，將他體內的一部分陽氣轉化成靈氣又輸回玉石。

果果歡喜地摸著脖子上的玉，奶聲奶氣地和王茵說道：「媽媽，姊姊的項鏈戴上以後好涼快，果果都不覺得熱了。」

王茵看著兒子脖子上的玉，臉上露出了糾結的神色，他們只是普通的受薪階級，別說是玉質的護身符，那一塊玉也不是她買得起的。

林清音看出她的為難，淡淡的一笑。「這塊玉符是我送給果果的，可以隱藏他的體質，免得被人覬覦。等果果到了十歲的時候我可以教他一些呼吸吐納的方法，讓他自己學會引導控制體內的陽氣。」

王茵頓時期冀地看著林清音。「小大師，果果學會您說的方法以後，是不是就不會因為陽氣太足而沒命了？」

林清音點了點頭。「他天賦和體質都不缺，就看他肯不肯吃苦了。若是吃得了苦，他得到的益處是你們想都想不到的。」

王茵連連點頭，拉過果果深深地朝林清音鞠了一躬。體質的事暫時不用操心，但是那個老頭想把果果騙走的事還沒解決，林清音剛才搖卦的時候就已經算出老頭出現的時間。

「後天我去妳家，把這事解決了。」

王胖子手把手帶了姜維一天，第二天就放手不管了，正式開啟了休假模式。姜維已經調整好了心態，一大早就拎著一大堆水果、零食外加豐富的早餐來到了卦室，及時填滿了林清音的零食箱。

看著卦室裡世外桃源一樣的景色，姜維深吸了一口氣，安慰自己說給小大師當助理還是很不錯的，怎麼也比當年給林清音補課又得順便幫她寫作業輕鬆。

林清音在家吃完了早飯來的，不過看到姜維做的鮪魚三明治順手又拿起一個。「明天暫時不要約客人，我們去趟事主家裡。」

姜維沒少聽王胖子講稀奇古怪的事，一聽說自己也要見識到了，頓時有些興奮。林清音看到他的表情忍不住打擊了他一下。「這個事主家裡的事還不如當年你自己遇到的那麼刺激呢。說起來，也是這家人命好遇到的那個邪修膽小，要是換你遇到的那個，早就把孩子給偷抱走了。」

想起當年被劫走氣運的事姜維就鬱悶，他見林清音有繼續說下去的架勢，眼疾手快地拿出一個蛋撻塞在了林清音嘴裡，把她剩下的話給堵了回去。

林清音一口咬下一半蛋撻，眼睛亮晶晶的。「這個蛋撻烤得好吃，哪裡買的？」

姜維呵呵一笑。「這一大早哪有賣熱蛋撻啊？這都是我自己烤的。」

「想不到你還會做甜點啊！」林清音讚許地看著姜維，頓時把姜維驕傲壞了，胸膛都挺了起來，就聽林清音又說道：「明天再多烤一些唄！對了，我還喜歡吃那種叫大福的甜點，你會不會做？」

姜維聽到了自己磨牙的聲音。「會！」

林清音笑得十分開心。「那我要芒果和榴槤的。」

姜維恨不得給自己一巴掌。

怎麼就管不住自己這張嘴呢？剛才說不會不就得了！

林清音將剩下的半個蛋撻放進嘴裡，眼睛發亮的看著姜維。「你還會做什麼？」

剛才還怪自己多嘴的姜維一不小心又多說了。「市面上的甜品我都會做。」

林清音開心的點了點頭。「再來個黑森林蛋糕吧。」

姜維默默地拍了自己嘴巴兩下。就你話多！

林清音吃了兩個蛋撻和一個三明治以後，揉了揉肚子去了卦室，王胖子有些不放心地打來電話，問姜維有沒有安排好今天的預約。

「應該都安排好了吧。」林清音不太確定地說道：「反正來幾個算幾個就好了。」頓了頓，林清音摸了摸滿足的肚子，決定誇姜維幾句。「姜維做的三明治和蛋撻非常好吃，他還會做巧克力蛋糕和大福，簡直是一個被數學耽誤的甜品大師啊！」

王胖子有些憂鬱，他覺得不會做甜點的自己可能就要失寵了。

王茵在算卦完後帶果果回家，一開門婆婆就迎了上來，有些忐忑不安地問道：「怎麼樣？今天的大師怎麼說？」

若是以往王茵可能會毫無保留的和婆婆探討這個話題，但是現在她知道兒子遇到的事是婆婆引來的，她就沒心情和她多說了。

看著王茵沒說話，鄭老太忍不住說道：「我今天又去了楊大師那裡一趟，楊大師說果果的生日越來越近了，應該早日做法才是，若是等到日子近了就晚了。」

王茵拍了拍果果的後背看著他回了房間，這才轉頭問鄭老太。「媽，我覺得妳很信那個姓楊的老頭，我今天好好想了這件事，我覺得他就是一個拐賣孩子的騙子，不該相信他。」

「誰說他是騙子了？」鄭老太一著急就說溜嘴了。「楊大師是有本事的人，去年有個撞鬼的人找楊大師看病，我親眼看他一揮手變出一把火來，把那人身上的小鬼給驅走了。」

王茵的笑容很冷。「您去年就認識那位大師了？不是在濕地公園第一次見嗎？」

鄭老太頓時十分尷尬地站在了原地搓了搓手，結結巴巴說道：「以前是見過，我忘了，後來才想起來。」

王茵深深地看了她一眼沒再說話，轉身回了臥室，鄭老頭沈不住氣地把鄭老太拽進了臥室裡，壓低聲音問道：「那個楊大師是怎麼回事？」

鄭老太敢瞞兒子、兒媳婦卻不敢瞞自家老頭，只能白著臉把楊大師不讓她說的事都說出來了。「我有時候不是出去聽課嗎？聽的就是這楊大師的課，他真的很靈的，我看過他給人治病，還看過他憑空變出過火、變出過水，是有真本事的。上次果果咳嗽沒去幼兒園，正好趕上楊大師的課，那天你不在家，我又不能單獨把果果放家裡，就帶他一起去了。」

偷偷看了眼鄭老頭的臉色，鄭老太有些不安地說道：「楊大師一見果果立刻就站起來了，捏著他的胳膊和手看了半天，那天他就把我單獨留下來了，說果果的身體不妥。」

鄭老頭強壓住怒火。「他信口亂說妳就信了？」

「不是亂說的。」鄭老太有些急了。「他說果果的體溫常年偏高，容易上火，怕熱卻不畏寒。」

鄭老頭氣得直翻白眼，鄭老太連忙說道：「還有呢，他說果果體內都是火，若是放著不管，真的活不過五歲，他會被活活燒死的。他還從果果體內引出了一簇火苗讓我看呢。」

鄭老頭臉色十分難看。「妳不是說那個老頭會變火嗎？妳怎麼知道那火苗是從果果身體裡鑽出來的？」

「他變火的時候拿黃紙了，可是他從果果體內引火的時候，只用手指頭在果果手心裡轉了轉。」鄭老太抹了把眼淚十分委屈地說道：「你以為我願意相信這是真的嗎？為了讓果果活下去我都同意把命續給他了。只不過是讓果果在大師身邊待三年而已，多好的事啊！你看兒媳婦一個勁兒給我擺臉色，她根本就沒替果果著想。」

鄭老太說成這樣，鄭老頭也有些動搖了。「既然是這樣的話，妳為什麼不直接和兒子、兒媳婦說，繞這麼大的圈子。」

鄭老太十分委屈。「大師說天機不能洩露，不能讓別人知道太多。」

鄭老頭長嘆了口氣。「等兒子回來再和他商量商量吧。」

鄭光雷沒等下班就接到了王茵的電話，等到家後又被父母拽進了屋裡。聽到兩邊不同的說辭，鄭光雷更相信妻子。他那天和那個楊大師吵架的時候就覺得那人看人眼神不正、心懷鬼胎。而妻子找的小大師在齊城小有名氣，鄭光雷這段時間也沒少打聽，但凡是提到小大師的無人不讚揚，據說做了不少的好事。

見說不動兒子，老太太著急了，偷偷到樓下給楊大師打電話說兒子、媳婦不同意續命之法，而且開始找別的大師去算了。

楊清河一聽自己盯了一年的胖小子就要被別人截胡，頓時就著急了，他現在正好去外地找一味輔藥不在齊城。但現在主藥都要飛了，哪裡還顧得上什麼輔藥？他一邊懊惱著自己不該這個時候出來，一邊讓鄭老太把她兒子、媳婦穩住，說自己這就趕回去，後天一早就到。

聽到楊大師要親自來說服兒子、媳婦，鄭老太不由得鬆了口氣，她倒不是真的為了和兒媳婦較這個勁，她是真怕果果活不過五歲的生日。

林清音和楊清河兩人都約了同一天上門，鄭光雷怕兒子被搶走，特意請了假在家等著，大約九點多鐘左右，楊清河和林清音一前一後幾乎同時到了鄭家。

王茵看到那老頭進來的時候臉色都變了，剛要將兒子藏起來就看到林清音來了，頓時鬆一口氣。婆婆已經被洗腦，公公又被婆婆說動了，她真的怕這幾個人直接動手，到時候她和丈夫兩人未必真能護住兒子。

王茵看到林清音眼淚都快下來了。「小大師，您總算來了，那個老頭已經到了。」

林清音看著和鄭老太嘀嘀咕咕說話的楊清河，嘴角微微一撇。「就是他嗎？」

王茵咬牙切齒地看著楊清河。「就是他說動了我婆婆，說要帶走我兒子。」

「你想拐賣兒童啊？」林清音走到楊清河身邊上下打量了一番。「你知不知道你這種行為會被判幾年？」

楊清河被林清音的話說傻了。不是說來的是同行嗎？怎麼還扯到法律了？他有些不敢確定地看了林清音一眼，轉頭問鄭老太。「這丫頭是誰啊？」

鄭老太不太高興地看了兒媳婦和林清音一眼。「小茵，我知道妳怪媽之前瞞著妳，可這也不是因為怕你們不信嗎？事情關係到果果的性命，妳可不能因為嘔氣耽誤了給孩子治病啊。」

楊清河順勢昂起了頭，一副高高在上的姿態。「我也是看在妳婆婆一向虔誠才答應替你們家孩子施法，要不然妳以為我會做這消耗我法力的事嗎？」

林清音沒忍住噗哧一聲笑出來。「就你這一身的陰氣，也好意思說施法兩個字？你有什麼目的你自己知道。」

楊清河被林清音說的心一震，不由得上下打量了她一番，小丫頭樣貌倒是挺伶俐好看的，但除此之外完全看不出有什麼特別的。他心裡快速地盤算著，琢磨著林清音或許是什麼人的徒弟，仗著師長寵愛不知道天高地厚。

按照楊清河以往小心謹慎的性子，他是從來不會和可能有後臺的人起衝突的，明哲保身是他的人生信條。可現在極陽體質的童男就在面前，這就像是豬八戒遇到了人參果，讓他放棄絕對不可能。

楊清河心裡快速的權衡著利弊，用身上的符紙擊退這小丫頭將孩子帶走逃之夭夭，只要有這個極陽童子在，自己的修為肯定能大為突破，壽元也會有所增長，若是就此放棄，雖然眼下是安全的，可他的身體已經被陰晦之氣侵蝕，根本就沒有幾年好活。

楊清河咬了咬牙，做下人生第一個大膽的決定，膽小了一輩子，到頭來一事無成，只能租個車庫騙騙老頭、老太太的養老錢度日，還不如豁出去幹一把大的，若是成功，他的壽命和功力就都有了，到時候榮華富貴指日可待。

打好了算盤，楊清河得意洋洋地朝被王茵藏在身後的果果看了一眼，此時果果正好有些好奇的往外探了下身體，正好被楊清河看了個正著。

楊清河看著果果就像普通的孩子一樣，之前渾身外溢的陽氣已經消失不見頓時大驚失色，直接就吼出來。「他身上的陽氣呢？」

果果被楊清河的聲音嚇了一跳，又躲回了媽媽的身後，而透過楊清河這句話也間接證實了林清音的話，這楊清河根本就不是什麼治病的大師，他想要的就是孩子身上的陽氣。

孰是孰非已經看得清清楚楚，鄭光雷上前擋住了妻兒，朝楊清河一指。「你現在就給我滾出去！」

「哎呀呀，楊大師是真能給我們家果果治病的。」鄭老太急得拍了自家老頭一下。「你快說說兒子。」

鄭老頭昨晚本是聽鄭老太的一面之詞，但看到現在的情況覺得不大對，臉色不太好的把鄭老太的手拍了下去，低聲吼了她一句。「妳閉嘴，看看情況再說。」

楊清河看到鄭家涇渭分明的兩個陣營後不由得對鄭老太有些惱怒，自己千叮嚀萬囑咐讓她這段時間一定要把家人拉攏到他這邊，可這大半個月，老太太一個都沒說服，反而看著和他有仇似的，這不成事不足敗事有餘嗎？早知道是今天這個情況，他當初就不該那麼優柔寡斷，直接動手把孩子搶走了。

楊清河看了看屋裡的幾個人，覺得最大的威脅就是姜維和鄭光雷，畢竟這兩人年輕力壯，自己未必打得過。其餘的都是老弱病殘，一點小法術就能控制住，不用費太多心思。

楊清河的手摸進了自己的袋子裡，掏出一張皺巴巴的符紙朝鄭光雷扔過去，他打算趁著鄭光雷被火球纏住的時候衝過去把果果搶走，然後再用符紙將擋在門口的姜維趕開，事情就成了。

鄭光雷一愣神，就看到一個拳頭大小的火球朝自己飛了過來，他剛想躲又想到老婆兒子還在自己身後，又硬生生地站了回來，驚慌失色地反手一推。

「快跑！」

眼看那個火球已經近在咫尺，鄭光雷甚至感覺到臉上的汗毛都被烤焦了，就在這時那個火球忽然定住了。這下不僅鄭光雷愣住，就連衝過來的楊清河都傻眼了，盯著那個火球不知該如何是好。

林清音慢悠悠地走了過來，就像拿玩具似的將那個火球拿在手裡，遞到楊清河面前。「怎麼能在別人家亂丟東西？沒水準！」

楊清河看著那火球都快碰自己臉上了頓時嚇得臉色煞白。別見他平時用些符紙裝神弄鬼，可是那火丟出去以後就沒一個能受他控制的，像林清音這種直接把火球捏手裡的本事他作夢都沒敢想過。

原以為這個小丫頭是個銅牌，沒想到是個菁英，楊清河頓時什麼念頭都沒有了，轉頭就往門口跑，掏出一張符紙一邊朝姜維扔去一邊喊：「滾開！」

姜維這個人天生命好，林清音給他批過命說他是命中帶福、天生帶財、一飛沖天、氣運無人能及。當年就是因為姜維的命太好了，所以才被邪門歪道的人看上，聯合姜維的乾爹兩人攜手將姜維的運勢劫走。幸好姜維走投無路的時候遇到了小大師，小大師出手把邪法破除，姜家的運勢又如日中天，而劫人氣運的兩個人一個被雷劈死了，一個還在監獄裡關著呢。

總之，姜維身上的氣運旺盛，想對他出手，除非氣運比他還強才有可能成功。

楊清河那張符紙扔出去剛掐了手訣，一陣風忽然從門口吹了進來，那張符紙直接被吹回來貼到楊清河的臉上。只聽砰一聲，一個淡藍色的雷花在他身上炸開，楊清河撲騰一聲趴在地上，身上傳出來一股燒焦的味道。

林清音托著手裡的火球，轉頭看著鄭老太。「這就是妳信的大師？」

鄭老太一臉震驚，看著蜷縮在地上疼得直抽的楊大師，又看了看眼前這個年紀不大的小姑娘，一時間不知道該信誰了。

姜維有些好奇地走過來，低頭看著楊清河。「你剛才扔了什麼呀？」

楊清河疼得根本不想說話，也說不出話。

楊清河雖然被雷炸傷，但是他那張雷符上的靈氣本來就不足，疼是疼點，但是不會有性命之憂。

林清音蹲下來將火球遞到楊清河面前，饒有興致地看著他。「是你自己說，還是讓我審你？」

楊清河忍著劇痛，努力把頭往後挪，聲音裡帶著淒慘的哭腔。「我說我說，大師妳想問什麼我都說。」

「倒是挺識時務的。」林清音將手裡的火球往後挪了挪，直截了當的問道：「你想騙走人家孩子，是打什麼主意？」

楊清河眼睛心虛地閃了閃，快速在腦中編造著說得過去的藉口。林清音見他還不老實，直接將身上的威壓釋放出來。

感受到強大的氣勢從頭上壓下，楊清河嚇得連臉上的汗毛都白了。

說白了，他們這種邪門歪道也是和修真有點關係。只是現在靈氣匱乏，用正常修煉實在是太難了，所以心術不正的人就想了很多歪主意，例如搶別人氣運、修煉死氣，奪人魂魄，或是將體質特殊的人煉成提升修為的丹藥。

可這裡畢竟不是真正的修真界，很多修煉的法門到現在只剩下一些殘片。林清音到這個世界也有兩年，遇到了不少邪修，能引起入體的都算是這裡面能力高的，像楊清河這種弄得自己一身陰氣的傢伙是真的弱。

在楊清河眼中，不用符紙就能放出火苗的人是他見過最厲害的高人了，可就那位高人也沒有林清音身上散發出來的氣勢嚇人。

楊清河明白自己是遇到了真正的高人，頓時後悔得想哭，沒想到自己一輩子謹慎，臨老想幹一票大的，卻踢到一塊厚厚的鐵板上，讓他除了想死以外已經沒有別的念頭了。

從地上翻了個身，楊清河想爬起來，可那威壓將他壓得死死的，他連頭都抬不起來。楊清河放棄了掙扎，趴在地上老老實實的交代。「我相中了那小子身上的陽氣，想拿他煉丹提升修為。」

第六十八章

王茵頓時倒抽了一口氣，雖然林清音早就告知她這個老頭沒懷好心，但是她沒想到這個死老頭會這麼惡毒，居然想把她兒子煉成丹藥。鄭光雷的手也握成了拳頭，要不是看著楊清河趴在地上已經半死不活的，他非要狠狠揍他一頓。

王茵和鄭光雷只是氣憤，鄭老太則是一臉的震驚和不敢置信，幾步衝過去尖聲問道：「你不是和我說我孫子活不了太久了嗎？你居然是騙我的？」

楊清河有些委屈地詭辯。「其實也沒全騙妳啊，妳孫子即使不死在我手裡，早晚他也會被他體內的陽氣撐死，還不如讓我利用一下呢。」

鄭光雷聽到這話連忙伸手捂住果果的耳朵，不想讓他聽到這些亂七八糟的話。好在果果才四歲，對於這種自己不感興趣的事情根本就不長心，此時的他低頭玩著手裡的變形金剛玩具，根本就沒注意到楊清河在說什麼。

鄭老太聽到楊清河的說辭不知是喜是悲，她下意識朝鄭光雷看過去，卻見鄭光雷將頭轉過去，連看都沒看她一眼。

見兒子都不理自己了，鄭老太下意識想為自己辯解。「你看其實他也沒全騙人。」

鄭天雷看著老太太手足無措的樣子不但不覺得心疼，反而有些心冷了。「妳就這麼希望妳孫子有事嗎？」

「我不是，我沒有！」鄭老太慌亂地擺了擺手。她知道是自己引狼入室了，她也知道兒子、兒媳婦肯定會因此生氣，甚至可能把她送回老家去，但她真的不想走，她還想帶孫子呢！

鄭光雷深吸了一口氣，沒再和老太太繼續糾纏這個問題，眼下的事是先把這個騙子處理了。

「小大師，您看這件事要怎麼辦？」鄭光雷看著躺在地上的楊清河有點頭疼，他不能把人拘禁起來，可把人放走他也不放心，這次沒得手，誰也不知道還有沒有下次。

林清音朝他手裡指了指。「你不是有手機嗎？打電話報警啊！」

鄭光雷傻眼了。「報警？」這種事居然也要報警嗎？

林清音也有些無奈，像是一些做了惡事的邪修，自然可以請天雷劈死他，可楊清河雖然也修了邪法，但因為膽小又謹慎，做過最大的惡事就是騙老頭、老太太的退休錢。雖然想把果果拐走煉丹，但計劃還沒實施就失敗了，還被自己的雷符給劈了，讓林清音都不好意思再出手了。

「嗯，報警吧，傳播封建迷信、誘拐兒童，怎麼也要判幾年吧？」林清音將身上的威壓收起來，楊清河終於鬆了口氣，直挺挺地躺在地上。當初他就是怕被警察通緝才想騙人的，沒想到最終還是得進牢裡去。

鄭光雷表情微妙地看了林清音一眼。雖然小大師是真有本事的，但是傳播封建迷信這個罪名說得這麼理直氣壯，都不覺得心虛嗎？

鄭光雷掏出手機報警，林清音也掏出手機在警民一家親的群組裡打了聲招呼。當初林清音給公園派出所的小警察馬明宇算了一卦，讓馬明宇的胃癌及時做了手術，算是躲過了一劫。自那以後公園派出所的警察們和林清音的關係都很不錯，私下也有人來找她算卦。

經過林清音的手被雷劈的人有好幾個，他們從開始的震驚到後來都習慣了，一聽說今天居然有一個不用雷劈而是交給警方處理的都很激動，摩拳擦掌的都打算找機會去圍觀。

林清音說了這個住宅區的地址，一個叫張志忠的警察笑了。「我上個月剛調過去，這個歸我們管轄啊！我剛才正好接到一個報案電話，現在正在路上呢。」

頓時群裡沸騰了，一群人都嗷嗷直叫，強烈要求到臨所交流學習。

鄭光雷放下電話後還是有些不放心，小聲地問林清音。「大師，要是他以後出來，會不會再打我兒子的主意啊？」

「他沒那麼久的命。」林清音嘖嘖了兩聲。「本來就陰氣入體沒幾年好活了，還給自己整了個雷劈自己，能活到出獄都算他命大。」

趴在地上的楊清河想到自己淒涼的下場，哽咽著哭了起來。

早知道是這個下場，借他十個膽子也不敢做這種事啊！

警察們很快來了，雖然張志忠有心理準備，但是到了鄭家看到趴在地上的楊清河還是嚇了一跳，忍不住悄悄地給林清音發了訊息。「小大師，妳出手也太重了！」

林清音回了個無辜的表情。「他自己玩符炸的，我就站這裡什麼事都沒做。」

張志忠檢查了一下楊清河的傷勢，給他叫了救護車，在等救護車的時候先詢問了一下案情。

鄭光雷把楊清河怎麼騙他家老太太的事一五一十地說了，幾個警察除了張志忠以外都面面相覷，他們之前也見過拐賣孩子的，但是用這種蠢藉口的還是第一次見，更沒想到的是居然還差點成功了。

其中一個警察指了指林清音和姜維問道：「那這兩個人是幹麼的？」

鄭光雷頓時不知該怎麼說，他剛以楊清河傳播封建迷信為藉口報警。總不能馬上就說這是自己請的大師吧？

看到鄭光雷尷尬的表情，林清音掏出一根棒棒糖塞進嘴裡，露出甜甜的笑容。「來看熱鬧的！」

「對對對！」鄭光雷鬆了一口氣連忙附和。「這是我親戚家的孩子，知道我家老太太被騙，特意來幫忙的。」

張志忠強忍著笑把出勤情況記錄起來，通知鄭光雷和鄭老太到派出所做個筆錄。至於地上躺著的那位……

張志忠看著楊清河滿臉烏黑的樣子不忍直視，問了基本情況後順口說：「一會兒到派出所老實交代啊！」

林清音淡淡一笑，朝楊清河釋放了一絲威壓，楊清河頓時淚流滿面地連連保證。「我保證老實交代，一句謊話都不說！」

張志忠笑了。「就喜歡你這種好審的。」

很快救護車來了，幾名醫護人員抬走楊清河，警察們囑咐了做筆錄的時間和地點後也都走了，鄭家徹底安靜下來。

王茵抱住果果激動的連聲向林清音道謝，她之前只聽說小大師算卦很靈驗，沒想到人家還有這樣一身玄之又玄的本事。

「小大師，真是太謝謝妳了。」王茵和鄭光雷連連鞠躬致謝。

林清音摸了摸果果的小胖臉，樂呵呵地說道：「沒事，誰讓我遇到了呢？你們只要記住千萬別讓果果把玉符摘了就行，免得再被別的心術不正的人盯上果果。」

鄭光雷夫妻倆連連點頭，林清音把自己的手機號碼留給夫妻倆，還加了好友，讓果果有事的時候可隨時聯繫自己。這是自己看中的未來弟子，可不能疏忽了。

鄭家的大事解決了，但是家務事還得他們自己關上門商量。林清音臨走的時候忍不住提點了鄭老太一句。「去派出所做筆錄的時候，記得把妳被那老頭騙錢的事說一說，也許能要回來一些。」

鄭老頭已經氣得說不出話來，他重重地往桌子上一拍，做了決定。「等做完筆錄我們就回老家！」

林清音從鄭家出來的時候看起來很開心，嘴裡的棒棒糖棍子一翹一翹的，剛剛榮升小助理的姜維看完熱鬧想起了正事。「壞了，忘了和鄭家要上門費了。」

林清音算卦價格不算貴，預約排號就行，但是一般有事單獨請林清音看風水或者解災消難，這個價格就貴了，從幾萬到上百萬不等。王胖子和姜維交接的時候特意囑咐過，說小大師心大從來不和人家談價格，人家不說給錢她也不記得要，他們這個時候一定要記得談，不能讓小大師白忙活。

姜維早上走的時候還記得牢牢的，可剛才一看熱鬧，徹底把這件事忘到了腦後。姜維和林清音一個富二代一個甩手掌門，兩人真是沒有一個懂操心的。

看著姜維沮喪的表情，林清音無所謂的擺了擺手。「我連玉都送了，還計較什麼上門費？」

「妳還送玉了？」姜維差點哭出來。「我說小大師，妳不賺錢也就算了，怎麼還倒貼錢呢？」

林清音恨鐵不成鋼地搖了搖頭。「你說你學數學的時候挺機靈的，怎麼這麼關鍵的事看不透。我問你，這果果為什麼被人盯上？」

姜維對這種事特別有經驗。「因為體質特殊啊！」

「對呀，所以我也盯上他了。」林清音美滋滋地說道：「我準備把他列入我未來的衣缽弟子候選人。都是徒弟了那就是自家人啊，自家人能收錢嗎？」

「那倒是可以不收錢，不過……」姜維一言難盡地看著林清音。「妳怎麼知道人家願意讓自己家的孩子和妳學算卦呢？」

林清音一臉不解。「我們神算門是最正統的術數門派，他家人為什麼不樂意？」

姜維發現自己和小大師說不清這件事，世人普遍對算卦看風水這行帶著有色眼鏡，總覺得是騙子，但林清音卻跳出了這個層次，找她的人都是慕名而來，甚至在齊城的生意人若是和林清音交好的話，連買賣都好做幾分，因為小大師公認的性格耿直，能入她眼的人肯定人品沒問題，合作也讓人放心。

姜維也沒和林清音解釋那麼多，只簡單說：「反正我就是覺得很多人未必願意讓孩子從事這個職業。」

林清音糾結的皺了皺眉頭。「如果不算卦的話，只能當普通弟子了。」

姜維有些好奇地問道：「普通弟子學什麼啊？難不成學打坐？」

「那不是簡單的打坐，是修煉。」林清音乾脆讓姜維開車回卦室，準備給土包子開開眼。

林清音帶徒弟一直是簡單粗暴，上輩子在修真界連講解都省了，直接念一段口訣讓弟子們自己體會。像王胖子和姜維都算是貴賓待遇，不但有紙本的修煉口訣，還有林清音偶爾耐心的講解，不過剩下的還是得自己去感悟。

卦室被林清音精心佈置了陣法，這裡靈氣足又還原了自然的場景，在這裡打坐比別處更容易靜心。姜維盤膝而坐，一開始還胡思亂想，後來煩亂的心漸漸安靜了下來，他開始一遍一遍的默念口訣，很快大腦進入了一片空靈的狀態。

這種狀態感覺很奇妙，既像是永恆，又像是剎那，等姜維睜開眼睛的時候天空已經黑成一片了，他這個時候才發現時間已經過去了六、七個小時。

從蒲團上站起來，姜維雖然沒有感受到林清音說的天地靈氣，但是他覺得渾身上下神清氣爽，十分舒服。

「小大師，這方法還不錯！」姜維晃了晃脖子。「我覺得我的頸椎病都好了。」

林清音嫌棄地看了他一眼。「一下午都沒引氣入體？你這天賦也只能算一般般，不過比王胖子強，他前幾個月一打坐就睡覺，睡得很香，還說夢話。」

從小到大都是學霸，前高考狀元姜維對自己天賦一般的這個評價十分不滿意。「小大師妳是打坐多久才引氣入體的？」

林清音微微一笑。「按照現在的時間來算，也就幾分鐘而已。」

聽起來就很神呀！

姜維拱了拱手，甘拜下風。「小大師，我覺得妳上輩子肯定是修真大佬，開掛的存在，所以這輩子才能靠自學就成為大師。」

林清音呵呵了一聲。不得不說姜維畢竟是數學系的碩士，思考邏輯能力非常好，基本上把真相都說出來了。

連算了大半個月的卦，眼看著高考成績還有兩天就要出來了，王校長坐在辦公室緊張得揪他那頭烏黑濃密的黑髮。

帶完畢業班一身輕鬆的李彥宇來簽文件的時候正好看見了，好心的給王校長提醒。「校長，你那塊石頭的功效估計又快到了，小心把頭髮給揪沒了，到時候買生髮符就沒那麼容易了。」

王校長早就想到了這件事，直接從抽屜裡拿出金融卡，臉上露出驕傲的神情。「我老婆說讓我買塊玉來戴。」

李彥宇本來是想調侃校長的，卻冷不防地被撒了一臉的狗糧，鬱悶得轉身就要走。

「哎哎哎，你回來，我和你說說小大師的事！」王校長知道李彥宇和林清音關係不錯，又是學校裡僅有的幾個知道林清音是算卦大師的人，所以關於林清音的事王校長很愛和他商量。

「還有兩天高考成績就出來了，等小大師回學校的時候我們再讓她幫我們看看學校的風水吧，爭取以後多出幾個狀元！」

李彥宇覺得這目標挺難辦到的。「校長，小大師和別人不一樣，她過目不忘一點就透，各種變化的題型在她眼裡都不是難題，所以即便我們學校的教學深度比不上重點高中，小大師也能考出很不錯的成績，這全靠她的天賦。但是像她這種學生是鳳毛麟角，你招一個、兩個甚至十個、八個都沒有用，反而會因為學校照顧大多數學生的進度和教學深度拖累他們，要是真想從高考成績這裡提升學校的口碑，乾脆就組一個特優班，把所有的好老師都派過去，直接讓這一班和重點高中拚成績。」

這個主意倒是不錯，但是能考上重點高中的家長一般都不願意拿孩子的前途開玩笑，除非得花錢把人招來。王校長默默算了一下招一個班需要花的錢，欲哭無淚的又開始揪自己的頭髮。「好幾百萬呢，要是花那麼多錢出去，就是玉符都救不了我的頭髮。」

李彥宇知道王校長多摳門，畢竟當初王校長連飯錢都不願意給小大師免費，讓他花那麼多錢招學生，肯定像剜他的肉一樣，更何況董事會也不一定答應。

李彥宇同情地看了王校長一眼。「不然您從小大師那預約算一卦，說不定會有什麼好主意。」

王校長眼睛一亮。「這倒是個法子！」

比起王校長緊張的天天在辦公室裡轉圈，林清音對即將公布的高考成績根本不在意。她自己心裡有數，考上最好學校的數學系是絕對沒問題的。

林清音該算卦算卦，該看風水看風水，什麼也不耽誤，可身邊的人隨著高考成績公布日期的日漸臨近，一個個都緊張的坐立不安。姜維甚至私下裡偷偷的找王胖子，讓他給小大師算一卦，看能不能考個高考狀元出來。

王胖子跟在林清音身邊兩年也學到了一些真本事，普普通通的卦都能看出來，也學會了看相，可只要是算林清音，無論是面相還是卦象都是一團迷霧，什麼都看不出來，只能等成績公布。

林清音的爸媽倒是沒想那麼多，他們覺得只要能考上好大學就行，至於高考狀元他們根本都沒敢指望，畢竟他們知道自己的女兒是多麼的不務正業，就沒有哪個高中生一邊上學一邊算卦的。當然，也沒有哪個高中生輕輕鬆鬆就給自己家掙兩棟大別墅回來的。

此時林清音一家已經搬到了港商張易開發的別墅區，林清音不但看了風水，還給住宅區布了陣法，每個戶型都是林清音逐一審查過的，氣運旺盛。當然作為報酬，林清音也拿到了住宅區裡最好的一套別墅。

林旭正在庭院澆花的時候，去父母家吃完飯的張易揹著手溜達了過來，敲了敲院門和林旭打聲招呼。

林旭將手裡的工具放下，過去打開院門邀請張易到院子的葡萄藤下喝茶。

張易和林旭很熟了，也沒和他客氣，坐下以後喝了口茶，這才問道：「小大師不在家嗎？」

林旭笑了。「出去算卦了，她說要在上大學之前把這些預約的客戶都算完，免得耽誤人家的大事。」

「小大師就是敬業！」張易緊接著問道：「這兩天就要公布高考成績了，我想是不是提前訂個條幅什麼的，等小大師考個高考狀元出來，直接掛在住宅區門口。」

林旭默默的腦補了古樸的園林式社區掛條幅的場景，畫面實在是太美都不敢再想下去了。不過張易卻絲毫不覺得掛條幅難看，當初買這個住宅區的人都是過了小大師那一關的，絕大部分業主都是小大師的忠實粉絲，要是小大師考了高考狀元出來，業主們絕對會高興得狂歡。

林旭有些為難地說道：「之前模擬考試和聯考的成績倒是挺好的，不過高考成績怎麼樣我們不好說，她也不告訴我們呀！」

「小大師這是超凡脫俗，不在乎這些俗事。」張易喝了口茶有了主意。「沒事，我先叫人把條幅做好，等小大師考了狀元後就第一時間掛上。要是不小心失手了也沒關係，我自己收藏起來。」

張易急匆匆地走了，原本還十分佛系的林旭也緊張起來，連茶都不喝了，一直在院子裡轉圈，煩惱女兒到底會考多少分。

這人一著急就覺得時間越來越慢，在煎熬了一天半以後，林旭突然接到了王校長的電話，裡面傳來了癲狂的笑聲。「小大師是高考狀元！小大師是高考狀元！」

林旭一下子嚇傻了。

好好的校長怎麼說瘋就瘋了？

東方私立高中終於出來一個高考狀元，這對於王校長來說比他自己是狀元還要高興。電話裡他除了重複這一句話已經不會說別的了，癲狂到讓林旭有些擔心。
鄭光燕端著一盤水果走了過來，聽到手機裡傳出的「哈哈哈哈」的聲音忍不住側目，用口型問：「是誰啊？」
林旭做了個手勢，在王校長笑聲中間喘息的空檔，終於找到機會插話。「王校長，您是說我們家清音是我們齊城的高考狀元嗎？」
鄭光燕一聽這話直接坐到了林旭旁邊，緊緊地貼在手機上，想親耳聽到這個好消息。
王校長的聲音亢奮得都有些尖銳了，比平時高了三個八度。「不僅是齊城的高考狀元，還是我們省的高考狀元！七百三十五分！比去年的高考狀元多十幾分呢！」
林旭夫妻哎呀一聲站了起來，聲音頓時也跟著飆升了上去。「王校長你確定？我們還沒打開網頁呢，這分數準嗎？」
「特準，我親自查的。」王校長樂得把自己的頭髮都揪成了沖天辮，一甩頭還格外自信。「不和你們說了，我得趕緊重新做條幅去，之前我只做了個齊城市高考狀元的條幅，沒想到我們小大師直接拿到了全省第一。」
王校長興奮得已經有些發飄了，噼哩啪啦說完直接把手機掛斷了。林旭夫妻倆聽到手機裡傳來的嘟嘟聲，總覺得不太真實。
「省狀元啊！這得好好擺幾桌慶祝！」林旭站起來圍著客廳轉圈。「對了，把丈母娘大舅哥他們都接來，在家裡住上幾天，好好慶祝慶祝！」

林旭夫妻歡天喜地的給老家人打電話，清音的姥姥隨時都可以過來，就是兩個舅舅和大姨得週末休息才有空，林旭一商量，決定乾脆把丈母娘接來住幾天。

鄭老太太一直覺得自己有兩個兒子、女婿又有親媽，自己過去人家住不好，所以林旭邀請了幾次她都拒絕了。可這次不一樣，林清音成了高考狀元，一家人臉上都跟著沾光，這種喜事老太太也願意過去多待幾天。

林清音坐在竹亭裡一邊喝茶一邊給人看相，姜維則在外面急得額頭冒汗，成績剛出來半個小時，帝都大學和國大就一前一後打電話過來了，姜維又不能說林清音在算卦沒空接電話，只能找藉口先掛了。

招生辦的人心裡也想哭，他們不是沒想過給林清音的父母打電話，不過他們大概正在給親朋好友們打電話報喜，根本就打不進去。

第六十九章

姜維拿著電話小心翼翼地進了卦室，找了個地方坐在一邊聽林清音算卦。現在算卦的是一個四十來歲的阿姨，她是提前大半年預約到的名額，特意在這段時間來算卦。

她兒子也是今年參加高考，但兩人對報考之類的事都不懂，商量來商量去決定到時候讓小大師算一卦，看哪個學校哪個科系最適合她兒子。當然這件事是不能讓孩子知道，否則肯定鬧翻天。

阿姨在等待期間就收到了丈夫發來的成績，不好不壞，剛好過二本線，這個分數報考二本學校有些危險，但報考三本學校又有些不甘心。看到這個分數阿姨覺得她是來對了，要不然他們一家人還真不知道怎麼選擇。

林清音雖然今年也參加高考，但她的目標是最好的數學系，對其他學校的科系沒有太多的研究。

林清音掏出了龜殼問道：「你們有沒有提前選好心儀的院校和科系？」

「有有有！」阿姨從包包裡掏出了一張紙，上面密密麻麻寫著十幾個科系，林清音問了阿姨兒子的八字，又從照片上看了面相後搖了一卦，拿出筆在其中一個科系上面畫上了一個圈。

阿姨接過紙來看了一眼，那間確實是她兒子最喜歡的學校，也是她兒子心儀的科系，但是她總覺得兒子的高考分數有些危險。

看著阿姨有些忐忑的表情，林清音淡淡地笑了。「放心報就行，卦上顯示他和這個學校有緣。」

阿姨點了點頭。「我聽小大師的！」

給阿姨的卦算完了，林清音把筆放到桌上，往外看了眼坐在亭子外面的姜維問：「有事嗎？」

「是大事！」姜維手一撐站了起來，有些興奮地說道：「成績出來了，妳是今年省裡的高考狀元，剛才帝都大學和國大都打過電話想和妳談報考院校的事。」

頓時坐在下面的大爺、大媽們都興奮了，看著林清音眼睛直冒光。「不愧是小大師，一考就是省狀元！」

「小大師肯定早就算出來自己是狀元了，看起來一點都不驚訝。」

「我就說我們小大師就是神仙下凡，樣樣精通就沒她不會的！」

「你說，要是讓我孫女摸摸小大師的手，能不能沾點文曲星的氣息？」

剛剛才走出去幾步的阿姨聽到這個消息一臉興奮地又跑了回來，激動地拉住林清音的手使勁握了握。「狀元啊！」

林清音有些尷尬。「……還是叫我小大師吧！」

阿姨一揮手。「這個不重要，重要的是我能和您照一張照片嗎？我想裝裱起來掛我家牆上。不瞞您說我還有個上高一的女兒，我想著讓她每天起來多看您幾眼，一定能開竅。」

林清音頓時傻眼了。她怎麼不知道自己還有這功能呢？

阿姨貼過來拍了一張照片後，又盯上林清音剛剛用過的中性筆。「小大師您的筆能不能送給我？我讓我女兒每天摸摸這支筆，一定能沾上您的靈氣。」

林清音默默地看了眼手裡的筆，這支還真是她在考場上用過的，都快沒水了，被她順手放在卦室裡。看著阿姨冒光的眼神，林清音將手裡的筆遞了過去。「妳想要就拿著吧，不過真沒有妳說的效果。」

阿姨小心翼翼地將筆接過來，那樣子就像是拿什麼易碎的珍寶，看得林清音大氣都不敢出了，直到阿姨將筆收進包裡，兩人才不約而同地鬆了口氣。

「行了，您快回去和家人說說報考院校的事。」林清音有些頭大的把阿姨給勸走了，朝坐在下面的人群看了一眼。「下一個是誰？」

姜維趕緊湊過來。「小大師，您要不先暫停一下？那兩所大學可能馬上又要打電話過來。」

「有什麼好回的？」林清音不太在意地說道：「我已經決定報考帝都大學的數學科學學院，要是來電話你就說一下就好了。」

姜維就是帝都大學數學系畢業的，現在又在母校讀研究所，要是林清音也報考帝都大學的話就是他的學妹了。

「那我們倆就是同個學校的了！」姜維笑呵呵地摸了摸林清音的頭。「小學妹妳放心，以後進學校學長罩妳！」

林清音將姜維的手拍了下去，忽然開口問道：「你引氣入體成功了吧？」

姜維不知道林清音怎麼在大眾面前提起這個話題，不過還是老老實實地點了點頭。「是的，昨晚我在這裡打坐了一個晚上，天明的時候成功了。」

林清音嘴角翹了起來，端起茶杯喝了一口，慢悠悠地說道：「既然你引氣入體成功了，我就勉為其難地收你為徒吧？來，叫師父！」

姜維鬱悶了。

自己不過嘴賤叫了聲學妹，就平白無故的降了一輩？

看著姜維鬱悶的表情，林清音笑了。「剛才你說我進學校以後叫你什麼？」

姜維臉上露出了奉承的笑容。「我說等小大師進學校以後我還給您當助理，保證把妳的事業和生活都安排得妥妥貼貼的！」

看熱鬧的大爺、大媽不約而同的撇嘴。「諂媚！」

林清音高考狀元的消息被爆出來，卦室裡就一團亂了，連算卦的人都有些心不在焉，一個個都眼睛發亮的看著林清音。尤其是家裡有兒女或者孫子、孫女在上學的，都想蹭蹭文曲星的靈氣，順便問文曲星要一件用過的東西回家供起來。

好在林清音在高考結束那天就直接來了卦室，文具之類的還真有不少，拿出來一個個分了。可整個卦室的人加起來有三十多人，她那點文具實在不夠分，林清音乾脆從身後的櫃子裡掏出一大包牛肉乾，一人分一小包，終於才把這些大爺、大媽們送走了，卦室也終於恢復清靜。

姜維十分敬佩地朝林清音豎起個大拇指。「小大師，您的粉絲也太瘋狂了，連牛肉乾都能當成考試神器了。」

林清音也有些頭疼，將好不容易搶回來的杯子和茶壺放回桌上，深深地舒了口氣。「把所有的預約都延後，休息十天，我要放假！」

王校長加錢趕製的條幅終於在當天掛到學校的大門上，他也不怕曬，扠著腰站在校門口傻樂了半個小時。齊城的各大高中校長聽到這個消息都酸溜溜的，尤其是齊城最好的高中的李校長更是懊惱得捶胸頓足。「這個林清音本來是要報考我們學校的，就是被這個王校長拿十萬塊錢給騙走了。要是早知道今日，我就……」

說到這李校長沒話說了，他們公立學校根本就不可能給學生那麼高的獎學金，拚錢這一方面他還真是輸了。

其他學校的校長知道這個消息後都十分唏噓，他們在群組裡從林清音的成績談到了王校長的頭髮。大家都是四、五十歲的中年老男人，他們一個個都越來越禿，只有王校長從亮晶晶的地中海變成了茂密的大草原，看得他們一個個都像檸檬精似的，心裡全是酸水。

原本在頭髮上比不過，好歹能在成績上壓一壓，可沒想到人家居然還出了一個省狀元，這找誰說理？

林清音雖然準備休息十天，但是這十天也沒怎麼安寧，國大招生辦的人天天上門試圖說服林清音，這讓原本勝券在握的帝都大學坐不住了，天天跟在國大招生辦的後頭，就怕自己一個疏忽人被撬走了。

除此之外，媒體記者採訪了校長、採訪班導師，再把任課教師都採訪一遍後最重要的還要採訪當事人，林清音最怕這種麻煩事，把採訪的事交給了父母，自己根本就不露面。

林清音成了當地媒體報紙爭先報導的對象，連林清音的姥姥都上鏡頭了，林家老太太和林清音的叔叔、姑姑這一大家子看見新聞就別提多心煩了，總覺得這麼光榮的事自己也應該露面，可惜林旭一家人根本就沒通知他們。

林旭有個專門戶頭，每個月一號定時給老太太轉帳撫養費，這兩年林老太太年紀大又愛吃重口味的東西導致血壓高、血脂高，也住過兩次院。林家人沒有林旭的電話，想盡辦法都聯繫不上，可說也奇怪，每次老太太一出院，林旭分攤的醫藥費就轉過來了，扣去醫保報銷後的四分之一，一塊不多一塊也不少，也不曉得他是怎麼知道的。

要是擱林老太以前的性格，肯定早就把林旭鬧得天翻地覆了，可是前年自己的女兒在琴島遇到林清音母女鬧了一次，結果女婿當即被停止工作，接著又被查出吃回扣等一系列罪名，涉案金額巨大，直接被判了八年，現在還關在監獄裡呢。

而林老太和大兒子眼饞林旭開的超市，想把超市弄過來，娘倆一起去鬧了一回，不過從超市搬走一車的東西，結果被帶到了派出所裡才知道超市已經換老闆了。老太太因為年紀大了，以批評教育為主，可老太太最疼的大兒子至今都還沒出獄。

老太太倒是想繼續鬧，可她真沒那個膽子了，現在家裡人對她都頗有埋怨，覺得她以前太過偏心、太過無情，才鬧得林旭心寒和家人疏遠了，要不然他們早就靠著林旭發財了。根本沒想過他們之前的所作所為，並沒有比老太太好到哪兒去，全然不知反省。

林家的人既眼紅林旭家的財富，又彼此埋怨，天天鬧成一團。可林旭根本就沒想起他那一家人，擺酒席請客叫的是丈母娘一家和自己的好友，熱熱鬧鬧的辦了幾桌。

家裡人聚完，同學也要聚，林清音待的班級是高三成績最好的班，但也只有一半人考上了大學，不過剩下的也不愁沒學校唸，都準備出國了，一個個笑得沒心沒肺。

林清音高一的時候經歷了校園暴力，到高二重新分班後和這個班級的同學相處還挺不錯的，除了張思淼這個好友，還有一批她看著順眼的同學都收到過她的禮物——護身符。

班裡的同學雖然總是半開玩笑的說林清音迷信，可除了于承澤、李彥宇兩位老師以及張思淼以外，其他人是真不知道林清音的另一個身分是算卦大師。

高三一班的聚會是一個土豪同學承辦的，訂了一個小的宴會廳，除了同班同學以外，任課的老師也都邀請來了。林清音作為新鮮出爐的省狀元自然成為聚會的焦點，每個同學都過來和她說恭喜，老師們也都拿著酒杯過來送祝福。

小大師面嫩心軟，收到一堆祝福後連連道謝，笑得臉都紅了，收到無數善意，她便想自己也得送回禮給大家。送禮這事必須要真心誠意，得用心！

林清音從包包裡掏出一沓黃表紙來放到桌上，又拿出了硃砂和符筆。「我送給每人一道護身符吧，有想算卦的也可以找我，今天免費給大家算，不用預約！」

話音一落，宴會廳裡安靜得連掉根針的聲音都能聽見。圍在旁邊的任課老師們都一臉恍惚。

高考狀元剛才說什麼？

看著同事們的表情，班導師于承澤伸手捂住了臉。

完了，高考狀元的隱藏身分要曝光了！

林清音看著神色各異的同學們一臉迷惑。

都送了你們兩年的護身符，怎麼現在還是一臉沒見識的樣子？

老師們則更傻眼了，林清音以中考狀元的身分進學校，第一年成績下滑，但上了高二以後奮勇直追，成績如坐了火箭似的往上竄。雖然平時經常請假不知道幹麼去，上課的時候還總是吃零食，但是在高中老師眼裡成績是王道，所以林清音在他們心中一直是乖巧上進的學生，不過今天這畫風怎麼有些不一樣呢？

物理老師陳鋼瞅了瞅旁邊捂著臉不吭聲的于承澤，哈哈地笑了兩聲打圓場。「林清音同學還挺幽默嘛！不過這黃紙可不能亂玩，不吉利。」

林清音也跟著哈哈了兩聲。「陳老師，想不到你還挺迷信！」

陳鋼無言了。同學，妳說我迷信的時候先把畫符的筆放下行嗎？

李彥宇見氣氛有些尷尬，主動出來將脖子上的護身符摘下來放到桌上。「小大師，我的護身符到期了，正好今天免費換個新的！」

李彥宇這紙質的護身符三個月一換，兩年來都換了快十個。陳鋼好奇地拿起李彥宇的護身符上下打量了他一番。「你一個海歸居然也信這個？」

「還挺靈驗的。」李彥宇也不避諱，乾脆給林清音打起廣告來。「哎，和你們說，今天林清音是大出血了，你們可抓緊機會，該要符的要符，該算卦的算卦。林清音可是有名的大師，她畫的護身符現在一枚五千不還價，還不一定能買到，得看林清音願不願意畫；還有那算卦，有什麼想不明白的、心裡迷茫的趕緊算，兩千五一卦都要約幾個月，要是插隊的話都得多付上萬。」

宴會廳更安靜了，師生們看著李彥宇的表情都不對了。你這演員當得也太假了。

李彥宇嘖嘖兩聲搖搖頭。「你們還不信？你們就不好奇我們校長那頭髮怎麼變得那麼茂盛的？你們就沒看看他脖子上戴了什麼？」

已經開始有禿頂跡象的陳鋼看著李彥宇護身符上的繩子，和校長脖子上的一模一樣，頓時陳老師驚住了。「難道校長也請了護身符？」

「你還真猜對了！」李彥宇摟住了陳鋼的肩膀。「校長以前摳門只買石頭的，由於效果太好終於被夫人批准買一塊玉的，從林清音這花了三十萬請了一個回去。」

「我也想長頭髮！」陳鋼嚥了嚥口水。「但三十萬也太貴了，那石頭的多少錢？」

林清音伸出了三個指頭。「三萬，不過都說了今天送你們禮物，除了玉的以外都免費！」

她把書包拽過來倒出一堆石頭放在桌上，陳鋼揀起一個摸了摸，表情有些疑惑。「這石頭看起來沒什麼特別啊？」

「就是普通的鵝卵石，以前我都從孝婦河那裡撿，後來那一片的石頭快被我撿光了，現在我用的石頭都是我舅舅從他們那的河裡幫我撿的，他們那的石頭多，還能撿個十年八年的。」

陳鋼昨天剛帶小女兒去孝婦河邊的沙灘上玩沙，當時還有人討論說以前仿原生態的河邊挺好，怎麼又改成千篇一律的沙灘了呢？原來石頭都被林清音撿走了！

林清音挑了一枚石頭給陳鋼雕刻了一枚生髮符遞給他，陳鋼雖然心裡半信半疑的，但是他抗拒不了長頭髮的誘惑，毫不猶豫的把護身符戴上了。

李彥宇也挑了一塊中意的石頭，臉上十分罕見的帶出幾分靦腆的神色。「小大師，我想要個求姻緣的護身符。」

話音一落，學生們哄堂大笑起來，甚至有男生吹起了口哨。見自己的學生在旁邊起鬨，李彥宇惱羞成怒地吼道：「有什麼好笑的？我這是為了應付我媽！」

林清音搖了搖頭。「李老師你瞞得過別人可瞞不過我啊，你忘了我是幹什麼的了？」

李彥宇嘿嘿地笑了兩聲，壓低聲音懇求道：「幫我算算！」

林清音說道：「從你面相上看，桃花已至，含苞待放。」

一聽這話，李彥宇嘴越咧越大，樂得都能看到大臼齒了。

林清音將雕好的符遞給李彥宇，笑咪咪地說道：「等明年這個時候我吃你喜糖。」

連時間都知道了，李彥宇心裡更安穩，連忙把石頭接過來戴在脖子上說道：「等我求婚成功，我還要找妳算結婚的日子呢，我先提前預約了，到時候妳可不能收我插隊錢。」

見林清音大大方方的態度，于承澤覺得自己不用掩耳盜鈴了，過來也摸起一塊石頭。「小大師，我想給我兒子求一個護身符。」

林清音看了看于承澤的面相說道：「你妻子懷孕的時候沒有休養好，孩子出生後肺部比較孱弱。」

于承澤點了點頭。「過了一歲就三天兩頭的咳嗽，一吃藥就得吃十天半個月的，我都愁死了。」

按理說于承澤的兒子先天有些不足，最好是用一枚玉符慢慢滋養。但從于承澤的面相上看，他在五年前家庭遭遇變故，一夜之間赤貧如洗。

東方國際私立高中的薪水和獎金都很高，但于承澤要負擔父母的養老費用，這幾年又結婚買房生子，哪一項開銷都不小，動輒就幾十萬的玉他還真是買不起。

林清音這幾年也懂了人情世故，她沒有說什麼，只問了孩子的八字後用石頭刻了一枚童安符，然後將石頭放在手心裡，緩緩地將靈氣輸入石頭裡，在石頭即將撐破時停了下來，將靈氣充盈的石頭遞給了于承澤。「放心，孩子沒有什麼事，再大一點身體就好了。」

于承澤聽聞這句話著實鬆了口氣，臉上也露出了笑容。「小大師多謝了。」

林清音拿出石頭又刻了一枚符遞給了于承澤，于承澤一臉驚訝。「怎麼又給我一個？」

「這個不是給你的，是給你妻子的！」林清音說道：「你妻子懷著孩子，有護身符能保證母女平安。」

于承澤一愣神，接著狂喜湧來。「我妻子懷孕了？還是女孩？」

「哎呀，原來你不知道，那是我說溜嘴了。」林清音笑了起來。「看你們一家人作夢都想要個小公主，當作提前告訴你們喜訊。」

于承澤都不知道說什麼好了，哎喲了半天，慌亂的掏出手機來趕緊給妻子李程程打了個電話，電話剛一接通，于承澤就迫不及待地問道：「程程妳懷孕了？」

李程程站在洗手間看著剛剛顯示兩條槓的驗孕棒有些傻眼。「你怎麼猜得這麼準？我才剛測出來想打電話給你。」

于承澤樂滋滋地說道：「我們學校的小大師給算的，對，就是給我們學校改風水的那個，我們班的高考狀元！小大師還說了，我們這一胎是女兒呢！」

聽著于承澤和他老婆毫不掩飾的秀恩愛，李彥宇都酸了，伸手將人推到門外，把門又關上。「哼，有老婆了不起啊？」

看著李彥宇嫉妒的嘴臉，坐在沙發上的同學們又哈哈大笑起來。「李老師，剛才是誰聽到自己要有老婆樂得像二傻子似的了！」

李彥宇衝過去打算「教訓」自己的學生，鬧成一團。也有學生看了半天反應過來，趕緊到林清音這裡排隊求符。

東方國際私立高中的學生們家境都很好，這些十七、八歲的學生最大的煩惱，也不過是我喜歡他卻不知道他喜不喜歡我，根本就沒有什麼猶豫不決的事要算，有幾個女生問了自己初戀的年齡，其餘的都是求一個護身符戴上。

林清音刻符的速度極快，等菜上齊了，班裡的絕大部分同學都領到護身符了，剩下的十幾個符等吃完飯一會兒就能刻完，而幾位老師看著于承澤和李彥宇算完卦後都想試一試。

林清音乾脆把卦室的地址發給他們，讓他們明天直接到卦室去，反正她現在沒給其他人預約，就當是單獨給老師們開個專場了。

隨著關於高考狀元的新聞越來越多，齊城市民們發現這一位新鮮出爐的高考狀元好像有一批奇怪的粉絲，在各個新聞下面歡呼雀躍。齊城旮旯論壇甚至有人發了帖子，不到兩天時間就被幾百個人回覆，每個回覆裡面都提到了「小大師」三個字。

有些人聽說過小大師，只是不知道是誰，看了帖子才恍然大悟；還有很多人沒聽說過，覺得有些莫名其妙。

林清音根本就沒理會這些事，有條不紊地把預約的單子全都給處理完了，輕輕鬆鬆去上大學。

姜維和林清音在同一所學校，原本林清音打算和姜維順路一起去就得了，可林旭覺得女兒上大學這麼重要的事必須跟著，還得到帝都大學門口拍張照片發朋友圈打卡。

林清音只知道帝都大學是華國數一數二的高等學府，卻不知道這個學校在父母那一輩人心裡宛如聖地，有機會必須進去轉一圈朝聖。

第七十章

林清音在高中時住校十分簡單，就帶著衣服去住就行，其他的物品學校都準備得十分齊全。可是上大學就不一樣了，要帶的行李太多了，鄭光燕最擔心的就是林清音洗衣服的問題，這位絕對是不會自己動手的。

將後車廂塞得滿滿的，林旭開車載著一家人和搭順風車的姜維去了帝都。

姜維在知道林清音成績的時候就眼疾手快地訂好了飯店，這樣清音父母能休息得好一點，也可以在帝都多玩幾天。

有姜維這個熟人領著，林清音辦入學手續十分順利。帝都大學的宿舍隨機分配，不過這種事林清音向來不用操心，她覺得自己的運氣絕對是很好的，起碼被雷劈死還能再重活一回的就沒有幾個。

雖然帝都大學最好的宿舍也比不上對門的國大，更比不上東方國際私立高中那堪比五星級飯店的宿舍了。不過林清音上輩子隨手劈個山洞都能打坐一百多年，這種普通宿舍她也能接受。

林清音是第一個到宿舍的，她一進門藉著行李的遮掩用了驅塵咒，瞬間宿舍裡變得窗明几淨一塵不染。鄭光燕放下袋子拿著抹布四處轉了一圈，愣是沒找到讓她發揮的地方。

雖然沒能打掃到，但鄭光燕絲毫不氣餒，她還做了別的準備。林清音看著媽媽把被褥鋪好後，又從行李裡拽出了一個粉嫩粉嫩的公主床幔給掛上了。

雖說這樣一拉很有隱私，她無論是看書還是打坐都十分方便，就是這顏色有些太一言難盡了吧。

林清音糾結地看了媽媽一眼。「有別的顏色嗎？比如藍色什麼的？」

鄭光燕鄭重其事地說道：「這個配妳好看！」

行吧行吧，妳是當媽的妳說得算！

母女倆正說著話，宿舍門推開了，另一對母女走了進來，林清音的目光在新室友母親的臉上掃了一圈後，習慣性地問：「要算一卦嗎？」

林清音的新室友叫陳子諾，是黑省人，娘倆興高采烈的一推開宿舍門，迎頭就聽見這麼一句，兩人都有些糊塗，一瞬間產生走錯地方的感覺。

陳子諾下意識往後退了一步，抬頭看了眼門上的門牌號。「沒錯啊！是七〇三啊！」

陳子諾的媽媽林金娥遲疑的看了林清音母女一眼，一時間不知道該不該進去。

鄭光燕趕緊笑著打了個招呼。「妳們也是住在這個宿舍的吧？我女兒叫林清音，我們是齊省來的。」

陳子諾母女同時鬆一口氣，覺得可能是剛才自己聽錯了，趕緊拿著大包小包的行李進來，看了一眼貼在床上的名字，正好也是靠窗的床位。

「女兒，妳運氣真好！」林金娥喜笑顏開的將東西放在床鋪上，四處看了一眼嘖嘖稱讚。「這屋採光好，收拾得也挺乾淨！」她轉頭朝林清音母女笑了笑。「是妳們打掃的吧？一塵不染！」

鄭光燕笑著說道：「宿舍本身就很乾淨。」

林金娥還以為鄭光燕說的客套話，連忙笑著說道：「我女兒叫陳子諾，都是一個宿舍的，往後妳們互相幫助。」說著推了陳子諾一把讓她打招呼，自己從包包裡拿了一袋李子和一個小盆到洗手間，不一會兒端回來一盆洗得乾乾淨淨的李子。「這是我家院子李子樹結的果子，今年結的李子又大又甜，妳們嚐嚐。」

林清音看著黑紅的李子，立刻道謝拿了一個，咬了一口汁水豐盈，甜中帶著一絲微酸，特別可口。

既然吃了人家的李子，怎麼也要給人家指點指點。林清音在外面算卦看風水這兩年，已經習慣被陌生人質疑了。算卦這行本來就魚龍混雜，一百個人說自己會算卦的人裡頭有一個有真本事的就不錯了，而有真本事的通常都是上了年紀的老頭，在一般人的印象裡小姑娘和算卦這個職業沒什麼關聯性。

林清音拿出濕巾將手擦得乾乾淨淨，朝林金娥一笑。「從面相上看您母親健在，父親因肝部疾病在三年前病逝。」

林金娥愣愣看著林清音，下意識問道：「妳怎麼知道？」

林清音笑了。「我會些看相算卦的本事，妳剛推開門的時候我看到妳的眉心帶晦，所以才問妳要不要算卦？」

林金娥還有些沒回過神來，不過嘴已經下意識回道：「那就算算唄。」

黑省土地廣袤，從很早以前流行奉養狐仙、黃大仙之類的，現在也有人供奉這些的，有的人家會去請這種大仙，幫著消災解難。

林金娥從小家就是農村的，打小不僅見過養狐仙的，也見過會過陰的、會跳大神的，不過這種的一般都是四、五十歲的老婆子，從沒有小姑娘幹這行。

隨著社會的發展進步，人們通過電視、網路知道的事越來越多，不像以前那麼好騙了，很多裝神弄鬼的人都混不下去，做這行的也就越來越少。林金娥家那一片就剩一個神婆了，也是半吊子，只有一些小孩晚上睡不安穩會請她來看看，一次也就掙個二、三十塊錢。

不過林金娥打小見多了，對算卦這件事還是有點相信的，覺得先算算再說，萬一真有什麼災禍早點知道也能避一避。

林清音找了個凳子坐下，林金娥坐在她的對面。陳子諾見狀有些頭疼，可這時她又不好意思開口，一個是剛剛見面的室友，一個是自己親媽，她在中間只能憋著。

林清音給第一次見面的人算卦，通常會說說她的家裡情況，先取信於人，這才好算。

「妳有一個哥哥、兩個姊姊，是家裡的老么，小時候沒受過什麼苦。年輕時感情一波三折，好在在三十歲那年遇到良人，有了一樁美滿姻緣。」林清音淡淡的一笑。「下個月就是結婚二十周年紀念日了吧？」

林金娥聽得目瞪口呆。「我的媽呀，妳也算得太準了吧，我年輕時候交了三個男人，每次談婚論嫁的時候就因為各種意外黃了，把我拖成了老姑娘。後來我都不想嫁的時候才遇到了子諾她爸，我倆一年就對眼了，交往半年就結婚了。」說完林金娥還總結。「要我說談戀愛這種事不能拖，相處的時間越長越不結婚，還不如趁早。」

鄭光燕忍不住笑了起來。「妳那是遇到好的，有一些還是必須相處時間長了才能看出毛病來，太輕易結婚容易後悔。」

「妳說得也是。」林金娥說道：「我第一個對象就是因為缺點暴露得太徹底才分手的，要是結婚以後才發現就慘了。那時候也不能輕易離婚，湊合過日子還要噁心一輩子，幸好結婚前發現分手了。」

「我倒是初戀結婚，其實我婆婆那家人特別不厚道，可那時我和孩子她爸交往挺長時間了，我覺得捨不得就硬著頭皮嫁了。」回想起自己的前半生，鄭光燕有些唏噓。「幸好我老公好，要不然我早熬不住離婚了。」

「老公好比其他什麼都強。」林金娥笑道：「我男人也好，這不一晃都過了二十年了。」

兩人幾句話就聊歪了，正在鋪床的陳子諾忍不住轉過身來，插嘴問：「媽，下個月真是妳結婚紀念日啊？」

「是啊，九月十六號。」林金娥有些不好意思地說道：「我們也沒在慶祝這個，才從來沒和妳說過。」

陳子諾原本對林清音算卦這件事不太在意，現在發現她連自己不知道的事都說對了，頓時連床也不鋪了，直接搬個板凳坐在她媽旁邊，眼巴巴地瞅著林清音。

見娘倆已經相信自己了，林清音才說正事。「我看妳印堂發黑，近期恐有災禍。」

若是林清音一見面就說這話，陳子諾母女準會發火，可現在兩人聽了都有些緊張，異口同聲地問道：「是什麼災禍啊？」

林清音問道：「妳近期是不是要去南方臨海之地？」

「對對對！」林金娥連忙說道：「我姊家在海市定居了，一直讓我過去住兩天。我平時也出不了門，趁著這回送子諾來上學，我就把去海市的票訂了，明、後天我們會在帝都轉轉，大後天上午的飛機。」

林金娥說完有些忐忑不安地問道：「是不是飛機會有什麼事啊？我還是第一次坐，有些緊張。」

林清音問了林金娥的八字推衍。「和飛機沒關係，妳的災禍和橋有關。」

林金娥和陳子諾母女兩個面面相覷。「和橋有關？難不成會掉河裡？現在什麼橋品質這麼不好啊？」

「不是水上的橋，應該是在陸地上的橋。」林清音說道：「總之妳要儘量避開高架橋、天橋這一類的，否則有性命之憂。」

一聽說有生命危險，林金娥臉色都變了，坐立不安地在板凳上扭了扭屁股，臉色看起來煞白。「要不我不去了吧，我本來就沒怎麼出過門，還挺害怕的。」

陳子諾也跟著點頭。「要不就不去了，安全第一。」

林金娥嘆了口氣。「就是機票白白浪費了，特價票不能退，我和妳爸來回的機票要花一個月的薪水呢。」

林清音看得出林金娥家境普通，兩千多塊錢在很多家庭裡算是一筆不小的開銷了，平白浪費誰都心疼。況且林金娥一直都沒出去玩過，這次因為孩子考上大學才出來玩，等下次還不知道要到什麼時候。

「要是想去就去吧。」林清音從包包裡拿出一個護身符遞給林金娥。「妳這次災禍並不是必死之難，妳可以把它理解成一個坎，跨過去就沒事了。」

林金娥更怕了。「那跨不過去就交代了是不是？」

其實這麼說倒也沒錯，但林清音沒回答，指了指護身符說：「妳把這個隨身帶著，有三個月的時效。感覺它發熱或者覺得心慌意亂的時候，記得避開橋就可以了。」

一聽說這個護身符能預警，林金娥惶恐不安的心終於安穩不少，趕緊道謝接過護身符戴上，接著起身跑出了宿舍，過了幾分鐘後拿了兩個大包，風風火火地又跑了進來。「林同學，也沒什麼好謝妳的，這是我家那邊的一些特產，妳們嚐嚐。」說著掏出十斤松子、十斤榛子、七八袋藍莓乾，以及蘑菇、木耳之類的特產。

松子、榛子、藍莓乾之類的林清音倒是喜歡，不過蘑菇、木耳她就不感興趣了，學校又不能做飯，她要這個也沒用。

林金娥見狀直接把這些乾貨遞給了鄭光燕，十分熱情地說道：「大妹子，這些妳拿回去給家裡人嚐鮮，這秋木耳和蘑菇都是我自己採回來曬的，野生的，味道好。」

鄭光燕有些不好意思地推了回去。「這是妳們帶給親戚的特產吧？清音留點松子嚐嚐就行了，這些妳拿回去吧。」

林金娥又硬生生地推了回去。「沒事，我們自家姊妹不在意這個，回頭我到家再寄給她，也省得我揹這麼沈的東西。在家的時候子諾還說，說不定到機場超重還要付行李費呢！」

鄭光燕懷裡抱得滿滿的，都有些不好意思了，連聲道謝。

林金娥笑著說道：「妳可別和我客氣，我才該和妳們道謝呢！」

兩家都是第一次來帝都，現在又這麼投緣，乾脆鎖上寢室的門一起出去逛帝都。林清音對景點沒什麼感覺，她感興趣的是帝都的龍脈，不過帝都的皇宮就在龍脈上，其他的一些知名景點也離龍脈不遠，倒是也能一起去玩。

出去玩了一天，回來以後發現剩下的兩個室友也來了，一個來自江南的軟妹子叫沈茜茜，說話天生就軟軟糯糯的，聽得人心裡發軟。林清音雖然自己也很漂亮，但是她對自己的樣貌沒什麼感覺，反而覺得像沈茜茜這種嬌小可愛的挺惹人憐。另一個妹子是粵東省叫安美娟，普通話說得不太好，但是人卻非常爽利，很得林清音的眼緣。

看著新鮮出爐的三個室友，林清音覺得自己的運氣還是很好的。從面相上看，三個室友都是心地善良、為人正直，沒有亂七八糟的小心思，都是很好相處的類型。

林旭現在在齊城開了五家超市，雖然每個店都有店長，但是夫妻倆都不是那種散漫的人，每天都會到各家店巡視、查帳之類的，也是大忙人。在帝都玩了兩天就待不住，收拾東西回家了。同一天，陳子諾的父母也登上了去南方的飛機。

林金娥玩了兩天，本來都忘記算卦的事了，一下飛機走出機場看到錯綜複雜的高架橋又想起了林清音說的災禍，頓時有些腿軟。

林金娥的姊姊林金燕看著妹妹臉色煞白、腿直顫抖的樣子不由得開了句玩笑。「怎麼著？還感覺腿沒落地？」

「我和自己的親姊姊、親姊夫也沒什麼好瞞的，」林金娥直接把自己被算卦的事給說了。「我和妳說，子諾的室友算得可準了，我們家的事還有過去談過對象的事都說得一清二楚的，要不然我也不能信她。」

林金燕半信半疑地問道：「這麼厲害？不會是妳傻乎乎的把家事先說了個底朝天吧？」

「我沒開口！」林金娥朝她姊姊翻了個白眼說道：「再說人家只是好心，給我算卦還給我護身符什麼的，也沒問我要錢。」

林金燕嘖嘖兩聲搖了搖頭。「那妳就真好意思不給？多少意思意思啊！」

林金娥訕笑著，默默退後了兩步。「我把帶給妳的特產給意思出去了……」

林金燕這段日子就饞小雞燉蘑菇呢，今天早上還特意去市場現殺了一隻雞。誰知雞買回來了，蘑菇沒了。氣得林金燕狠狠擰了林金娥胳膊一把。「妳好歹留一把給我讓我解解饞啊！」

林金娥疼得直叫喚。「哎喲忘了我忘了，等我回去馬上給妳寄來。」

林金娥被鬧了一下忘了災禍，笑哈哈的上了車，姊妹倆挽著手說話，一路上嘴就沒停，兩個男人則是全程都沒說話。

林金燕定居的城市比較繁華，夫妻倆打拚多年也只不過在郊區買了一套二房的房子，和機場正好是一南一北兩個方向。

足足開了將近三個小時，林金娥正感嘆坐車時間比坐飛機還長的時候忽然覺得胸口的護身符一熱，燙得林金娥叫了一聲媽呀，趕緊伸手捂住。「姊夫，你趕緊靠邊停車。」

郊區的車不像市區那麼多，馬路兩邊也有一些商家店鋪，林姊夫還以為她暈車了，一打方向盤直接停在路邊。

林金娥這才覺得護身符的溫度降下來了，心有餘悸地說道：「護身符燙了我一下。」

林金燕從車中間往前看了一眼，前面有一個比較舊的過街橋，是他們回家的必經之地。夫妻倆出來做生意，每天都會路過這座橋。

「妳說那個女生斷言妳會在橋上出事？」林金燕撓了撓頭。「這橋沒事吧？可牢固了……」

話音剛落，就見一輛超高的貨車開了過去，車廂重重撞到了橋上，緊接著就聽見轟隆一聲，過街天橋直接塌了下來。

林金燕的汗都嚇出來了，要是剛才他們沒停車的話，此時正好在橋底下。

「金娥啊，妳把那小姑娘的地址給我一下。」林金燕臉上帶著驚魂未定的倉皇。「我想把給妳準備的特產寄給她！」

橋塌了，好在今天是工作日又不是交通尖峰時候，橋上沒有行人，橋下除了大貨車以外也沒有別的車輛，沒有人員傷亡。

林金娥感覺到胸口的護身符涼了下來，趕緊摘下打開小袋子看一眼，昨天還鮮亮的黃紙已經黯淡無光，手指輕輕一碰就化成了灰。

「哎呀，這護身符可真靈驗！」林金娥把小紅袋子給她姊看。「可惜用這一次就壞了。」

林金燕聽了直翻白眼。「妳還想用幾次啊？這一次能把我們兩家四口的命救下來就很好了，不能貪得無厭知道嗎？」

林金娥老老實實地點了點頭。「我知道了！」

「知道就行！」林金燕從口袋裡掏出手機。「那什麼，我給子諾發個訊息，問問那護身符能不能買？這種好東西必須多買幾個！」

林金娥的腦子瞬間成了一坨漿糊。「姊，剛才妳還說不能貪得無厭的。」

「我這不是貪得無厭！」林金燕說得理直氣壯。「我花錢買，這叫有備無患！」

林金娥張口結舌，半天才道：「怎麼什麼話都讓妳說了，妳可真有理。」

林金燕低著頭給外甥女發訊息，林金娥直接打了通電話，直接問道：「子諾啊，清音和妳在一起嗎？」

學校還沒有正式開學，這個時候陳子諾正在宿舍看書，林清音盤腿坐在椅子上剝松子吃。說起剝松子，陳子諾這個吃了快二十年松子的人都佩服林清音，人家什麼工具都不用，輕輕一捏松子就一分為二，也不知道力氣到底有多大。

聽到媽媽在問林清音，陳子諾順嘴應。「她在。有什麼事嗎？」

「我得好好謝謝她。」林金娥噼哩啪啦地說道：「剛才我們路過一座天橋的時候護身符忽然熱了，我趕緊讓妳大姨夫把車停在路邊，然後妳猜怎麼著了？」

陳子諾已經習慣她媽說話還得專門配個捧哏，順嘴就問：「怎麼了？」

林金娥有些後怕地拍了拍胸脯。「橋被貨車給撞塌了！」

陳子諾之前一邊看書一邊漫不經心地搭話，一聽到這句話頓時坐直了，臉上的神色變得十分凝重。「你們沒受傷吧？有沒有被石頭砸到什麼的？這什麼橋也太不牢固了！」

「沒事沒事我們都挺好的，幸好有林清音送的護身符示警，我們遠遠就停下來的。」林金娥心有餘悸地說道：「多虧了護身符，要不然這個坎我還真未必跨得過去，說不定直接一命嗚呼了！」

林金燕聽到自己妹妹半天說不到重點，急得把電話搶了過來，噼哩啪啦地說道：「諾諾啊，我是大姨。妳幫我問問妳同學那護身符我能不能買幾個啊？我現在覺得出門在外可不安全了，必須帶個護身符保平安。」

陳子諾聽了趕緊湊到林清音身邊，小聲地問道：「我大姨問能不能買護身符？」

「可以買！」林清音說道：「一會兒我給她一個群組，讓她直接聯繫那邊就行。」

林清音親手畫的護身符很有市場的，紙的不算貴，普通人家也買得起，遇到運勢不好的時候或者家裡有事就請一枚，能增強運勢也能保平安，平時有不少老顧客過來買。林清音這次來帝都，上學前也特意畫了幾百張護身符放在王胖子那裡，為此還特別在卦室裡單獨擺了一個小型的聚靈陣存放這些護身符，免得靈氣流失失去效力。

其實林清音畫了再寄去也行，但是從她這裡算過卦或者請過符的都會被靈驗的效果折服，口耳相傳之後請符的越來越多。林清音向來不願意把精力放在這些瑣事，所以乾脆讓她同樣找王胖子更省心。

林清音雖然在帝都上學，但是王胖子也沒閒著，算卦預約以及購買護身符這些事依然是他在忙。像算卦、看風水這種，若是急事可以和林清音確定好時間帶人來帝都，若是不著急的也能預約林清音假期回家期間。

陳子諾轉達林清音的話後掛了電話，林清音把松子放下擦了擦手，把王胖子的群組和電話發給了陳子諾。

第七十一章

林金燕接到消息後加了王胖子好友，試探著問能不能買護身符，還特意說是林清音介紹來的，就買她給的那種。

林金燕以為王胖子是批發商之類的，沒想到人家回話。「是小大師介紹來的啊？妳放心，我這裡的符都是小大師親手畫的，沒有第二種。」

林金燕遲疑地回覆。「小大師？」

「是啊！」王胖子笑呵呵地發了一條語音。「林清音就是小大師，算卦看風水都特別靈驗。」接著將林金燕加到了群組裡。

林金燕一進去就看到一群人哭哭啼啼的說想小大師，說什麼一日不見如隔三秋，看不到小大師的第四天想她想她還是想她，戲精的模樣，林金燕看了連自己為什麼來的都忘了。

在一屏幕的「想她」中，有個頂著牡丹花頭像的大媽說自己孫子最近晚上一直睡不安穩，大半夜哭哭啼啼的。好幾個熱心人建議她買護身符，還有人詳細地說了價格。「要是條件寬裕就給孩子買個玉的，能戴一輩子呢，還能一直平平安安。要是覺得太貴也有石頭和紙符，小孩戴石頭的沈，不如買個紙符三千塊錢，放口袋、放枕頭下都行，方便。」

林金燕一看到這個金額連忙遞給林金娥看。「妳看到沒有？群裡說妳這張護身符要三千呢！」

「三千？這麼貴啊。」林金娥有些懊惱地直拍大腿。「我之前還以為不值什麼錢，也沒給人家孩子錢。」

「三千這個價格真不貴！」林金燕指了指窗外被消防車、警車圍起來倒塌的大橋。「妳看看外面，再看看我們平安無事的四口人，妳說這三千塊錢值不值？」

「太值了，幫我也捎兩個！」林金娥覺得自己這個坎雖然跨過去了，但是不知道之後會不會出現什麼新波折，乾脆花點錢保平安，過去這一陣就安心了。

林金娥要兩枚，林金燕一家三口要三枚，王胖子已經和林清音那邊問清楚了情況，爽快地說道：「既然是小大師室友的家長和親戚，我做主給你們打個折免零頭，給一萬三就可以了。我們走最快的航空快遞，明天就能寄到。」

買到護身符的林金燕心滿意足，趕緊問了陳子諾學校的收貨地址。

以前上學的時候，陳子諾也時不時的收到大姨寄來的禮物，所以也沒多問把學校的地址發了過去。兩天後，快遞員將五、六個箱子送到了宿舍樓下，陳子諾一趟一趟的搬上來，累得滿頭大汗。

找了把美工刀將保麗龍箱拆開，映入眼簾的是一箱新鮮的釋迦果，陳子諾還沒等歡呼就看到最上面放了一張白紙。她有些疑惑地拿起來一看，只見她親大姨在上面寫了一行字——外甥女幫大姨拿給林清音，就說謝謝啊！

陳子諾差點哭出來。「我跑了六趟呢！也不給我送一些。」

林清音伸手拿起一個釋迦果一掰為二，咬了一口眼睛都亮了。「這個東西可真好吃！」

陳子諾頓時哭了。「嚶嚶嚶……」

熟悉了一個星期後，終於正式開學了，剛剛進入大學的學生們面臨的第一關不是學習，而是軍訓。帝都大學的學生軍訓不是在學校，而是在郊區的學生軍訓基地舉行。

軍訓除了換洗的衣服和一些日用品以外什麼都不能帶，尤其是食物，是絕對不允許的。林清音倒是不擔心自己會餓，她已經築基了，即便是辟穀都沒問題，但是她擔心自己會饞。

林清音第一次面對軍訓，完全沒什麼經驗，於是抱著學習的目的找姜維去探討如何將零食帶進訓練基地的方法。

姜維直截了當的搖了搖頭。「我也沒有好主意。按照我的經驗來說最好別帶，要是被抓到會站軍姿的。再說了你們軍訓的時候一個房間至少住著八個人，說不定什麼時候就被檢舉了。反正除了衣服和日常用品以外都別帶。」

林清音一手掏出龜殼一手掏出黃表紙。「這算日常用品嗎？」

「……小大師，我真的怕妳直接被攆回來。」

想到小大師有時候跳脫的行為，姜維有些發愁，圍著宿舍轉了兩圈後無奈地嘆了口氣，打開電腦找到輔導員助理的申請表填了表格。

還能有什麼辦法呀？只能去當助理就近照顧一下唄。

林清音對於軍訓還是挺感興趣的，現在只要是沒經歷過沒嘗試過的事她都想試一試，在增加閱歷的同時，對心境也有相對的好處。

室友們早就對軍訓的事有所準備，往背包裡塞衣服放各種防曬，林清音轉著看了一圈拿了三身換洗的內衣放到提袋裡後，拿著一袋牛肉乾思考著該往哪裡塞比較好。

陳子諾看了林清音一眼，好心地提醒。「清音，妳沒帶防曬呢！」

林清音笑著露出一排整齊的小白牙。「我從來不用防曬的。」

其實這幾天室友們就發現了，林清音連洗臉都是用香皂，涼水一抹其他都不搽。像陳子諾這種普通人家的孩子還用個面霜，可林清音連乳液都沒有。

見林清音真的沒有防曬，宿舍的三個女孩都圍了過來，盯著她吹彈可破的皮膚猛摸了兩把。「妳什麼也不搽、什麼也不抹，到底是怎麼保養皮膚的？又白又嫩的，這也太讓人眼饞了吧！」

「對啊，妳是怎麼保養的？」

「怎麼保養的？」林清音有些遲疑地摸了摸自己的臉。「要是我說靠打坐妳們信嗎？」

室友們全都呵呵兩聲。「我信妳個大頭鬼！」

帝都大學要軍訓二十六天，輔導員公布這個天數的時候教室裡的哀嚎聲響成一片，林清音趁著教室混亂的時候快速地往嘴裡塞了一片牛肉乾，然後轉頭問坐在旁邊的陳子諾。「妳們都在叫什麼？」

陳子諾看著林清音嘴裡鼓鼓的一臉無辜的模樣，特別想伸手捏她的臉。「二十六天啊，妳說我們這小體格能扛得住嗎？」

林清音看了看自己纖細的胳膊，毫不猶豫地說道：「我覺得我這小體格還行啊！」

陳子諾「切」了她一聲。「我們宿舍妳肯定第一個哭！」

林清音又往嘴裡塞了一片牛肉乾，根本就不擔心這件事。修仙者就算是天天坐在洞府裡打坐，體質也比普通人強千倍萬倍，他們的筋骨皮膚都是經過靈氣一遍遍洗刷的，皮膚別看水水嫩嫩的彷彿摸一下就會碰破皮，其實比銅皮鐵骨還結實。

至於在酷熱的天氣下超強度訓練對於修仙之人來說更不值得一提，就拿林清音來說，她連靈氣撐破經脈又重鑄的痛苦都不知道經歷過多少次了，渡劫期間更是扛過了一道比一道更粗的天雷，所以她還真沒把軍訓當做難事。

軍訓二十六天，比很多學生預計的天數要長，陳子諾三個人回到宿舍後又重新打包，幾乎把所有的貼身衣物都找了出來。林清音倒是不愁換洗衣服的事，她洗完澡直接用一個除塵咒，所有穿過的衣物就都乾乾淨淨的，宛如新的一樣，這個時候林清音再把乾淨的衣服在水裡泡一下就完事了。

林清音根本就沒往行李裡添衣服，她思考的是怎麼帶一些零食。首先這些零食不能太大，像洋芋片絕對不可以，包裝太大、裡面又空，吃的時候聲音也響，太容易被發現了。林清音最終決定的食物是一種果汁牛肉乾，一小包正好是一口的量，肉質軟嫩而且還帶著甜味，最合她的口味，也最適合帶。

因為帶的衣服多了，防曬也要多帶兩瓶，宿舍裡的女孩都放棄了背包，拿出一個二十吋的小行李箱。林清音眼睛一亮，馬上從櫃子裡拿出一個行李箱，然後拿出十幾包牛肉乾撕開外包裝，將小包裝的牛肉乾放到箱子裡，足足放了半個箱子之多。

室友安美娟拿保溫杯的時候路過探頭看了一眼，有些無奈地搖了搖頭勸道：「我聽她們說軍事基地很嚴格的，妳這個一進基地準被沒收。」

林清音沒有吭聲，拿出兩張黃表紙也不知道在弄什麼東西，過了一會兒安美娟路過她身邊的時候看了一眼，只見行李箱裡只有幾件換洗衣服，除此之外乾乾淨淨的什麼都沒有。安美娟順嘴一問。「終於想明白不帶了？」

林清音抿嘴一笑，伸手往箱子裡一摸，等張開手的時候手掌裡放了一包牛肉乾。安美娟瞪著眼睛接過來，看了看手裡的東西又看了看幾乎可以稱為空曠的箱子頓時傻眼。「清音，妳別告訴我妳還有個職業是魔術師。」

林清音得意的一笑。「這叫陣法！」

安美娟傻愣愣的還沒回過神，沈茜茜和陳子諾也好奇地湊了過來，嚷嚷著讓林清音也給她們開開眼。林清音故意放慢了動作，只見她手在箱子裡空的位置一抓，然後一包牛肉乾就憑空出現在她的手上。

沈茜茜的嘴頓時變成了O型，看林清音的眼神都不一樣了。林清音忽然有一種不好的預感，她默默的往後退了一步。

沈茜茜絲毫沒有察覺林清音的異樣，反而驚喜地撲了過去。「清音，我們軍訓完有迎新會，輔導員讓我組織女生表演節目，我正為這事發愁呢！」

林清音艱難地扯開嘴角擠出一絲笑容。「妳是想讓我表演吃牛肉乾？這可不行！」

「哈哈，妳想什麼呢！」沈茜茜努力踮腳去摟林清音的肩膀。「等迎新會的時候，妳上臺表演個魔術唄？」

林清音一臉委屈。「我都說了這個叫陣法！」

「對對對！陣法！陣法！」沈茜茜趕緊附和，伸手將林清音摟得更緊了一些。「那妳能上臺表演個陣法嗎？」

「……我還是表演吃牛肉乾吧！」

林清音算卦很靈驗的事安美娟和沈茜茜並不知道，陳子諾覺得這是林清音的私事，自己不能隨便把人家的事說出來，而林清音也不會特意去說。當然，她想給別人算卦的時候通常也不給人家心理準備，直接張嘴就來。

安美娟和沈茜茜都覺得林清音是使用什麼魔術道具，但陳子諾是見識過林清音算卦的本事，也知道她的護身符靈驗，所以還真信林清音說的陣法，她湊過去試探著摸了摸，卻什麼都沒摸到。

別說，看起來還真和魔術差不多。

林清音收拾的行李少得可憐，姜維卻操碎了心，趁著開學還不忙，趕緊坐地鐵到附近的商場裡頭買了一堆他認為軍訓可能用上的東西，拎了滿滿兩袋在林清音的宿舍樓下等。

聽說有人來給林清音送東西，陳子諾三人都好奇地趴在陽臺上看，等看到林清音跑出去從姜維手裡拎過來袋子以後眼睛都是一亮，這就是傳說中的和男朋友一起上大學的吧？

姜維氣運足到讓林清音都眼熱，長相自然也不差，和林清音站在一起看起來和金童玉女似的十分養眼。等林清音從下面上來，三個人壞笑著把她手裡的東西接過來，然後將人圍住。「小清音，那個男生是不是妳男朋友啊？」

「我沒有男朋友。」林清音十分認真地說道：「我是認真看過書、做過筆記的，說什麼時候看到一個人會感覺心臟撲通撲通的，激動得快跳出來一樣，那就叫喜歡，我現在還沒覺得喜歡誰呢。」

沈茜茜有些不解了，她覺得當年在青春期的時候，男生女生都有過懵懂的喜歡和青澀的暗戀，那種怦然心動就和林清音描述的差不多。

「清音，妳是不是有點太晚開竅了？」

林清音認真思索了一下，倒覺得確實如此，畢竟兩輩子加起來她都活了上千年了，雖然這輩子體驗了很多事，可現在的七情六慾還沒全明白。

看著林清音提起感情還一臉懵懂的表情，室友齊齊嘆了口氣，默默的為將來那個喜歡上林清音的男孩子點個蠟燭。

路漫漫其修遠兮，少年你慢慢磨吧！

十幾輛巴士將大一新生載到了軍訓基地，這個地方位於帝都的郊區，附近山清水秀，也能感應到淡淡的龍氣，倒是修煉的好地方。

姜維買的那袋東西林清音只選了一部分自己能用得上的，保養品和防曬她都沒帶，還是陳子諾怕她會曬傷幫她帶著了，想著林清音要用的時候好給她。

進了基地先分宿舍，宿舍的條件並沒有想像中那麼好，二十個人一間宿舍，裡頭擺著上下鋪的鐵架子床，環境倒是打掃得乾乾淨淨的。

床鋪都是隨機分配好的，上面貼著名字，林清音是靠窗的下鋪。床鋪上鋪著一床被子，上面是嶄新的格子床單，床尾擺著一個疊得像豆腐塊一樣的被子。

林清音來這個世界才兩年，又一直忙於學習和算卦，對很多事情都不了解也不知道。看到這個造型的被子她好奇的伸手去戳了幾下，成功的把一個整整齊齊的豆腐塊戳得歪歪扭扭的。

陳子諾放下東西剛擦了擦汗，一回頭看到林清音的舉動驚得深吸了一口氣。「我說姊姊呀，在軍訓期間我們的被子都得疊成這種豆腐塊，妳戳成這樣誰幫妳疊啊？」

林清音糾結地收回手，默默地掏出手機給姜維發訊息。「徒弟啊，你會疊豆腐塊嗎？」

姜維發了一個震驚的表情。「小大師，我什麼時候拜師的？」

「你後面的心法不學了？」

姜維認命地嘆了口氣，回覆。「師父，等我選上輔導員助理就能一週去兩趟軍訓基地，到時候我幫妳疊被子。」

林清音開心的露出了小白牙。「徒弟真乖！」

正聊著，兩名女教官走了進來，要求所有人把行李打開，進行例行檢查。在外面住將近一個月的時間，女生們恨不得把家都給搬來，行李箱裡塞得滿滿的。

女教官們逐個檢查了一遍，有不允許帶的東西就拿密封袋收起來貼上名字，等軍訓結束後再還給本人。

林清音眼巴巴地看著教官們搜走了一包包的火腿腸、一盒盒的巧克力以及各種肉乾、果乾之類的，不由得吞嚥了一口口水。

她忘了帶巧克力了！

女教官已經檢查了三個宿舍，看到的都是滿滿的行李箱，等到林清音這裡的時候不由得愣住了。行李箱裡內衣內褲和幾件背心分別裝在不同的小袋子裡，除此之外還有一小袋換洗衣服和一包衛生紙，除此之外就是一堆石頭和一把小刻刀。

兩個女教官面面相覷，還是第一回看到這麼奇葩的行李。

其中一人彎腰拿起一塊石頭仔細檢查了一遍，就是普普通通的鵝卵石，應該是從河裡撿來的，因為長期被水沖刷的石頭特別圓潤光滑。「妳帶這個幹麼？」

林清音眨了眨眼睛。「我練雕刻用的。」

這倒是個好理由，女教官將石頭放了回去，接著看了看她身後的被子，有些一言難盡地看了林清音一眼。見過這麼多新生，第一次看到還沒等睡覺就把被子弄成這個樣子的，這手是有多閒。

不過教官們對剛來還沒有經過訓練的新生們容忍度都很好，看著林清音白白嫩嫩長得又甜，也沒帶什麼違禁品，兩個教官便轉身去檢查下一個人。

林清音臉上總算露出了一絲笑容。她的十包牛肉乾保住了，耶！

氣運極佳，身為歐皇本皇的姜維順利的通過了輔導員助理的選拔，又得償所願地分到了林清音所在的班級。輔導員助理在軍訓期間要每週到軍訓基地兩次，看看有沒有學生不適應的，也看看有沒有同學之間發生矛盾的。

姜維到的時候軍訓已經開始一個星期了，九月的秋老虎十分厲害，曬得人臉上冒油。長袖、長褲的軍裝更是讓人渾身上下都覺得悶。而在這裡頭看起來最清爽的就是站在第一排的林清音了，在一群紅通通面孔中，林清音的小白臉看起來格外顯眼。

姜維在看到林清音後立刻找了個可以停留的樹蔭將包包放下，從裡面掏出一瓶冰水，一邊美滋滋的喝著，一邊看林清音走正步。

正步為了檢查角度，每個動作都會停留十幾秒鐘，通常到七、八秒的時候有的人腿就忍不住發抖，可林清音姿勢標準就像是用尺量過，還紋絲不動。

面對教官讚賞的眼神，林清音有些糾結地看了回去，憋著沒說出：教官，護身符要來一枚嗎？

姜維站在樹蔭下看一會兒，便和其他輔導員助理去找帶隊的老師，等回來的時候林清音所在的班級已經休息了，林清音正站在樹蔭下面喝水。

姜維揹著包包跑過去和她打了個招呼，林清音有些糾結的把姜維拽到一邊沒人的地方，小聲地和他說：「我們這個教官印堂發黑啊，後天可能出事。」

姜維「啊」了一聲，四處張望一眼，在旁邊不遠處看到了林清音的教官，看級別應該是一個連長，就是不知道是什麼部隊的。

姜維認識林清音也兩年多了，知道小大師的常識一塌糊塗，看著她一副十分想給教官算卦的樣子，姜維頭都大了。「小大師，我求求妳千萬別給他們算卦，也不能賣護身符給他們。」

林清音不滿地瞪了他一眼。「叫師父。」

姜維在傳訊打「師父」兩個字倒是不覺得什麼，可是真讓他叫師父，他嘴還沒張臉先紅了，忍不住捂住了臉。

林清音莫名其妙地看了他一眼，不明白他在矯情什麼。前世的時候她別說收徒弟，就是收個侍從都能讓人激動得熱淚盈眶，跪下來磕頭，就沒有一個像姜維這樣彆扭的。

林清音伸手將姜維的胳膊拽了下來。「捂臉幹麼？你還沒告訴我為什麼不能給他們算卦呢。」

一想到給這些教官算卦的後果，姜維也顧不得害羞，鄭重地解釋。「小大……」

在林清音的目光下，姜維把剩下的一個字嚥了回去，艱難地換了個稱呼。「小師父，軍隊裡的人和外面的人不一樣，他們有很嚴格的紀律，無論是算卦還是看風水肯定是不行的。再來軍隊有很多保密的條例，他們經常會接到一些不能讓外人知道的秘密任務，你若是把這個任務算出來，一說就是觸犯了軍隊的保密條款，妳就等著被關起來吧，說不定還會被退學。」

「這麼嚴重啊！」林清音糾結的摸著自己的下巴。「可是教官一身正氣，我總不能眼睜睜的看著他大難臨頭吧？」

姜維也有些發愁，他能猜到林清音的教官可能會接到什麼任務，任務中真有可能會遇到致命的危險。要是不知道這件事就算了，現在知道了他也做不到無動於衷。

「要不妳算好了告訴我，我去和教官說。」沈默了片刻，姜維一咬牙。「反正我家很有錢，大不了我以後繼承我爸的公司，讀不讀研究所都無所謂。但是妳不行，妳可是今年我們齊省的高考狀元，不能毀了前途。」

林清音倒是挺感動姜維這麼維護自己的，不過她肯定不會採用姜維的主意，這不是給自己找心魔嗎？

林清音從口袋裡摸出一把刻刀，再從另一個口袋裡摸出一塊石頭，低頭雕刻起來，等刻好陣法後握在手心，緩緩地輸入一絲靈氣。

剛刻完護身符，教官馮忠寶就路過這裡，扭頭看了林清音一眼。「訓練的時候口袋裡不能裝東西。」

林清音指了指姜維，露出無辜的表情。「他帶來的。」

馮忠寶見姜維穿著自己的衣服便知道他是今天來的輔導員助理，朝他點了點頭就要走，林清音忽然叫住了他，將手裡雕好陣法的石頭遞了過去。「教官，這個是我刻的，送給你！」

若是花錢買的禮物馮忠寶肯定不要，但這個是林清音自己做的，用的又是隨處可見的普普通通的石頭，他就伸手接了過來，有些疑惑地看著上面讓人眼花繚亂的紋路。「妳這是刻的什麼圖案啊？」

林清音順嘴胡扯。「這是讓人沈迷的唯美線條，你看看這些紋路是不是覺得很美？」

第七十二章

馮忠寶舉起石頭又看了看，怎麼也不明白從這裡頭如何看出美來。不過好歹是學生的一番心意，而且林清音在訓練的時候一直十分突出，讓他在這群教官中很有面子，就因為這個他也不能打擊林清音的積極，喜歡做藝術挺好的。

馮忠寶煞有介事的點了點頭。「確實很唯美！」

林清音沒忍住笑了出來，正在這時忽然有一個士兵跑到了馮忠寶前面，馮忠寶順手將石頭放到胸前的口袋裡，和士兵到一邊嘀咕兩句，然後急匆匆地跑步離開了。

姜維扭頭看著馮忠寶的背影，有些擔心地問道：「他不會有事吧？」

林清音白了他一眼。「徒弟，你很膨脹啊，居然敢看不起我的護身符？」

一般來說給大學生軍訓的都是最基層的士官，像連長級別的很少，馮忠寶會過來當教官，主要是想看看有沒有可挖掘參軍的好苗子。

若是沒有特殊的情況，馮忠寶多半會將他們帶到軍訓結束，可沒想到這才軍訓一個禮拜，馮忠寶就接到一個緊急的任務。他一路疾跑到辦公室接電話，然後迅速地坐上為他準備的車離開軍訓基地，回到了所在的部隊。

因為事情緊急馮忠寶甚至連宿舍都沒回，和自己連隊的士兵會合直接上了卡車，而那顆被他隨手塞進上衣口袋裡的護身符已經被他忘了個一乾二淨。

馮忠寶去執行任務，可軍訓不能停，在林清音的班級美滋滋的休息了半個小時後新教官到位了。新教官看著這群大學生優哉游哉地坐在樹蔭下看別班笑話，直接組隊將人帶到了三百公尺障礙區，語氣涼涼的告訴他們面臨的挑戰。「我們接下來的訓練是三百公尺障礙跑！」

學生們一臉崩潰地看著三百公尺障礙設施，那兩根孤零零的繩子下面有一個水池是什麼意思？是打算讓他們拽著繩子飛過去？差不多四、五公尺高的輪胎牆這純粹是練膽吧，要是掉下來臉著地怎麼辦？這可是有毀容的風險啊！還有那兩公尺高的牆，就是累死他們也上不去啊！

光這些還不算，後面還有繩索軟梯、獨木橋障礙、斜梯障礙等等一堆項目，光看著他們就絕望了，根本就不可能做得來。

新教官也沒指望他們能做這些項目，像那種高板、高牆障礙這種項目他們爬都爬不上去，更別說通過了。把他們帶過來只是為了磨磨他們的性子，誰讓他們剛才看著別班訓練的時候笑得那麼目中無人了？

新來的鄭教官指了指身後的項目，臉上露出一絲壞笑。「這是我們日常訓練的三百公尺障礙，你們誰先來？」

一群學生聽了忍不住集體哀嚎。「教官，這也太難了，這個我們真不行！」

確實相當的難，鄭教官甚至還記得自己第一次做這個訓練時痛哭流涕的場景，他是硬生生的訓練了半年才第一次通過這個障礙訓練。

看著一幫學生哭哭啼啼求饒的場景，鄭教官彷彿看到了當年的自己，身心愉悅，還故意刺激他們。「誰來試試？要是誰一次通過了我就給他放一天假，明天一整天都不用訓練，我讓他在寢室裡休息。」

原本眼神放空、思緒飄散的林清音聽到這話頓時眼睛一亮，身板「啪」的一聲就挺直了。「教官你說的是真的嗎？」

鄭教官順著聲音找到了站在第一排的林清音，高䠷的身材白皙漂亮的臉蛋，怎麼看都不像能吃苦的樣子，反而有種一碰就容易暈倒的模樣。

鄭教官抱起胳膊不屑地說道：「軍中無戲言，男生通過休息一天，女生通過休息兩天！我說話算話！」

林清音嘿嘿一笑，將袖子往上捋，將胳膊舉了起來。「教官，我想試一下！」

剛才別的班在訓練的時候，林清音所在的班級因為教官有任務提前走了，在新的教官還沒到的這段時間裡坐在陰涼處喝水哼歌，那些站在太陽底下走正步的班級氣得牙直癢癢。現在他們班被拎到魔鬼訓練場了，其他班的教官報復心很強的乾脆把自己的班帶了過來，組團來圍觀他們的慘狀，順便殺雞儆猴，告訴他們要是不好好踢正步，乾脆也都來練這三百公尺障礙。

林清音一舉手說想試試，圍觀的同學們馬上朝她看過去，離得近的男生在看清楚林清音的長相後都忍不住想吹口哨。怎麼這麼白這麼好看呢？

女生們看到林清音白嫩的臉蛋後也都很眼熱，縱使她們每天早上出門塗上厚厚的防曬，可一個上午過去回到寢室後，一個比一個臉紅，防曬沒時間補搽，完全擋不住時間這麼長的暴曬。

終於一個小姑娘忍不住了，和旁邊的同學耳語。「妳說我要是問她用什麼牌子的防曬，她會告訴我嗎？」

旁邊的女生一言難盡地搖了搖頭。「我前天就發現她了，晚上洗漱的時候特意找她問，她說她什麼都不用！」

小姑娘不太開心地撇了撇嘴。「她這麼藏私嗎？就問個防曬品牌不至於這樣吧！」

「也不是藏私，是真的！」女生鬱悶地嘆了口氣。「我回去的時候路過她的寢室，正好我一個同學從裡面出來，我趕緊拉著我同學打聽。可我同學說這個林清音不但不搽防曬，人家什麼保養品都不搽，用冷水洗洗臉拿毛巾一擦就出門了。」

小女生嘴角不由得垮了下來。「人比人真的是氣死人啊！」

被眾女生羨慕的林清音出列走到隊伍前面，鄭教官再一次打量了她一遍，又回頭看了看三公尺寬的雙繩水池，十分好心地提醒道：「妳要是想因為掉水坑裡藉機請假的話我勸妳放棄，別的不敢說，新的迷彩服我可以找出一百套來給妳，隨便妳往水坑裡掉都有衣服給妳換。」

林清音看了看那個水坑，不解地皺起了眉頭。「為什麼要掉水坑裡？我跳過去不行嗎？」

鄭教官被林清音氣笑了。「那行，妳來吧！」鄭教官將林清音帶到起點往前指了一下。「從這邊跑過去通過所有的障礙再原路跑回來就可以了。」

鄭教官把人領來這裡就是為了打擊他們的，別說林清音，就是學生裡最高最壯的男生在他眼裡也沒辦法通過，因此他既無講解也沒示範，隨便她跑。

林清音連起跑的姿勢都沒做，可在鄭教官說了「預備，跑！」以後，她衝出去的速度卻讓鄭教官吃了一驚，這跑出去的速度和天天訓練的戰士們也差不多了。

雙繩水池是兩隻手抓住粗粗的繩子一躍而起落到五公尺外的水池那邊，林清音跑到水池邊的時候伸手了，不過她不是兩隻手，而是用一隻手輕輕一拽就輕飄飄地落在了安全的地方，絲毫不見費力。

鄭教官愣了一下。想不到這小丫頭倒是挺有兩下子，身體素質還真不錯。

可驚訝還沒完，緊接著是連續幾個一公尺高的矮牆，林清音遲疑了一下雙腿同時一抬，像跳臺階一樣蹦了過去，然後又跑到下一個前面繼續蹦。

圍觀的教官們風中凌亂了，過是過去了，可是他們過的時候都是跨欄的姿勢，就沒有這樣雙腿蹦的。不過話又說回來，這個姿勢好像更難過去啊！

林清音沒看到這些教官的表情自然也猜不到他們的想法，她跑到高牆前腳尖一點地，身體瞬間躍到了高牆之上，往牆上輕輕一搭手就翻身越了過去；五公尺長的獨木橋她都沒減速，用是百米衝刺的速度通過的，最讓人目瞪口呆的是最後一道壕溝，應該是要跳到兩公尺深的坑裡再爬出來，可林清音一抬腿從壕溝上直接跳了過去。

湊過來圍觀的姜維忍不住捂住了臉。小師父，妳暴露的好像太多了。

其實林清音跑到終點再從旁邊跑回來就行，可是沒搞懂規則的傻孩子又回頭跳過壕溝重新過了一遍障礙，也許是跑嗨了，最後過水池的時候連繩子都沒碰，直接一步躍過來的，徑直跑到了鄭教官前面，開心地問道：「教官，我是不是有兩天的假期了？」

看著呼吸平穩、一滴汗也沒流的林清音，鄭教官神情恍惚地點點頭，等回過神來的時候林清音已經蹦蹦跳跳的走了。

這一齣，讓一眾教官們心裡有些懷疑人生，而圍觀同學則是十分懷疑人生。

林清音哼著歌離開了訓練場，姜維趕緊從後面跟上，小聲地和她說道：「小師父，妳剛才露的那一手堪比特種兵了。」

林清音不知道特種兵是什麼，不過一聽就很厲害，她頓時有些無奈地嘆了口氣。「我也想低調啊，可是實力不允許啊！」

畢竟她已經築基了，築基期就算是正式踏入仙途了，別說這種障礙，就是御風飛行都沒問題。不過林清音也知道在這個世界，算卦看風水也就罷了，那種太超乎人想像力的事絕對不能做，她可不想給自己找莫名其妙的麻煩。

姜維跟在林清音的身後來到寢室，一眼望過去寢室裡的被子都還算整齊，只是大部分都不太符合規定。想到林清音向來不懂生活瑣事，姜維指著一床疊得最不規範的被子問道：「小師父，這是妳的床鋪嗎？」

「猜得一點都不準！」林清音嫌棄地看了他一眼。「氣運超群又怎麼樣，體質特殊又怎麼樣，在算卦上一點天分都沒有，完全繼承不了我的衣缽，這在過去你都不能算我的親傳弟子。」

姜維哭笑不得。「小師父，我比妳大四、五歲呢，我就是有天賦也沒辦法把妳的衣缽傳下去啊！」

幸好林清音也沒指望姜維學算卦，極陽男孩果果才是她相中的衣缽弟子呢。林清音指著自己的床鋪說道：「靠窗的那個是我的床。」

姜維看著整齊得沒有一絲皺褶的褥子和疊得堪比標準規定的被子頓時震驚了，有些不敢置信的看著林清音。「小師父，一個星期不見妳的生活技能進步很多啊！」

林清音心虛地摸了摸鼻子，伸手從褥子下面摸出幾塊石頭。姜維覺得眼前一花，等眨了眨眼睛後愕然發現原本整齊的床鋪不見了，褥子有躺過的痕跡不說，那被子根本就不叫疊，只是捲起來而已。

居然因為不想疊被就用石頭擺幻陣，這樣的師父簡直太讓人操心了！

林清音輕咳兩聲。「這疊被子太難了，我學不會！」

姜維認命地過去收拾床鋪，一邊重重地嘆了口氣。「小師父，妳說妳要是不會陣法可怎麼辦？」

林清音嘿嘿地笑了一聲。「有事弟子服其勞，只能拜託給你了！」

林清音用神走位通過三百公尺障礙的事讓她在軍訓基地聲名大噪，不僅學生們對她仰視，就連教官們都忍不住私下討論，覺得這個女生體能實在是太強了。

鄭教官通過其他教官知道林清音基本訓練也很出色，就很想知道她在其他項目上的表現。可惜軍中無戲言，自己一張嘴送出去兩天假，他就是再心急也得等林清音假期結束。而其他的學生都羨慕死林清音了，尤其在曬了一天頂著一個紅通通油汪汪的臉排隊進食堂時看到一身清爽的林清音，一個個都像是吃了檸檬一樣酸。明明都是大一的學生，差距怎麼這麼大呢？

林清音其實也沒真的在寢室休息，她在軍訓基地的後山上找了個陰涼的地方布了個聚靈陣法修煉打坐。這裡靈氣比別的地方要充足，又有龍氣，雖然比不上前世，但在現在也算得上不錯的風水寶地了。

姜維來這主要就是看一下班級裡學生的情況，白天學生軍訓的時候他沒什麼事，所以就在林清音布的陣法裡打坐，等時間差不多出去露個臉轉一圈，把該做的事做了，什麼也不耽誤。

有林清音講解道法，姜維進步神速，一天和他自己修煉一個月成效幾乎一樣。照這樣下去，不出三個月，姜維的修為就能超過王胖子了。

林清音見狀忍不住感嘆，王胖子和普通人比起來算是挺有福的人了，可跟姜維一比，直接被秒成了渣渣。

姜維正在讀研究所，在當輔導員助理的同時也不能落下自己的學業。週末在軍訓基地待了兩天，姜維和其他的助理一起坐車回學校上課。而林清音兩天短暫的假期也結束了，一臉不開心地被鄭教官拎回訓練場。

林清音十分不樂意的據理力爭。「說好了休息兩天的，應該到今天上午十一點才是完完整整的兩天。」

鄭教官十分發愁，林清音雖然體能不錯，可這人也太懶了吧？就這樣能招進部隊嗎？

鄭教官無視林清音滿臉的不高興，先帶著學生圍著操場跑了五圈，就在大家累得氣喘吁吁以為今天和昨天、前天一樣依然是枯燥的隊列練習的時候，就聽鄭教官宣佈。「下面我們到靶場進行打靶練習！」

看著學生們猛然睜大的眼睛，鄭教官慢悠悠補充了四個字。「實彈打靶！」

瞬間歡呼聲響徹整個操場。

華國的軍訓大部分內容都是站軍姿、練習隊列、唱軍歌這幾項，像帝都大學這種在基地軍訓已經算是豐富多彩的了，但學生們實彈打靶的機會還是很少。

林清音被同學的興奮模樣感染了，小聲問旁邊的陳子諾。「實彈打靶是什麼？」

陳子諾已經習慣林清音時不時的問一些小白問題，在她的認知裡，高考狀元那必定是除了學習其他都不聞不問，所以不知道是正常。

「打靶就是用槍射靶啊！」陳子諾比了個手勢。「就是看誰打得準。」

打靶是幾個班同時練習，林清音跟著隊伍來到靶場，鄭教官詳細的講解了射擊要領後，喝了一聲。「趴下！」

林清音趴在草地上，用右鎖骨抵住槍尾，二十公尺外的靶心在她眼裡清晰得就像在眼前。林清音不用神識，光靠眼睛和直覺能將槍支調整到最合適的位置。

五枚子彈，強大的後座力在林清音就像是完全感覺不到，幾秒鐘五枚子彈就打出去了，林清音連看都沒看就站了起來，藉著給自己彈草屑的機會悄悄用了除塵咒把身上的塵土和草屑清理得乾乾淨淨。

別的學生都十分關心自己的成績，林清音就像沒事人似的，整理好衣服徑直走到了最後面，繼續神遊太空。

今天打靶就是為了看那幾個相中的好苗子打靶天賦怎麼樣，所以鄭教官十分關心林清音的成績。

第一組打靶結束，別人的成績都很快的報了出來，到林清音這裡忽然沒聲了，報靶員站在靶子前不知道在猶豫什麼。鄭教官快步跑過去問：「怎麼了？」

「鄭班長你看看這個靶子！」報靶員說道：「只有一個彈眼。」

「難道別的脫靶了？」鄭教官看著那個在紅心最中間的彈孔又覺得不太可能，轉過靶子後面一看，五個空彈殼落在一起。

鄭教官忍不住又回頭看了看靶心，心裡有些震驚。「難道是打中了同一個地方？」

「不太可能一點誤差都沒有吧！」報靶員十分猶豫，這種情況也不是沒有，彈孔邊緣也有子彈衝過去的痕跡，但是他們不確定是不是五枚子彈都是從這個彈孔中穿過去的。

鄭教官乾脆重新擺了個新靶子，回到隊伍前喝了一聲。「林清音出列！」

正躲在最後面偷偷吃牛肉乾的林清音差點被噎到，趕緊嚼了嚼嚥下去跑到前面喊了聲。「到！」

鄭教官狐疑地看了她一眼，皺著眉頭說道：「幹麼呢？磨磨蹭蹭的！」

「看天呢！」林清音順嘴說：「看著要打雷下雨了！」

鄭教官看了眼碧藍的天空和熱辣辣的太陽，沒好氣地白了林清音一眼。「妳剛休息了兩天，就別想著下雨這種好事了。這週的天氣預報我都看了，沒有雨。」

林清音抬頭又看了眼天，按理說是沒有雨，但是她已經感應到了天雷的氣息，也不知道是誰又冒犯了天道。

鄭教官拿出五枚子彈遞給林清音。「妳過來重新打靶！」

讓學生重新打靶這說明發現了好苗子，其他教官也不管自己的學生了，都湊過來看熱鬧。

林清音按照鄭教官講的將子彈上膛，一聲槍響子彈正中紅心；第二聲槍響，鄭教官在望遠鏡裡看到靶子動了一下，但依然還是那一個彈孔。

「暫停一下！」鄭教官怕自己看錯了，叫報靶員架上監視攝影，讓林清音繼續打靶。林清音連續扣了三次扳機，將槍一放就跳了起來拍身上的土。「這回可以了吧？」

監視器上可以清清楚楚的看到所有的子彈都是從一個彈孔裡出去的，這回不僅鄭教官眼睛亮了，其他教官也露出了驚喜的表情。

「五十環！」

聽到這個分數，現場一片驚呼。鄭教官露出了滿意的笑容朝報靶員一揮手。「五十公尺！」然後又遞給林清音五枚子彈。

剛掐完除塵咒的林清音一臉菜色的又趴下了。

一分鐘後，鄭教官又遞過來子彈，然後又一揮手。「一百公尺！」

林清音看著自己剛弄乾淨的衣服怒了。「怎麼還沒完呢？要不你放個最遠的地方，我一會兒站起來一會兒趴下的，太欺負人了！」

鄭教官默默地看了林清音片刻，給林清音換了一把突擊步槍，然後一揮手。「五百公尺。」

紙質的靶子放好以後，陳子諾瞇著眼睛看了半天，一臉茫然地問旁邊的同學。「妳看到靶子在哪兒了嗎？」

另一個同學比她更茫然。「我今天出來的時候忘記戴隱形眼鏡了，我連二十公尺的靶子都看不見。」

五百公尺的距離很遠，但林清音依然看得清清楚楚，若是用上神識，別說這個操場，就是後面山上野兔她都能看得見。看到野兔，她不由得想到了麻辣兔頭，憂愁地嘆了口氣。

部隊的飯倒是有葷有素，營養搭配挺好的，但就是過於健康，什麼麻辣兔頭、烤羊肉串、麻辣燙這種直擊靈魂的美味完全沒有，還得天天摸爬滾打的訓練，可真不容易。

鄭教官見林清音明顯的又在走神，頭疼的按了兩下鼻梁，不得不大聲地提醒林清音。「準備……」

「教官！」林清音抬起頭打斷了他，一臉期冀地問道：「要是這個距離我打了五十環能再放兩天假嗎？」

鄭教官鼻子險些氣歪。「呵呵，妳想得美！」

五槍連發，依然打了五十環，依然是只有一個彈孔的耀眼成績。這個成績一出來，在場的教官看林清音的眼神都不一樣了，對他們來說五百公尺打五十環也不是不可能，但都打在一個彈孔裡這就有些難了。

鄭教官興奮的直轉圈，他想不到自己半路接個班還能發現這麼好的苗子，簡直是意外之喜啊。

旁邊有個教官忍不住過來問：「妳之前有沒有練過？」

「槍嗎？我第一次摸！」林清音說著從口袋裡摸出一個石頭。「不過我扔石頭扔得挺準的。」

鄭教官有些激動了，轉頭和幾個戰友商量要不要叫排長過來看看。林清音低頭把衣服清理乾淨後抬頭看了下天空，好意地提醒鄭教官。「要打雷了，可以先讓我們回宿舍嗎？」

幾個教官同時抬頭看了一眼天空，確實比剛才多了一些雲彩，但依然看不出要下雨的跡象。

鄭教官第一個反應就是林清音又想偷懶，剛想說她兩句，就聽見一聲驚雷，隨即狂風大作，烏雲快速地從天空的西邊湧來，很快遮擋住了一半的天空，緊接著電閃雷鳴，雨點噼哩啪啦落了下來。

林清音默默地抬頭看了鄭教官一眼。「我就說要下雨了吧。」

第七十三章

整隊跑步回宿舍，因為雨下得急又來得快，等學生們回到寢室身上都已經濕透了。按理說惡劣天氣不能出操的話會讓學生練習內務。不過眼下內務倒是不急，得趕緊先讓他們洗熱水澡，免得生病影響軍訓。

這麼多人要洗澡換衣服，一折騰一上午時間又白費了，鄭教官回到宿舍有些頭疼的嘆了口氣，和旁邊的戰友說道：「你說人長得好看是不是老天爺都向著她，怎麼這麼好的天氣，說下雨就下雨了呢？」

大雨足足下了一天才停歇下來，其間雷聲不斷，林清音覺得倒有幾分雷劫的意思，可能有什麼天地靈物突破了。這種事情在她的前世十分常見，但在這個靈氣稀少的時代就十分稀奇了。

大雨過後，天氣又恢復了湛藍，經過雨水的洗滌，天地間的靈氣都比以往充盈了些許，林清音在訓練的時候也默默運轉著大周天，吸收著周圍的靈氣。

訓練到一半，一個穿著軍裝的人走了過來，小聲和鄭教官耳語了幾句。鄭教官聽了那人說的內容後一臉震驚，轉頭朝林清音看了一眼。「林清音出列！」

這個人來的目的林清音大概能猜出來，肯定是為之前出任務的馮忠寶來的。

果然林清音被帶到辦公室後，來人直截了當的說出了目的。「林清音同學，我是馮連長的戰友程坤，馮連長讓我替他向妳表示感謝。那天妳送給他一塊刻了花紋的石頭，他放到胸前的口袋裡就去出任務了，任務的過程比較凶險，他胸口被歹徒開了一槍，正好被那塊石頭擋住，馮連長幸運的躲過了一劫。」

提到這件事程坤依然覺得有些不可思議，歹徒用的槍衝擊力很強，按理說石頭根本就擋不住那枚子彈，可事情就是這麼湊巧，那顆子彈就正正好的嵌進了石頭裡，馮連長除了胸口震得有些疼以外，連點皮都沒破。

而最幸運的是，子彈打到的部位是心臟的位置，要是沒有這顆石頭馮忠寶恐怕當場就犧牲了。

程坤說完，起身朝林清音敬了個軍禮，這才又坐了下來。「馮連長還有別的任務暫時過不來，所以委託我向妳道謝。這次出任務的戰士們都開玩笑說妳的石頭是護身符，能保佑人平平安安的。」

林清音沒想到這些士兵這麼機智，歪打正著居然猜了個差不多。「說不定還真有這個效果，要不然我多刻幾個，你回去給他們分分？」

程坤笑著說道：「那好啊，不管他們要不要，反正我先要一個。」

程坤雖然嘴上說是護身符，但是他只覺得這件事是湊巧了。而他要這個石頭也沒覺得這真的是什麼符，就是覺得這玩意兒有點好運。

程坤和馮忠寶所在的部隊有些特殊，經常要執行一些特殊任務，這種任務通常都有危險，受傷是家常便飯，說不定什麼時候就犧牲了。因此每次出任務的時候，他們都會隨身帶一些小東西，有些是家人的照片或者對自己意義特殊的東西。

程坤覺得這個小石頭可以當做一個幸運物，希望自己在遇到危險時也能和馮忠寶似的可以平平安安的回來。

「來的時候我聽說妳這幾天訓練的成績不錯？」程坤笑著看林清音。「三百公尺障礙完成的非常出色，射擊都堪比神槍手了？」

林清音不覺得這種成績有什麼好驕傲的，畢竟她本身就不是普通人，這些項目對她來說就像玩遊戲，根本就不存在什麼訓練強度。

見林清音神色如常，程坤讚賞地笑了。「沈得住氣，是好苗子。其實每年我們都會從各個大學招一些大學生士兵，要不是因為這件事，馮連長也不會親自來帶軍訓。妳各方面條件都挺好的，不知道有沒有進部隊的打算？」

林清音一聽這話連忙把頭搖得和波浪鼓似的。「實不相瞞，我信道！」

程坤看著林清音一臉嚴肅的表情，也不知道她這是藉口還是真的有信仰，不過可以確定的是林清音可能真的不想留下來，程坤也沒強求，和林清音道謝後就要離開。

林清音猶豫了一下說道：「我把石頭刻好，你一起拿走吧。」

程坤點了點頭。「那好，我在這裡等妳。」

林清音回寢室把自己帶來的那袋子石頭都拎了過來，一邊和程坤說話一邊飛快地在石頭上雕刻。林清音刻的是保平安的陣法，然後在每個石頭都輸滿了靈氣，起碼用兩年沒問題。兩年後若是他們還需要，她也願意再幫他們刻一批。

這種一身正氣的人就該好好保護。

在訓練中，時間過得飛快，轉眼二十多天過去了，那些原本走路都鬆鬆垮垮的學生們現在一個個都昂首挺胸，看來非常有精神。

雖然只相處了短暫的二十多天，但是和朝夕相處的教官分別，學生們都紅了眼眶，不少女生都哭得稀里嘩啦的。

林清音倒是沒有太多外露的情緒，她前世已不知經歷過多少生離死別，所以將離別看得很淡，不過她還是特意去後山找了一塊大小合適的石頭做了個護身符送給鄭教官。

回到學校又要準備迎新會，林清音看著周圍忙忙碌碌的室友和同學，覺得十分傻眼。按理說大學生不是比高中生更忙嗎？怎麼看著一個個都不忙正事呢？

林清音的室友沈茜茜是負責組織審核上報班裡的文藝節目，她準備了一個獨舞，班裡還有個學過聲樂的女生唱一首歌，另外一個節目就是林清音的魔術了。

雖然林清音據理力爭說自己用的是陣法，和魔術沒關係，但沈茜茜軟磨硬泡，甚至許諾帶她嚐遍帝都的各種美食，林清音終於妥協了。表演就表演唄，反正對她來說還真沒什麼難度，重要的是——「晚飯去哪兒吃？」

沈茜茜拿出手機搜了搜。「去吃烤肉。」

帝都好吃的店比小小的齊城可多多了，林清音上次為了商伊的父親來帝都匆匆忙忙的只待了不到三天，還沒吃夠就回去上學了。好不容易考到了帝都的大學，還沒等放開肚子吃，就被拎去軍訓了將近一個月，雖然營養均衡很健康，但是她真的更愛吃肉！

說起吃烤肉還得去隔壁國大的正門外，那邊有不少正宗的韓國烤肉。為了不排隊，四個人不到五點就出門了，等到了店門前人家才剛開始營業。

幾個人找了個臨窗的位置坐，沈茜茜直接點了六盤店裡的招牌五花肉。等肉上來以後，江南姑娘沈茜茜看著那一塊塊又厚又大的肉有些瞠目結舌。「這一塊肉都夠我家炒一天菜了。」

厚厚的五花肉放在烤盤上滋滋作響，不一會兒就烤得焦黃噴香，服務生拿著大剪刀將肉剪成一塊一塊的，沈茜茜挾起一塊最大的烤肉沾了一些醬包在紫蘇葉裡遞給林清音，諂媚地說道：「我們班的壓軸節目就拜託妳了！」

林清音接過沈茜茜遞來的紫蘇葉包肉，嘴裡嘟囔著。「不想包菜葉子。」可手卻很誠實的將包好的肉塞進了嘴裡，一嚼滿嘴的肉香，十分過癮。

「真香！」林清音眼睛頓時亮晶晶的。「比我們家那邊的薄肉片要好吃。」

沈茜茜吃肉比較少，每樣嚐一、兩塊就差不多飽了，整個晚上基本上都為林清音服務了。林清音的性格簡單，尤其吃到開心的時候什麼都好商量。等最後一塊肉下肚時，林清音已經答應沈茜茜魔術表演至少要五分鐘，而且不能隨便糊弄。

林清音說到做到，回寢室後特意從櫃子裡把筆記本拿出來，搜索一些魔術開始看了起來。林清音之前看春晚的時候看過兩次魔術表演，她從記憶裡找出那個魔術大師的節目都看了一遍後覺得有些太簡單，又搜了一些國外的節目看了幾個，目光灼灼地盯著其中一個畫面。「茜茜，這個大變活人看起來很刺激，妳來給我當助理好不好？」

沈茜茜激動地探過頭來，等看到電腦裡面的人被鋸子一切為三，頓時嚇得臉都白了。

「不用這麼刺激的，我承受不住！」

「那好吧！」林清音有些遺憾地嘆了口氣。「那就來個簡單點的吧。」

迎新會必須在國慶放假前舉辦，因此放在九月二十九日的下午，林清音的節目排在中間的位置。

剛剛從舞臺上下來坐在觀眾席裡的沈茜茜心裡多少有些緊張，她因為這幾天忙得團團轉，一直沒看過林清音準備的節目到底是什麼，也不知道她要變什麼。

而即將開始表演的林清音則信心滿滿，她這幾天從看過的魔術節目裡學了不少的套路，都是可以用法術或者陣法實現的。

林清音為了對得起那頓烤肉，對這個節目也重視許多，她特地換上了早就做好的神算門長袍，用一根木頭簪子將頭髮挽了起來，青衣飄飄，乍一看就像是仙人。

古風音樂響起，林清音一甩袖子從布幕後面走了出來，頓時臺下尖叫聲一片。

林清音長相姣美，再一穿這種比較素淨的衣服更顯得眉目如畫。聽到臺下的掌聲和尖叫，林清音還有些奇怪。還沒開始表演，這些人瞎喊什麼？難道這裡也有看過她算卦的粉絲？

林清音表演魔術沒用什麼道具，音樂一響，她掐了一個手訣，一個火球出現在她的手掌上。林清音就像捏黏土一樣將火球捏成各種形狀，最後她手一拍火球變成一朵朵耀眼的火花升到半空中，就在安保人員如臨大敵準備去拿滅火器的時候，這些火花倏然回到林清音手中，只見她用手輕輕一捏，火球就消失不見了。

安保人員鬆了口氣，伸手抹了把額頭上的汗，將滅火器放回原位。

看著坐在下面的學生們一臉興奮的神情，林清音又把一顆小小的種子放在手心裡，只見她雙手輕輕一合，等再張開的時候那枚種子已經發芽，長出了綠綠的葉子，一朵嬌豔的鮮花在眾目睽睽下綻放。

林清音手一捻，一枝鮮花變成三枝，她隨手往下一拋，三枝鮮花正好落在坐在第五排的三個室友懷裡，不偏不倚，一人一枝。

周圍的同學露出羨慕的神色，離近的都湊過來摸一摸，想確認一下是不是真的鮮花。

時間還不到五分鐘，林清音伸手一揮，一條水龍從她手掌裡鑽了出來，在空中盤旋飛舞，隨著林清音的手訣變換，水龍變化成各種各樣的小動物，看得下面的同學津津有味，甚至有的已經開始搜索這是什麼新奇的魔術道具。

終於魔術表演的時間到了五分鐘，林清音手一揮，透明的小鹿變成一片片小巧的花瓣從空中紛紛落下，落到手上身上又變成了一滴滴晶瑩剔透的水滴。

下面掌聲雷鳴，林清音鬆了口氣轉身下舞臺，她從沒想過自己有一天居然會當眾玩這種小把戲，不過倒是挺有趣的，玩得很開心。

林清音剛從後臺出來，就有個男生紅著臉攔住了她，一副不太好意思的樣子。「同學，妳叫林清音？」

林清音抬頭看了他的面相一眼，朝他點了點頭。「跟我來。」

男生有些意外驚喜，摸了摸後腦杓傻笑一聲，趕緊跟著林清音後面走出了禮堂。

這個月分天氣依然有些熱得人喘不過氣來，禮堂外面幾乎沒什麼人，林清音在禮堂一側的樹蔭下坐了下來，正當男生緊張的有些手足無措的時候就聽林清音聲音清冷地問道：「你想算什麼？」

男生一臉糊塗，沈吟了片刻覺得林清音可能是想問自己的名字，連忙說道：「我是文學系大二的學生，我叫李博，今年二十歲。」

林清音指著自己面前的草地。「先坐下！」

李博直接坐在林清音的對面，剛想把自己準備好的話說出來，就聽林清音問道：「你先把你的八字告訴我？」

李博心裡不由得有些混亂，他不過是想跟新入學的小美女認識一下，說不定以後還能發展一下超出友誼的感情。可這小美女也太主動了，說了名字就要問八字，感覺就像過去的相親似的。

李博這個人骨子裡帶著一些浪漫，總覺得自己有朝一日一定能追逐到一份脫離世俗的唯美愛情。今天林清音穿著長袍的清冷形象讓他的心狠狠被撞了一下，他覺得林清音就是一直以來幻想的女神。

李博見林清音專注地看著自己，小心臟緊張地像打鼓似的，怦怦怦的跳了個不停。他吞嚥了一下口水，將自己的出生日期和時間都說了以後覺得自己也應該主動一下，有些緊張地看著林清音。「妳的八字是多少？」

林清音詫異地看了李博一眼。「怎麼，你也會算卦？」

文學系的李博準確的抓到了關鍵字眼。「也？」

林清音皺起了眉頭。「不算卦你找我幹麼？」

看著林清音有些不太高興的樣子，李博傻眼了。「怎麼扯到算卦的事了？」

在林清音的眼裡，這李博就是一臉的倒楣相，不算卦她搭理他幹麼呀。不過想到這是自己來帝都大學的第一個客戶，林清音拿出了十二分的耐心。「從面相上看，你額際位置低，日月角陰暗，於父母不利。你父親最近遭遇了飛來橫禍，腿部受了重傷吧？母親身體倒是沒有大礙，只是氣運困頓，有失業的風險。至於你自己……」

林清音搖了搖頭。「年壽部位有橫紋，恐有血光之災。」

看著李博臉上寫著傻眼兩個字，林清音皺起了眉頭。「你家現在情況比較困難，但你這個人德行一般，雖然有些小才但過於自視甚高、好高騖遠、嫉世憤俗，不符合我的道德標準，沒辦法免單。我算卦的價格是兩千五，不過看在你是我上大學以來第一個客戶，我可以給你抹去零頭，兩千塊錢就行，我幫你破解血光之災。」

李博聽到林清音如此評價自己，臉色瞬間沈了下來。

林清音見狀笑了笑。「當然你要是不願意也無所謂，反正你的血光之災也死不了人，頂多破個相而已。」

林清音站起身來，長袍上沾的草屑紛紛掉了下來，她朝禮堂走去，路過李博身邊的時候好心的提醒了他一句。「最好把你那個鳥窩似的頭髮剪清爽點，把日月角的位置露出來，血光之災能輕一些。」

李博還沒從表白現場變算卦現場的巨大反差中回過神，就看著長衫飄飄的少女從自己身邊走了過去，連頭都沒回一下，他心裡的敏感和自卑瞬間被激發出來，讓他惱羞成怒。「我還以為是個女神，結果是個女騙子，呸！」

這次迎新會是為了大一新生準備的，像他們這種大二、大三的學長和學姊來看熱鬧的寥寥無幾。李博和他室友本來就是抱著看學妹的目的來的，只是李博的室友張誠沒想到，李博這傢伙平時看著道貌岸然，一看到漂亮學妹跑得比誰都快，為了堵人連節目都沒看完就跑了。

林清音後面的那個節目是一個男生吹薩克斯，張誠覺得沒趣就站了起來，想去看看李博有沒有和那個學妹搭上話，可看一圈沒有人，等出了禮堂才發現李博居然和那個叫林清音的女孩坐在草地上說話。

張誠站在禮堂看得直羨慕，其實林清音一出場他眼睛也直了，只是覺得像他這種條件普通、相貌普通的肯定入不了人家的眼，乾脆不自討沒趣。可沒想到李博這種比他還差的居然都和人家搭上話了，後悔得張誠直跺腳，早知道他也應該大膽一些。

草地離禮堂的距離不遠不近，張誠聽不清楚李博和林清音的談話內容，也看不清楚兩人的表情，再加上雖然是下午，但外面的陽光還很曬，他正想著要不要先回禮堂看節目，就見坐在草地上的林清音起身朝這邊走來。

張誠趕緊捋了兩把頭髮，揉了揉臉，大腦快速運轉，思考一會兒等古裝學妹過來的時候自己要怎麼打招呼。

在張誠還沒有琢磨好的時候，林清音已經走到他的身邊，並且停下來朝他看了一眼。

「你和那個李博認識？」

張誠連忙點頭。「對，我倆是室友。」

林清音了然的點點頭。「我就想呢，血光之災怎麼你也有，想要我幫你化解一下嗎？」

張誠一臉混亂。

「算了，當我沒說。」林清音搖了搖頭，猶豫了一下還是忠告。「不是有句話說君子不立危牆之下，你們記住這句話，不要去爬人家的牆。」

林清音說完就走了，張誠一頭霧水的看著她的背影，有些搞不清楚狀況。李博氣呼呼地走了過來，他看著張誠一臉迷惑的樣子忍不住沒好氣地問：「她是不是說你有血光之災？」

張誠看著李博帶著怒意的表情頓時了悟。「她也這麼和你說？」

「騙子！」李博憤憤不平。「真浪費那超凡脫俗的氣質，居然還想騙我錢，說兩千塊錢給我化解。」

張誠表情有些微妙。「她倒是沒問我要錢，不過和我說君子不立危牆之下。」

李博心裡更不平了，覺得林清音一開始就把自己當傻子耍，至於她之前說自己父親腿部受了重傷的事李博也不覺得是她算出來的。說起來這還是上半年的事，當時他還特意請假回家待了一個月，說不定林清音是從哪兒聽說過來騙他的。

李博十分窩火地捋了捋他頭上的雜草，順手把頭髮往額頭一壓，把眉毛上方擋得嚴嚴實實的。「走，回宿舍！」

迎新聯歡會結束了，上沒兩天課就放國慶假了。李博和張誠都不是本地人，兩人離家都又遠，家境也十分普通，除了寒暑假才回家以外，其他的假期都在學校裡度過。

李博宿舍是六個人一間宿舍，宿舍過國慶有回家的、有出去打工的，就這兩位也不知道怎麼養成這種性格，寧可手頭拮据，也抹不下面子出去打工。若是讓林清音看相就會知道，這兩人的成長經歷倒是十分相似。李博和張誠從小也算是勤勞刻苦的，從小小的縣中學考到市重點，再考進帝都大學，在他們家鄉那一片絕對是可以拿出來成為鄰居、學校老師們教育孩子的正面範例了。

因為李博的父母沒唸什麼書，一直幹最苦的工作掙最少的薪水，家裡人希望他能考個好大學，改變一家人的命運。李博倒是不負眾望考上了國內最好的大學，可是家裡給他的壓力、貧窮給他的陰影已經印在他的骨子裡，過於自卑的他反而不敢像其他學生一樣大大方方的當家教、做學校裡的工作，生怕別人看出他家經濟不好。

而張誠家庭條件只能說比張誠要好一些，只不過從小他家裡除了學習以外什麼事都不讓他做，在學校裡又因為成績好備受老師寵愛，上了大學雖也興致勃勃地去當過家教，但是都因為受不了委屈而不了了之，所以這兩個人在宿舍倒是一拍即合，關係最好。

七天的長假不回家又沒有要忙的事，兩人不願意在學校待著就坐公車出去玩。帝都國慶時遊客太多，兩人也沒去市區裡轉，而是往郊區人少的地方繞。

兩人出去這天早上還挺涼快，快到中午的時候就熱了，兩人又渴又熱，但還得再走十來分鐘才能到公車站。李博站在樹蔭下四處看了一圈，將目光落在身後的圍牆上。

圍牆不高，院子裡頭有棵石榴樹，掛滿了又紅又大的石榴。李博看著石榴不禁吞了下口水，他抱著路邊的樹往上爬了幾下，伸長脖子往院子裡看，也不知道是誰家的院子，裡面有花有草還架了葡萄藤，不過房子門窗緊閉冷氣也沒開，多半是家裡沒人。

第七十四章

李博從樹上滑下來，拍拍身上蹭的印子朝張誠招手。「那家現在沒人，我們摘幾個石榴吃。」

張誠順著李博手指的方向往牆頭一看，石榴樹上碩果累累，靠近牆邊的地方正好有幾個大石榴，只要搭著牆往上爬一點就能搆著。

張誠心領神會的一笑，轉頭往馬路上看了兩眼。這個地方地段比較偏，又在大中午，別說行人了，就是來往的車輛都沒有。

張誠彎腰重綁了鞋帶又搓了兩下手。「趁著沒人趕緊摘。」

兩人都是鄉下長大的孩子，小時候翻牆爬樹都沒少幹過，等上了高中以後就沒空做這種惹人嫌的調皮事了，不過這兩公尺的牆在他們眼裡還真算不上是事。

可沒想到這幾年來，兩人體能比以前差遠了，張誠助跑了幾步朝牆上一跳，堪堪搆著牆頭掛在了上面，卻根本就沒辦法伸手去搆石榴。李博看著他的樣子直來氣，往後退得更遠了一點，朝手心裡呸了兩下，奮力地朝圍牆跑去。

這種年頭久遠的圍牆下有一些青苔，李博穿的鞋又不防滑，他跑的速度極快，可臨到跟前腳一滑，身體頓時失去了平衡，腦袋衝著牆就撞了過去。

這牆是老牆，快一百年了，磚頭早就有些鬆動，那牆掛了個人本來就搖搖欲墜，再被李博這樣一撞，居然把牆給撞塌了。

李博的額頭直接撞了個大洞，連人帶磚頭滾進了人家院子裡，掛在牆上的張誠隨著倒塌的牆一併摔了進去，摔得兩人嗷嗷直叫喚。

這一片住的人都是幾十年的鄰居了，白天雖然嫌天熱不出門，但是聽到有異常的動靜，鄰居們都出來了，兩個人當場就被逮住了。

李博感覺到溫熱的血順著捂住額頭的手掌根部流下來，又滑到胳膊上，臉上頓時嚇得煞白，一時間不知道該怎麼辦才好。張誠也見血了，只是他頭上的口子不算太大，沒有像李博嘩嘩直流血。

李博被拎起來還狡辯，說是牆塌了砸著他們了。

鄰居老太太這幾年沒少見到偷摘果子的，這兩個學生想幹麼她心如明鏡，當即扠腰就把他們罵了個狗血噴頭。「這牆明明是往裡面塌的，你們正常過路的話根本就砸不到你們。現在這樣，還指不定是牆砸到你們還是你們砸了牆呢。」

李博被說得有些心虛，眼睛不由自主地轉了轉，另一個鄰居見狀冷笑了一聲，手往邊上一指。「我們這是有監視器的。」

張誠和李博看著幾公尺外正對著他們的監視器，齊齊變了臉，誰也不敢再狡辯了。

不久，附近派出所的警察來了，看到李博和張誠都在流血，趕緊先把兩人送醫院去，孰是孰非等回頭再說。

鄰居的大媽們生怕讓這兩人跑掉，飯也不做了，一起跟著去了附近的醫院，恨不得上廁所都守著，生怕他倆跑了。

李博倒是想跑，但是沒有機會，他也知道現在這社會到處遍布監視器，就是跑也沒用，說不定事情還鬧得更大。

李博的傷口深，額頭到眼角的位置足足縫了二十來針，以後絕對會留疤了。張誠相比之下輕很多，大部分都是擦傷，就膝蓋有一處比較深，縫了五針。

院子的主人接到消息也來了，是一個四十來歲的男人，看到兩人也沒廢話，直接說道：「你們是學生，我也不要多，一人賠我兩千塊錢，不夠的部分我自己掏。」

說實話這個男人也算是厚道了，那牆雖然不高但是很長，在帝都人工這麼貴的地方，四千塊錢還未必真的夠。

張誠兩人都剛收到家裡給的這個月的生活費，受傷都已經填進去了，這兩千塊錢怎麼也拿不出來。

李博本來在錢這方面就敏感，現在被這麼多人圍著要錢更是連頭都抬不起來了。張誠也尷尬，不過這會讓他出錢他真的沒有，他也不願意因為這件事和家裡要，畢竟家裡也不算太寬裕。

猶豫再三，張誠問道：「我們都是學生，身上沒有太多錢，可以先寫個借條慢慢還嗎？」

中年男人倒是十分爽快。「可以，不過得把學生證、身分證複印一份，總得讓我知道你們是哪個學校的，我才有要的地方。」

張誠把隨身帶的學生證掏出來，看著封皮上的帝都大學四個字，羞愧得臉都紅了。

「還是高材生呢！」中年男人嘆了口氣，掏出手機拍了照片，在警察的見證下簽了調解協議。

李博額頭上頂著紗布坐在回學校的公車上唉聲嘆氣，要知道遇到這種事，還不如老老實實的在宿舍裡待著，總比現在又受傷又賠錢要好。

張誠也悶悶不樂的盯著自己胳膊上的擦傷，看著上面的血痕他忽然想起前兩天林清音和他說的話。

「李博，那天林清音和我說了句話。」張誠糾結地皺起了眉頭。「她和我說君子不立危牆之下，尤其是不要爬牆，當時我還覺得奇怪，也沒多想，可是……」

李博聞言趕緊使勁回想林清音那時和自己說的話，他說自己有血光之災，還說自己母親面臨失業。

李博臉色一變，趕緊掏出手機給家裡打了電話，按理說這個時間，李博的媽媽是在工廠上班沒辦法接電話的，可今天電話響了三聲就被接通了。

「小博啊，有什麼事嗎？」話筒裡傳來李母有些疲憊的聲音。「是又要買什麼書嗎？」

李博心虛地沒敢接這話，直接問道：「媽，妳怎麼沒上班？」

對面停頓了一下，最終無奈地嘆了口氣。「我上班的那個工廠倒閉了，不過你不用擔心，我現在就在外面找工作呢，肯定能找到。」

電話那邊再說什麼李博已經聽不清了，直到通話被掛斷了才回過神來。父親已經失去勞動能力了，賠款的錢治病都用了，也沒剩下什麼。這大半年家裡都靠母親上班支撐，可現在連唯一賺錢的人都失業了，李博真慌了。

面子都是建立在還能吃得上飯的基礎上的，現在連飯錢都沒了，還欠了債要屁面子啊？還是得想辦法自己賺錢還債才行。

「要不去找找那個林清音吧。」張誠提議道：「她是不是會算這些玩意兒？讓她幫我算算我們還有沒有別的災禍。」

李博鬱悶地嘆了口氣。「她算卦比砸牆還貴呢，你得先把算卦的錢攢出來再說。」

張誠有些發愁地撓了撓頭。「攢是攢不出來的，要不我們出去打工吧。」張誠掰著手指頭算了算。「一個月的生活費一千五，賠牆的錢兩千，算卦多少錢？」

「兩千五！」李博悶悶不樂地說道：「打完折兩千，不過不知道再找她還給打折不？」

「肯定不可能了。」張誠看著李博來氣。「這麼靈的大師，你是怎麼把人氣走的？」

李博難受地直摳自己大腿。「別說這些沒用的了，回去趕緊找個能掙錢的工作再說，要先把修牆的錢還掉。」

林清音這個假期也不回家，她打算找一個靈氣足有龍氣又沒什麼人的地方提高修為。姜維之前只知道林清音算卦靈驗、陣法高強，等他跟著林清音開始修煉後才知道林清音有多麼強大。

姜維本來就是氣運強於常人之人，智商高、體質好。從小到大一直考第一，身體就更不用說了。感冒、發燒、拉肚子從來都沒經歷過，就連流感都打不倒他。可自從引氣入體後，姜維覺得無論是體質還是頭腦都更上了一層樓，尤其在他入定以後，那種彷彿和自然界融為一體的感覺十分奇妙，而在打坐結束睜開眼睛後，他覺得自己彷彿能透過牆壁能看到幾公里之外場景。

姜維在把自己這種感覺和林清音如實說了，林清音不由得再次感嘆修煉一途中天分的重要，像姜維這種剛剛引氣入體的人，居然稀裡糊塗的就把神識給修煉出來了。只是他現在修為尚淺，神識還掌握得不熟練，所以才出現那種彷彿能看見的情況。

連假姜維本來是打算回家的，不過一聽林清音要找個僻靜的地方打坐，他馬上把高鐵票給退了。放任小大師一個人去荒郊野嶺修煉，若是讓他媽知道了非得被罵死，就是王胖子也不會饒了他。

沒辦法，跟著吧。誰讓他是小大師新上任的助手呢？

林清音之前在軍訓的時候就找好了連假時打坐修煉的位置，就在京郊的燕山山脈。這一片山脈層巒疊嶂，有開發出來的森林公園，也有鮮有人去的深山老林。

之前在軍訓的時候小大師就察覺這地方靈氣濃郁，而且有龍脈的氣息，在這個地方修煉比別的地方事半功倍。

出來修煉也不用準備什麼。像林清音如今已經是築基期，吃飯睡覺對她來說都可以省略。她之所以一日三餐哪頓都不少，還外加零食不斷，完全是因為嘴饞的緣故，其實早就可以辟穀了。

平常她都是凌晨起來打坐，不耽誤早上去食堂吃飯，可出來修煉就不能再嘴饞了，畢竟她是為了閉關提升修為，等回學校再補吃也不遲。

林清音可以不吃，但才練氣一層的姜維不吃飯可不行。況且兩人得足足在荒山野嶺待七天，必須帶夠糧食。

姜維覺得光吃乾糧也不行，怎麼也要帶個鍋吧，煮個麵、燉個湯也好。至於水的話不用發愁，姜維覺得自己只要想找，就肯定能在山中找到純淨的山泉水，他現在對自己的氣運就是這麼有自信。

林清音和姜維兩人三十號下午都沒課，於是約好了午飯後就出發。等到校門口會合的時候，林清音看著姜維揹著巨大的登山包有些頭疼，不用算光用眼睛就能看出裡面塞了多少的東西。

一想到自己七天不吃不喝的打坐，而自己身邊有個人又是煮牛肉麵、又是煮小火鍋，林清音就有些發愁。這有點干擾她修煉啊！

不過林清音也不能不讓他去，從面相上看，姜維即將遇到一個對他來說至關重要的機緣，而機緣的位置就在林清音選的山上。

雖然不是自己的衣缽傳人，但怎麼也算是自己用心栽培的掛名弟子，林清音對姜維還是很重視的，特意替他推衍了一次。可奇怪的是，林清音是連天下更迭都能算出來的人，但姜維的機緣就像是隔了一層面紗，讓她隱隱綽綽只能看一個大概，卻推算不出到底是什麼。

不過能確定的是，這個機緣應該和他逆天的氣運有關，有可能給他帶來更強的氣運。林清音算完有些發愁，姜維的氣運已經逆天了，更強的氣運也不知道他能不能擔得住。

不過既然是姜維的機緣，林清音覺得自己還是不要過多的干涉，順其自然就好。若是他得到什麼天材地寶需要煉化的時候，自己能幫他護法，要是他真扛不住強盛的大氣運，自己也有方法幫他化解。

總之帶著他就行了。

姜維約了個司機將兩人送到燕山八達嶺附近的野山邊，司機看著這前不著村後不著店的地方，好心地提醒兩人一句。「你們倆最好不要去爬野山，容易有危險。尤其現在天色有些晚了，你們要是進山找不到路，真的是叫天天不應叫地地不靈了。另外這裡挺偏路過的車少，你們要是想回家沒有車的話，就打電話給我，我來接你們。」末了司機還補充。「放心，你們都是學生，我不會向你們多收錢的，給個單程的錢就行了。」

林清音道了謝，等姜維付了錢後她把手心裡一直攥著的石頭遞給了司機。「回去把這枚石頭送給你兒子，他很快就會康復的。」

司機老王傻住了，他下意識伸出手來將石頭接過來，只見上面畫了一些看不懂的紋路，也不知道是什麼意思。等他再抬起頭的時候，已經不見林清音和姜維的身影。

老王覺得自己的腦子像是一團漿糊，他兒子小寶在去年年底查出了急性白血病，好在經過三個療程的化療後穩定住了病情，又匹配到了合適的骨髓，對方也願意捐贈。

今天正好是小寶做完移植手術的日子，其實老王很想在醫院看著兒子出來。可為了給兒子治病他欠了不少錢，他只能忍住思念在外面開車賺錢。

看著手裡的石頭，老王決定將賺錢的事放一放，先趕緊把這塊石頭給兒子送去。他覺得那小姑娘既然能說破他兒子的事，肯定是個高人，高人給的東西一定是好東西，說不定就能救他兒子的命呢。

老王小心翼翼的將石頭放在口袋裡，開車調頭往市區開。一路上居然暢通無阻，比預計時間提前了半個小時到達醫院。

給妻子打了個電話，老王問清楚兒子入住的病房號後趕緊跑了過去。等進了病房後老王看著兒子蒼白消瘦的小臉心裡一痛，強顏歡笑地把石頭掏出來，在兒子面前晃了晃。「小寶，看爸爸給你帶來了什麼好東西？」

小寶睜開眼睛看著石頭，又沒有力氣的將眼睛閉上了。老王彎腰把石頭上的紅繩繫在兒子的脖子上，溫柔說道：「小寶，這是一個漂亮姊姊給你的，她祝你早日康復呢！」

小寶像是睡著了一樣，半天沒有說話，老王的妻子拽了他胳膊一下，眼睛瞥了他一眼。

「什麼漂亮姊姊？」

老王趕緊安撫的摸了摸妻子隆起來的大肚子，小聲地說道：「今天我開車送了個高人，這是那高人送我的，特意囑咐給我們兒子戴。」

老王的妻子這才沒吭聲，她伸手摸了摸小寶的額頭，將薄薄的被子給他蓋上。夫妻倆剛要準備出去到走廊裡說會話，小寶忽然睜開眼睛用那隻沒有打點滴的手輕輕地摸了摸石頭，抬頭朝爸媽笑了一下。「爸爸，這個石頭暖暖的，烘得我胸口好舒服。」

老王驚訝地伸手摸了摸石頭，冰冰涼涼的並不像小寶所說的溫暖，小寶似乎看出了爸爸的懷疑，指著自己胸口的位置堅定地說道：「暖暖的，很舒服，感覺身上不那麼疼了。」

老王激動得不知道該說什麼好，他真的是抱著試一試的念頭給兒子戴上的，沒想到這麼快見效。「既然舒服就好好睡一覺吧。」

「嗯！」小寶露出了笑容，雖然臉色還是很蒼白，但是神色比剛才精神許多。

老王伸手握住了兒子的手，這才發現剛才還冰涼的小手現在居然暖洋洋的。

老王眼眶紅了。「我真的是遇到高人了，還是個好心腸的高人。」

從進山的位置到林清音看中的地方相隔甚遠，要是徒步走過去，說不定要走一天一夜，林清音自然不願意將時間浪費在這上面。

她伸手從包裡將龜殼掏了出來，往姜維的頭上拋了過去。姜維沒反應過來就見那龜殼瞬間變大，直接將他扣在龜殼裡，緊接著一陣天旋地轉，還沒等他反應過來就摔在地上。

林清音將龜殼收回，姜維灰頭土臉的從地上爬起來抬頭一看，這才發現此時自己已經換了地方，看樣子是在大山深腹的位置。

姜維看不透林清音的修為，但也知道她的本事遠比自己還要厲害許多，所以並沒有多問，只朝林清音豎起了個大拇指。「小師父，妳好厲害！」

林清音沒有和他解釋太多，只淡淡地說道：「等你到了築基期你也能做到。」

「築基期？」姜維有些驚訝地看著林清音，他一直以來都知道林清音很厲害，卻沒想到她已經築基了。

姜維記得林清音和他說過，築基期就能行雲布雨、御風而行了，小師父都築基了那豈不是和仙人一樣厲害？姜維頓時對自己的小師父肅然起敬，真神人！

林清音找的地方有一個凹進去的山洞，山洞大約有一公尺深，剛好夠遮風擋雨。

林清音在這裡布了兩個陣法，裡面的聚靈陣是用上好的玉石，可供兩人修煉，外面則用成色不好的玉和石頭布了一個巨大的防禦陣法，能防止外人闖入，也給了姜維足夠大的活動空間。

林清音和姜維交代了幾句後就進去裡面的陣法打坐修煉。姜維把身上的登山包放在地上，四處看了一眼，隨便找個方向走過去。果然在距離不到兩百公尺的地方發現了汩汩而下的山泉水，下面還有一個不大不小的水潭，目測不是太深。

姜維在車上坐了兩個小時才到這個地方，感覺身上濕濕黏黏的，見到這麼清澈冰涼的水他實在是忍不住了，把衣褲一脫，穿著內褲就跳了下去。

水潭大概有兩公尺深，姜維跳下去就碰到了底，用手輕輕一推又游了上來。

姜維圍著水潭一口氣游了十幾圈，正準備上來的時候也不知道從哪兒鑽出來一條大魚。姜維頓時興奮了，連游帶划朝著大魚一撲，居然就把那條大魚抱在了懷裡。

按理說這麼大的魚一掙扎，姜維還真未必抱得住，可那條魚居然一副十分迷戀姜維懷抱的樣子，老老實實的待在他懷裡，連動都不動一下。

姜維趕緊把魚扔到岸上，自己也撐著水潭邊的石頭爬上去，拎著魚回到了陣法裡。此時林清音已經入定了，姜維也不敢鬧出大動靜來，從登山包裡拎了個鍋，拿了把刀，又回到水潭邊上壘灶殺魚，不大一會兒工夫魚就下鍋了。

水潭和林清音打坐的地方不算遠，姜維來來回回走了幾趟，不知道該不該叫林清音吃飯。正猶豫不定的時候，姜維見林清音身邊的靈氣突然濃郁起來，便知道她修煉到了關鍵，便不再打擾她，拿著碗和勺子來到水潭邊上，舀了一口魚湯一嚐，滿口的鮮香。

姜維家是很少吃鯉魚的，因為鯉魚處理不好有一股土腥的味道，但這條魚也不知道是不是生長在冷水潭裡的關係，不但不腥，味道還特別的鮮美。

姜維坐在石頭上吹著山風挾了一大塊魚肉放進嘴裡，忽然他感覺到嘴裡似乎有個硬硬的東西順著喉嚨滾了下去。

嘴裡塞得滿滿的姜維傻眼了。他把什麼東西吃進去了？

小心翼翼地等了片刻，好像並沒有什麼異常，姜維試探著把嘴裡的魚刺吐出來，將魚肉嚥下去，似乎一切都很正常。

那就繼續吃吧，反正像他氣運這麼好的人絕對不會吃壞肚子。

一條四、五斤的鯉魚，姜維連吃帶喝湯居然吃得乾乾淨淨，等吃飽了以後他覺得有些睏意，乾脆把鍋放在了這裡，打著哈欠回到了陣法裡，從包裡拿出個睡袋鑽了進去，幾乎是瞬間就閉上了眼睛。

第七十五章

陣法的破碎聲讓林清音從入定的狀態中脫離出來，七天時間，聚靈陣攏來的十幾塊靈氣團以及濃郁的龍氣足以讓她突破一個小的境界。林清音剛要起身，忽然意識到一個問題。

「濃郁的龍氣？」

這裡有龍脈的氣息確實沒錯，但是只能感應到一點點的龍氣，根本就稱不上濃郁兩個字。林清音的視線第一時間落在姜維身上，只見他平躺在睡袋裡睡得十分香甜，源源不斷的龍氣從地下鑽了出來，圍著姜維身體打轉。

林清音兩輩子活了上千年，還是第一次看到這樣的情景，不過修煉了這麼多年，林清音也知道姜維此時正處於一個玄妙的狀態，便不去打擾，而是從他的包包裡翻出來一包牛肉乾，一邊吃一邊觀察著姜維的狀態。

入定中的姜維似乎也到了突破的關鍵，隨著時間的推移，從地下冒出來的龍氣越來越少，而姜維的身體吸收龍氣的速度卻越來越快，淡紫色的龍氣像是繭子一樣將他團團圍起，全部竄進姜維的體內。

當最後一縷龍氣鑽進姜維的身體後，姜維終於睜開了眼睛。他打了個哈欠坐了起來，就看到林清音坐在自己旁邊叼著牛肉乾看著自己。

姜維嚇了一跳，趕緊從睡袋裡鑽了出來。「小師父，妳怎麼這麼快就修煉完了，是不是餓了？要不我幫妳煮個小火鍋吧！」

林清音默默地看著他。「你之前吃了什麼？」

姜維有些心虛地摸了摸鼻子，他把抓的那條魚都吃了，一點都沒留給林清音。

「我就從那邊的水潭裡摸了條魚。」姜維指了指方向，有些尷尬地說道：「我以為妳這幾天辟穀就沒留給妳，要不然我再抓一條給妳？」

林清音叼著牛肉乾站了起來。「走吧，領我去看看你抓魚的地方。」

兩人來到姜維煮魚湯的地方，鍋還架在壘好的簡易灶上，只是因為過去了七天的時間，原本鍋裡剩下的那點湯都乾涸了，露出白白的鍋底。

林清音看著鍋裡淡淡的龍氣有些無語地看著姜維。「你吃的到底是什麼魚啊？」

「就是一條大鯉魚呀！除了格外鮮以外沒什麼特別的。」姜維說完想起了滑進自己肚子裡的東西，連忙又補充。「魚肉裡有個圓圓的東西也不知道是什麼，順著我的嗓子就滑進去了，我都沒反應過來。」

算過去要比推衍未來容易，林清音拿出龜殼來算了一番，等看到卦象後有些發愣。

俗話說鯉魚躍龍門，鯉魚和龍之間本來就有千絲萬縷的關係。這個水潭和山裡的暗河相連，這條鯉魚原本是暗河裡的，順著狹小的縫隙鑽進了水潭裡就再也回不去了。

水潭裡沒有水草，沒有小魚小蝦，乾淨得清澈見底。鯉魚沒什麼吃的就到處啄，也不知道啄到哪兒滾出來一顆珠子，那鯉魚就把珠子吞進了肚裡，為此還引來了天雷。

鯉魚吞的東西是龍珠，龍這種生物別說是現在，就連林清音前世所在的修真界都沒見過。據典籍記載，最後一條龍遭天雷所劈，在生命最後一刻鑽入大地化為龍脈，從此世上再無真龍。

龍對於神算門來說是十分特殊的存在，龍以青龍為首，青龍又是四大神獸之一，在八卦中朱雀乃離卦、玄武乃坎卦、青龍乃震卦、白虎為兌卦，也就是人們常說的左青龍、右白虎、前朱雀、後玄武，因此他們神算門一直以來都供奉著四大神獸的牌位。

在前世的時候，林清音知道很多修仙之人都試圖去尋找龍的屍身想煉成法器，可卻沒有一個人找到的，後來都傳聞這件事不是真的，龍脈根本就和真龍沒關係。可林清音沒想到，上輩子無數修仙之人都找不到的東西居然讓一個連靈智都沒開的鯉魚給吞了，而這條鯉魚又被姜維給墩了……這也太離奇了！

看著林清音的表情有些怪異，姜維小心翼翼地問道：「我吞進去的那個是什麼啊？」

林清音一言難盡地看了他一眼。「龍珠。」

「龍珠？」姜維仔細地回憶了一下大小，有些不敢置信地問道：「這龍珠也太小了吧！」姜維伸出手比劃了一下，然後將手臂伸直。「我覺得這麼大才好意思自稱是龍珠！」

林清音摸著龜殼說道：「可能是龍不想讓世人發現他的龍珠吧！所以才將龍珠變小，這樣比較好藏匿。」

「然後被魚給吃了，魚又被我給吃了……」姜維摸著後腦杓沒忍住笑了出來。「那我這運氣也太好了。哎，小師父，妳說我要是吃上七個龍珠，能不能召喚神龍？」

林清音白了姜維一眼。一個就很幸運了，還想吃七個，這麼厲害怎麼不上天呢？

林清音仰望著天空有些惆悵的嘆了口氣。她一直覺得自己是老天的親女兒，才讓她活下來，可直到今天她才發現，老天可能在外頭還有個親兒子。

最氣人的是，老天重男輕女！她都沒有吃過龍珠，那龍珠到底是什麼味啊？

瞪了姜維一眼，林清音幽幽地問道：「龍珠好吃嗎？」

姜維的汗都出來了。「沒嚐出來，要不下回我好好品嚐一下再告訴妳？」

「……滾！」

姜維一覺睡了七天，跟著林清音出山的時候還有些不敢置信，總覺得就睡個午覺，怎麼一睜眼就過去七天時間了呢？

兩人出來的地方依然是下車的位置，姜維的手機連著行動電源給司機老王打了個電話。

老王正好送了客人去長城，這個地方離長城不遠，老王不到二十分鐘就趕了過來。將車停下，老王激動的從車裡跑了下來。「高人，我終於又見到妳了！」

姜維趕緊攔在面前，替林清音擋住了老王的熊抱。「有話說話，別太激動。」

「哎呀呀見到高人我實在是太興奮了！」老王拍了下腦袋連忙說道：「不瞞二位說，我兒子小寶得了白血病，剛剛移植完骨髓。那天高人送給我一塊石頭，我回去以後給我兒子戴上了，沒一會兒我兒子就說感覺身上特別舒服。昨天又做了一次檢查，比手術完那天的檢查結果好了很多，連醫生都說是奇跡。」

老王激動地朝林清音鞠了一躬。「高人，我給您送個錦旗吧！」

「不用不用！」姜維連忙替林清音拒絕了。「小大師也是見你品行好才送你護身符的，要是換一個坑蒙拐騙的，就是拿上百萬我們小大師都不會理他！」

老王順著姜維的稱呼恭維了林清音一句。「小大師一定是仙女下凡，心腸好著呢！」客套了半天，老王終於想起了自己的本職工作，連忙給林清音打開車門。「小大師，你們要去哪兒？」

「回學校。」林清音說道：「帝都大學，麻煩你開到東門。」

小長假最後一天回帝都的車多，老王開開停停，到帝都大學門口時天已經黑了。姜維掏出三百塊錢遞給老王，老王連忙將錢推了回去。「小大師給我護身符都沒要錢，我怎麼能收你們車錢呢？」

姜維從來沒有和人推來讓去，手裡捏著皺巴巴的錢不知道該怎麼辦才好。

林清音似乎早有預料，從口袋裡拿出一張黃表紙的護身符遞給了老王。「既然不要錢就再送你個符吧，回去拿給你妻子戴上，預祝母女平安。」

老王愣了一下，隨即狂喜襲來。他這是要有女兒了！

他們夫妻之前打算用臍帶血救兒子，所以特意要了二胎，結果孩子還沒等出生就先配型成功了，預計下個月這個時候妻子就能生產了。

老王簡直佩服死林清音了，什麼都不用問就算這麼準，這簡直和神仙差不多。

「小大師，我明天必須給您送錦旗去！」老王比劃了一下。「給您做最大面的！」

林清音腦補了一面比自己還高的錦旗，頓時嚇得臉色煞白。「我不要！我拒絕！」

林清音態度堅定的拒絕了錦旗，老王一臉的遺憾，他現在能力有限，家裡為了孩子治病早都掏空了，他真的不知道怎麼才能表達自己的感謝。

「既然大師不要錦旗，那我給您寫一封感謝信？」老王試探著問道：「有感謝信是不是能當學生會幹部什麼的？」

林清音這種又佛又懶的人根本就不想當什麼學生會幹部，上輩子她的掌門之位都是被迫接任的，除了繼任大典那天露了面，其餘的時候都是待在自己的洞府裡，門派的事務都讓她的大徒弟和門派長老一起打理。
林清音連門派都不愛管，怎麼可能會想進學生會，況且她又不考慮以後就業的問題。再說想想感謝信的內容她也不能讓老王寫啊，那內容肯定太美，她怕教授會承受不住。
林清音義正辭嚴地朝他猛擺手。「不要錦旗、不要感謝信，我不喜歡這兩樣東西。」
見林清音臉色都變了，老王只能遺憾的放棄自己的好主意。「那大師以後上什麼地方就給我打電話，我開車送您！」
「行吧行吧！」林清音揮了揮手趕緊把人送走。「這紙質的護身符有效期三個月，趕緊回去給你媳婦戴上，那個石頭過一年就沒效了，到期限摘下來扔了就行。」
老王連連答應，再三感謝了以後趕緊開車給他妻子送護身符去。林清音鼻子微微皺了一下，埋怨。「真囉嗦。」
姜維看著她的表情，忍不住笑著說道：「小師父心地一直這麼善良。」
雖然這句話是事實，但林清音依然被誇得有些不好意思，她惡聲惡氣地朝姜維說道：「那麼多話，還不趕緊回去把你身上的龍氣煉化了。要是讓居心叵測的人發現了，說不定就把你肚子剖開取出龍珠。」
姜維趕緊用兩隻手捂住了自己的肚子，有些糾結地說道：「小師父，我這點微薄的修為要把龍珠煉化說不定得十年、八年的，小師父幫我刻一個遮擋的護身符吧？」

林清音這些年送了不少的玉符給身邊的人，唯一沒給的就是姜維，覺得他氣運太足，再給他護身符說不定會起反作用。不過現在和之前的情況不一樣，姜維的氣運太過逆天，護身符反而能替他遮掩。

不過這樣的護身符也不能用隨便一個玉石，必須得用最好的才能把龍氣蓋住。林清音回想了一下自己的存貨，倒是有幾塊能做的。「今晚我替你做一個，明天一早你找我來拿。」

姜維連忙點頭。「多謝小師父，等寒假的時候我去趟滇省，多給妳淘些原石回來。」

別人買原石可能會賠，但是姜維絕對不會，而且買回來的肯定是品質最好的那種。林清音現在用的玉都是琴島那家玉店採購玉石的時候幫她帶的，雖然已經比市面上便宜，但是仍然和原石沒法比。

林清音覺得很開心，她現在的身分是學生，也就寒暑假的時間多。而這個時候都是她大筆生意上門的時候，根本沒辦法去滇省，現在有姜維替她做這件事真的是讓她省心多了。有事弟子服其勞，看來自己這個徒弟沒白收。

研究生的宿舍樓和本科生的宿舍樓在不同地方，不過姜維還是把林清音送到樓下。

林清音上輩子就有弟子服侍，現在姜維出來進去的陪她也不覺得有什麼稀奇。但是在其他同學眼裡兩人並不是這樣的關係，甚至有幾個和林清音不是很熟悉的女生私下裡閒話。

這才開學多久啊？林清音就把輔導員助理給搶到手了，簡直太心機了。

姜維的輔導員助理功能雖然還沒開始發揮作用，但他無論是從長相還是從氣質以及穿著打扮都很讓女生心動，更別提這是本系的研究生學長，得多高智商才能考上啊？因此別說本班的女生，連不少隔壁班的女生都暗暗的摩拳擦掌。

可姜維明擺著是為林清音來的，她們不服的想和林清音較量較量，可比了一圈除了挫敗以外別的心情都沒有了。

論學習，雖然大家都是學霸，但人家是高考大省的狀元，分數簡直可晃瞎人的眼睛；論長相，人家那臉就不知道怎麼長的，整個軍訓期間大家都拚命的抹防曬還黑了，人家林清音天天只拿清水洗臉，不但沒黑，看起來皮膚更加細嫩了；論武力值，更比不了了，軍訓的時候就看出來了，絕對碾壓她們；論才藝，魔術應該也算一種才藝吧，林清音表演的魔術被同學錄下來發到了網上，一個國慶假期下來點擊已經突破幾十萬了，有為了舔顏來的、有為了解密來的，但大部分都是被林清音出神入化的表演吸引來的，她們對比了一下自己的才藝，居然覺得羞人。

幾個女生跟在林清音和姜維的後面，看著兩人並肩而行覺得心裡酸溜溜的，但又說不出什麼不好聽的話來。終於到了林清音的宿舍樓下，姜維從大背包裡拎出來一大袋子零食塞給林清音。「小師父，明早我來找妳呀！」

林清音接過東西，理所當然點了點頭。「行了，你回去好好努力。」

姜維看著林清音進了宿舍樓才轉身走了，對於站在一邊的幾個女生他根本就沒注意到。看著姜維的背影，有個女生忍不住撇了下嘴。「還小師父、小徒弟的，這兩人可真會玩！」

宿舍裡，三個室友已經回來了正在收拾行李箱，陳子諾見到林清音來了，趕緊從行李箱裡掏出一個大袋子遞給林清音，苦不堪言地說道：「這是我媽讓我捎給妳的松子和榛子，足足有十幾斤。我這行李箱裡什麼也沒裝，就給妳帶這玩意兒了，上車下車的累死我了！」

林清音笑咪咪地道了謝，沈茜茜拿出一包點心放到桌上，轉頭問自己的三個室友。「明後天是學校的迎新文化節，有將近兩百個社團呢，妳們都想好去哪個社團沒有？」

林清音眼睛正圍著點心打轉，一聽說「社團」兩個字又有些迷惑。

看著林清音迷茫的小表情，沈茜茜趕緊給她解釋。「妳喜歡什麼就參加什麼，像古琴、小提琴這些不會也沒關係，社團裡都會教，而且定期舉辦活動。也不限於一個社團，只要忙得過來，多參加幾個也可以。」

「非要參加嗎？」林清音為難的問道，她真的不想把時間放在這上面。

「約定俗成的規定啊，至少要選一樣吧。」沈茜茜說道：「其實挺有意思的，要不妳和我參加服裝社吧。」

林清音對服裝社不太感興趣，便問還有什麼社團。安美娟早把學校社團的名錄拿回一份了，直接遞給林清音讓她先選。

林清音從頭到尾看了一遍，伸手在周易社團上點了一點。「我就參加這個吧。」

林清音目標明確，到了文化節上用神識一掃，直往周易社團去了。

周易社團在帝都大學十分知名，很多學生都對周易感興趣，來諮詢的學生絡繹不絕。周易社團的團員們對這種情況已經司空見慣，每年招新的時候人都不少，但真正堅持下去的卻沒有幾個，畢竟相比其他社團，周易研究算是比較枯燥的學問。

林清音到的時候正好走了一批諮詢的同學，周易社團的幾個社員趕緊拿起礦泉水喝了兩口，就見林清音過去問道：「社團裡可以算卦嗎？」

納新負責人叫周勇，他將手裡的礦泉水放下，拿出一張宣傳單遞給林清音。「我們社團的活動主要是誦讀國學、研究周易文化，會請一些知名大家來講座等等。至於算卦……」

周勇尷尬地笑了一下。「我們以研究為主，不算卦。不過妳要是真想算什麼，可以私下裡找找社團裡的學長和學姊，有的也能算一點。」

林清音搖了搖頭。「我的意思是我不想研讀國學，也不想聽說什麼講座，也不會參加太多的活動，我就想在那算卦。」

周勇聽到這一番話半天沒反應過來。

旁邊另一個社員李樂忍不住湊過來道：「小學妹，不是讀點周易就會算卦的，很多東西也不是生搬硬套就能算出來的。」

林清音讚許的一笑。「這話倒是真的，不過我剛好這兩樣都挺精通。」她摸著手裡的龜殼，看了李樂一眼。「要不然我替你起一卦吧。」

李樂四處看了一眼，指著十公尺外的一處花圃說道：「妳給那些花算算吧。」

社團招新有桌子、有椅子，林清音坐在那搖了一卦，等算出卦象後十分遺憾的搖了搖頭。「上卦為乾為金、下卦為巽為木，兩個互卦也是乾卦，三金剋一木，卦中無生機，這木必殘敗。」

李樂看了林清音一眼，又看了看那花圃裡盛開的鮮花，有些不敢置信地說道：「這怎麼可能？這是學校特意栽種的花，校長每天下午都會親自來澆水的，怎麼可能會殘敗？」頓了頓，李樂忽然嗤笑了一聲。「妳不會和我說這卦應在冬季吧？那不用等那麼久，過一個月就得敗了。」

林清音搖了搖頭。「變卦的上卦為離卦，離卦為日、為明，這卦應在今天陽光最充足的時候。」林清音看了一眼手錶。「正巧就在一分鐘之內。」

社團的幾個人互相看一眼，下意識都朝那花圃看去。

文化節上社團多，人也多，有的來諮詢有的純粹是來拍照，甚至還有校外的人也進來湊熱鬧。

正在這時，一臺無人機不知從哪兒飛了過來，在空中炫技的時候突然失去了平衡，打了個圈後撞進了花圃裡。可控制無人機的人似乎不在附近，一直試圖遙控無人機起飛，但那無人機似乎像是失去了控制，在花圃裡直轉圈，凌厲的螺旋槳將稚嫩的花割得七零八落……

看著社團裡的人目瞪口呆的表情，林清音摸著龜殼一副淡然的模樣。「你看，我算得就是這麼準。」

周勇被這句話拉回了注意力，有些一言難盡地看了林清音一眼。「加入社團倒是沒問題，但是什麼活動都不參加這個我做不了主。」

正說著，周易社的社長于震來了，他是一名研二的學生，李樂趕緊過去把剛才的事說了。于震十分感興趣的在林清音對面坐下了。「同學，能給我算一卦嗎？」

林清音看了一眼他的面相。「你家四世同堂，家有百歲老壽星，是你的奶奶吧。」

于震笑了一下。「是的，我奶奶國慶的時候剛過了百歲大壽。」

「快點買票回去吧。」林清音輕輕地嘆了口氣。「若是明天十點前到家，還能見上最後一面。」

于震猛然站了起來，看著林清音的表情十分不善。「這不能開玩笑的事！」

林清音淡淡地看了他一眼。「我算卦無數，從不和人開玩笑。」

于震深深地看了她一眼，掏出手機給家裡打了個電話，家裡人倒是說奶奶一切正常，剛吃了一碗麵條去睡午覺了。

放下電話後，于震並沒有覺得放鬆，畢竟他奶奶的年紀就在那裡，這種生死的事真說不準，猶豫了一下他打開手機直接訂了三個小時後的機票，然後一邊打電話給導師請假一邊飛快的奔向宿舍去拿證件。

看著于震跑得不見人了，林清音從椅子上站了起來。「有消息就打電話給我吧，我就不在這等了。」

李樂和周勇互相看了一眼，都有些傻眼。

這時林清音的手機響了起來，是商伊的爸爸商景華打過來的，和林清音客套了兩句後直接說道：「小大師，我有個朋友遇到了點事，想請您看看。」

「我正好今天下午有空。」林清音將龜殼放在口袋裡。「你說個地方，我叫車過去。」

商景華連忙說道：「哪能讓小大師叫車，我這就去您學校接您，大概半個小時就到了。」頓了頓，他壓低聲音說道：「這家人已經請了幾個大師了，可沒一個人看好的，我才推薦了您。」

林清音挑了下眉毛。「到底是什麼事啊？」

「我這朋友有個兒子今年二十五歲了，之前一直好好的身體也不錯，可上個月不知道怎麼回事，一覺起來突然不能走路了。他們家人帶他到各大醫院都看了，檢查結果一切正常，腿也有知覺，可就是抬不起來。據那小夥子的話說，總覺得像是有什麼東西在抱著他的腿似的，感覺腿特別的沈，總是沒法使力。」

聽起來倒是挺邪門的，感覺又是些邪門歪道惹事。

林清音回道：「我去看看情況再說。」

林清音回宿舍拿上背包，把裝玉的盒子、裝石頭的袋子以及黃表紙、符筆、硃砂等等東西帶上，托著龜殼下樓了。

第七十六章

林清音走到學校東門的時候，正好遇到準備去機場的周易社團的社長于震。

于震看到林清音略微遲疑一下，似乎有什麼事想問林清音，但正在這時商伊的爸爸商景華從一輛轎車上下來，快步跑到林清音面前，態度恭敬地朝她做了個手勢。「小大師，車在那邊，您請上車。」

于震被攔了一下腳步就停了，林清音朝他點了點頭便和商景華上了車。

商景華坐在副駕駛上，回頭和林清音笑著說道：「還沒恭喜小大師考上帝都大學，應該請小大師吃飯祝賀一下的。」

林清音笑著說道：「都是熟人不必那麼客氣，商伊在美國還適應嗎？」

一提起女兒，商景華滿臉的笑容。「我陪她在那待兩個月，前幾天才回來的。商伊的學校挺好，她的宿舍也不錯，我看著還挺適應的。不過我覺得再怎麼樣還是不如國內好，要是她能像您一樣考上帝都大學，我能少操不少心。」

林清音笑了笑。「商伊是有福的，你不用太擔心，等她大學畢業以後說不定直接給你帶個女婿回來呢。」

商景華一聽這話緊張壞了。「是我們華國人吧？我是真不想找個外國的女婿！」

林清音笑了起來。「放心就好。」

雖然商景華抓心撓肝的現在就恨不得知道那個臭小子是誰，但是見林清音不太想透露太多，他也再沒多問。反正他有四年的時間準備，等那個臭小子跟著女兒回來的時候他再好好的審問。

車子行駛了半個小時後終於停在一個四合院門口，商景華下來給林清音打開車門。四合院的大門緊緊地關著，商景華上前按了下門鈴，很快就有人過來把門打開了，看到商景華連忙彎了下腰。「商總來了。」

商景華朝他點點頭，然後對林清音做了個請的手勢。「這家老爺子姓魏，和家父是多年的老朋友。我和他家老大，也就是這次出事的孩子的父親魏玉成打小就認識。這次我回帝都他也幫我引薦了不少人，所以在他兒子出事的時候我才推薦了您。」

林清音站在前院打量了一下院子裡的風水，這才說道：「進去看看再說。」

魏老爺子有三個兒子、兩個女兒，這魏老爺子和商景華的父親差不多一樣固執，對於家業傳承這方面格外看中。家裡四合院那麼大的地方，他只叫大兒子一家住在裡頭，不讓老二、老三家搬回來住，說是怕養大了他們的心以後會兄弟鬩牆。

不過比商家好的是，魏家兄弟姊妹五個都是一個媽生的，從小魏老太太就挺注重幾個孩子之間的感情，大家感情倒是不錯。這次老大魏玉成的兒子魏荀出事，叔叔和姑姑們都沒少操心，醫院也幫著聯繫，四處動用關係找大師，基本上所有的方法都想了，但是魏荀依然無法下地行動。

商景華知道這事以後立刻向魏家人推薦小大師林清音，把她吹得天上有地上無的，簡直像神仙在世。

魏玉成覺得商景華說的太誇張，但是他對商景華被他兩個弟弟做法的事都有所耳聞。也聽說了商景華從齊城請來一個大師把術法給破了，還狠狠的治了那兩個心懷不軌的私生子一把。聽說那兩個現在還神經兮兮的，不敢走夜路還害怕打雷，一看就是虧心事做多了。不過商景華也說，大師年紀小，若是他們信不過就算了，但是絕對不能把人請來了再得罪人。

老爺子聞言有些猶豫，他覺得這一行應該看資歷，年輕人就怕過於毛躁。魏玉成倒覺得年齡無所謂，只要有真本事就行，不管怎麼樣都要把人請來試試，萬一有用呢？

魏老爺子看著孫子鬱鬱寡歡的樣子心一軟，同意將那位年齡不大的大師請來，不過他自己沒抱什麼希望，吃了午飯就去睡覺了。

魏玉成聽說商景華請的大師到了，趕緊出來迎接，在院子裡看到林清音後魏玉成微微的愣了一下。他是聽說大師年齡不大，但沒想到這麼年輕，看起來比他兒子還小好幾歲。不過看到商景華和林清音說話時畢恭畢敬的態度，魏玉成連忙調整下表情，露出了誠摯的笑臉。

「是林大師吧？久聞大名了！」

林清音朝他微微頷首，直截了當地問道：「帶我去看看病人吧。」

「他在我父親的房裡。」魏玉成一邊帶路一邊說道：「老爺子說他命硬，能鎮住鬼魅魍魎，所以從醫院回來後就讓魏荀住在正院了。」

這個時間老爺子在東屋歇晌，魏玉成躡手躡腳的把人帶到了西屋，此時魏荀半躺在床上一動不動的看著窗外，臉上一點神采都沒有。

看著意氣風發的兒子如今像是失了魂，魏玉成心如刀絞，但語氣聽起來卻十分嚴厲。「不過是一點點小意外，你看你像什麼樣子，一點精氣神都沒有。我又請了個大師回來，這次肯定能給你治好！」

魏荀聽到父親的呵斥聲轉過頭來看了一眼，當他看到林清音後忍不住嗤笑一聲，又將頭轉回去，聲音裡帶著一絲淒涼。「沒什麼大師能請了嗎？連大師的徒弟都來湊數了？」

「別胡說八道！」魏玉成罵了他一句，立刻和林清音道歉。「林大師您別介意，我兒子他心情有些不好。」

林清音走過去一把將魏荀的臉給捏住扳了過來仔細的打量了他一番。

魏荀冷不防被小姑娘捏住腮幫子，當即又惱怒又尷尬，剛想伸手將她的手揮開，林清音就自己鬆了手，還從口袋裡拽出一條帕子擦了擦手指，漫不經心地問道：「是誰請你去吃穿山甲的？」

魏荀猛然轉過頭盯著林清音，臉上帶著不敢置信的神色。「妳怎麼知道我吃穿山甲？」

魏玉成聞言連忙問道：「林大師，犬子這病是和穿山甲有關嗎？是不是感染了什麼難治的細菌了？」

林清音的眼睛在魏荀的腿部轉了一圈，輕輕地哼了一聲。「他這病就是因為那兩隻穿山甲得的，他的腿倒是好治，但是這事明顯是有人給他挖了坑，他自己傻乎乎的跳進去中了圈套。」

一聽說兒子一個多月不能走路是被人害了，魏玉成又惱怒又生氣，他當著林清音的面不好意思發火，只能朝魏荀吼。「你怎麼什麼東西都吃？到底是和誰出去吃的？」

魏荀遲疑了一下，猶猶豫豫地說道：「就是和兩個朋友出去玩，到一家小館子，我們就是嘗鮮而已。」

林清音忽然笑了一下。「那好吧，既然你不想說實話，我也不多管了。我只負責把你的腿治好，其餘的你們自己解決吧。」

「哎別別別，大師，您救人救到底、送佛送到西，我一會兒好好審問審問他，讓他說實話。」魏玉成連忙朝林清音努力的鞠躬作揖。「您現在能幫我們把腿先治好嗎？」

林清音從包包裡拿出準備好的黃表紙從上面畫了一道符，然後疊成一個小紙簍的形狀。商景華之前說過林清音送的護身符，和這個樣子完全不同，他不免有些好奇的湊了過來，想看看這個到底是幹麼用的。

只見林清音讓魏玉成抱住魏荀的右腳把他的右腿抬起來，然後拿著符筆在上面輕輕掃了一下，緊接著像是拽出什麼東西來一樣塞進紙簍裡，然後將紙簍的封口捏上放到一邊。

林清音拿起另一張符紙也做了一個小紙簍，等抬起頭的時候發現魏玉成還抬著魏荀的右腿，隨手揮了一下。「這條腿好了，換另一條。」

一聽說這條腿好了，父子倆都愣住了，還是商景華上前拍了魏荀的腿一下。「趕緊活動活動試試。」

魏玉成趕緊鬆開手，就見魏荀彎腿伸直已經全都恢復了正常。

魏荀激動的「嗷」一聲哭出來，他一個一百八的大男人在床上足足躺了一個月，多次面臨著希望可最終又以失望收場，魏荀覺得自己都絕望了，恨不得找個高點的地方往下一跳結束自己的性命，偏偏連走路都沒辦法。

他沒想到這個年紀輕輕的大師居然這麼輕描淡寫的把自己的腿治好了，這種幸福來得太突然，他除了痛哭不知道怎麼表達自己的喜悅了。

「哭太早了吧！」林清音嫌棄的看了他一眼。「這不還有一條腿嘛！」

魏玉成趕緊把左腿也抱起來，看著林清音也是同樣拿著符筆一畫一勾將什麼東西扯了下來。魏荀十分有經驗的活動了一下左腿，果然也能動了。

魏玉成眼眶都紅了，痛苦一個月的心臟終於緩解，他興奮得恨不能給全家打電話，把這個喜訊分享出去。而魏荀已經從床上蹦下來，床下沒有他的拖鞋，他就光著腳繞著房間跑了兩圈，甚至還跳了兩下，終於算是從癱瘓的陰影中脫離出來了。

林清音拿了一張新的黃表紙將兩個黃紙籠包好塞進書包裡，朝在地上瞎蹦躂的魏荀瞥了一眼。「回來坐著，還沒完呢！」

魏玉成把林清音的話當成是聖旨，趕緊把兒子揪回來按在了床上，小心翼翼地問林清音。「大師，接下來要怎麼弄？」

「把兩條腿曲起來。」林清音用符筆沾著硃砂在他兩條腿上各畫了一道符，這才把符筆收了起來。「這符要過七天才能洗掉，要不然往後會有腿疼腿痠的病根。」

魏玉成看著兒子腿上那鮮紅的符紋，知道魏荀這次莫名其妙癱瘓的事肯定有內情，趕緊向林清音請教。「大師，我兒子這腿到底是怎麼回事啊？」

林清音拿出濕紙巾擦了擦手，輕描淡寫的說道：「他是被人下了套，吃了兩隻剛剛出生的穿山甲幼崽，然後用邪法將兩個穿山甲幼崽的魂魄掛在他的小腿上。」

想起自己剛才看的一幕，林清音對兩隻幼崽十分同情。「幼崽剛出生沒睜開眼就死了，聞見他身上有自己的氣味，肯定緊緊的抱住他的腿，幾乎和他的小腿合二為一了。我把那兩個小東西拽了下來，但是你兒子的腿上殘留不少陰氣，所以才給他畫了這兩道符，這七天內白天多在外面曬太陽，有利於陰氣的拔除。」

看著魏荀躲避的眼神，林清音撇了一下嘴。「這個邪法沒有光是讓你癱瘓這麼簡單，你等於是害命之人，要折壽數給兩個小東西償命的。」

魏荀一聽到自己會因此短命瞬間臉色都變了，魏玉成更是氣不打一處來，圍著屋子轉了兩圈找到一根雞毛撢子衝過來就朝著魏荀劈頭蓋臉的打了過去。「我讓你嘴饞，我讓你什麼東西都吃，家裡是餓你了還是怎麼？你到底說不說是誰帶你去吃的？你要是還敢隱瞞，我直接打斷你的腿，也省得我成天替你操心了。」

商景華看著魏荀身上的一道道紅印子雖然心裡說打得好，但是卻不得不半真半假的上前勸一勸，順便說魏荀兩句。「你也不想想人家明擺著是要害你的，這次逃過了還有下回。這次你僥倖被小大師救了，可下回就不一定有這麼好的運氣了，你到底在嘴硬什麼？」

他不勸還好，一勸魏玉成下手更狠了，打得魏荀嗷嗷直叫。商景華看著打得差不多了才徹底把魏玉成攔住了。「小大師是我們齊城的神算，她肯定早就算出來怎麼回事了。只是魏荀明擺著要袒護，小大師才不好插手管太多。」

魏玉成氣喘吁吁的抹了把汗，狠狠的瞪了一眼魏荀，這才轉身向林清音求情。「還請大師幫忙算一算。」

正在這時，被這屋鬧哄哄吵起來的魏老爺子拄著枴杖進來了，一進屋就先看到了魏荀被抽得一道道都是紅血印，頓時勃然大怒。「誰幹的？」他有些懷疑地看了林清音一眼，又轉頭怒罵魏玉成。「你不會是信那種把人捆起來暴打驅邪的話了吧？我和你說，能出這種主意的都是喪良心的騙子，挨打都能驅邪的話你怎麼不挨打試試？棍子沒打你身上不疼是不是？」

魏玉成怕把老爺子氣出個好歹來，趕緊扶著他解釋。「爸，不是這樣的。這位林大師已經把小荀的腿治好了，大師說這小子是被人下套害的，但小荀嘴硬死不交代那人是誰，我才氣得抽他。」

魏老爺子聽到這話才冷靜下來，拄著枴杖走到床邊拿枴杖戳了魏荀的腿一下。魏荀以為自己又要被打，嚇得趕緊將腿一抽，連滾帶爬的跑到了床裡頭。

看著孫子靈活自如的腿，老爺子總算是鬆了口氣，走過來朝林清音拱了拱手。「剛才是我錯怪大師了。」

魏玉成也趕緊過來點頭哈腰。「大師，您別聽那小子的，求求您幫我們算算到底是怎麼回事，我們總不能老吃虧吧。」

林清音看了魏荀一眼，掏出龜殼來搖一卦，頓時忍不住嘖嘖了兩聲。「又是錢多惹的禍。」

商景華對於這件事太有經驗了，不免有些同情的看了魏老爺子一眼。他家雖然也鬧得雞飛狗跳的，但好歹是在自己親爹閉眼之後，老頭什麼也看不到。但是魏家不一樣，這老爺子還健在就弄這種陰私手段，也不知道愛面子的魏家老爺子能不能受得了。

果然魏老爺子一聽這話臉色就變了，他深吸一口氣，請林清音到外面的客廳裡坐下，讓人上了茶水和水果以後，這才說道：「還請大師指點。」

林清音看了一眼站在面前低頭不語的魏荀，緩緩地說道：「其實你不必替她瞞著，因為你的愛情從一開始就是假的。」

魏荀的手微微顫抖，他扭過頭看著一邊的花盤，眼淚落了下來。魏老爺子就看不得大男人這個樣子，氣得直翻白眼。

林清音喝了口茶，說道：「魏荀遇到的是桃花劫，從一開始女孩就是有目的來的。從卦上來看，她和你們家應該是親戚關係。」看著魏老爺子震驚的表情，她趕緊補充。「放心，沒有血緣關係，應該是你兒媳婦的娘家人。」

老爺子一共就三個兒子，除了魏玉成以外，還有二兒子魏玉安和三兒子魏玉民。魏老爺子第一時間就懷疑三兒子，因為三兒媳來自一個普普通通的教師家庭，和魏家屬於門不當戶不對的那種，但兩人是自由戀愛，老爺子想著小兒子又不用繼承家業就隨他去了，可這回一出事他第一個想法就覺得是小兒媳婦家的親戚，畢竟一個教師家庭在他眼裡就是清貧。

可魏老爺子剛想把人叫來，林清音的下一句話就打臉了他。「你這個兒媳婦家境和你家差不多，只是最近幾年看起來表面光鮮，但實際上有些艱難。」

林清音一說這話屋裡人都明白了，那就是二兒媳婦一家。魏荀是長子長孫，又是魏玉成唯一的兒子，若是他癱瘓以後肯定不能掌管公司，老爺子面子上就過不去。魏荀出事，魏玉成肯定有影響，按照老爺子的性格來說可能會直接越過長子一家，把公司交給次子來打理。

老二管公司，生意上肯定會照顧岳父家，知道岳父家產業出現問題也不會放任不管，肯定會傾力幫忙。說起來就老二媳婦一家為了自己家的產業，合夥坑親家的孩子，真是夠缺德的。

林清音算了這狗屁倒灶的事就有些頭疼，忍不住問魏老爺子。「都是你兒子，你公平一點，不這麼劃分三六九等不就沒這事了。」

魏老爺子有些嘴硬地說道：「其實分給他們的財產也不少，只是為了公司長久安穩，所以大部分股份和管理權才會給長子一家。要是都平分，這子孫一多，股份就分散了，難免會出事。」

林清音不懂經商的事，對這個說法不予置評，此時魏玉成已經趕緊打電話把老二一家叫過來了。

魏玉安家離得不遠，不到二十分鐘夫妻兩個就進門了，一看到魏荀站在客廳裡，老二夫妻倆頓時喜笑顏開的把他圍住了。「小荀沒事了?哎，這身上怎麼被打成這樣？」

魏玉成看著弟弟弟媳的表情不像是演戲，有些疑惑的看林清音一眼。魏老爺子把兒媳婦叫到跟前來，語氣低沈地說道：「小樂，這位大師有話問妳。」

林清音看了看她的面相，這才問道：「最近有親戚住在你們家？」

「是的，我表舅家的外孫女畢業後來帝都找工作，我暫時讓她住在我家。」程樂有些不安地看了老爺子一眼說道：「我表舅家住在挺遠的一個省分，還是那種小山村，條件不是很好，孩子也是真沒辦法了，我才收留她的。」

魏荀抬起頭飛快地看了一眼老爺子，又垂下頭。魏玉成捕捉到這一幕，有些不敢置信地問道：「小荀，和你談戀愛的不會就是這個女孩吧？」

「和小荀談戀愛？」程樂看起來比魏玉成還震驚。「這怎麼可能呢？」

林清音淡淡地笑了一下，朝程樂抬了下下巴。「可不可能，你問問你兒子應該更清楚，畢竟人是他撮合的。」

魏玉安夫妻面面相覷，怎麼也想不明白自己兒子為什麼會撮合這種事。「魏野怎麼這麼糊塗，他撮合他倆幹麼?老爺子怎麼可能允許小荀和小玉在一起。」看著沈著臉的老爺子，程樂懊惱的直跺腳。「早知道這個女孩子心這麼大，我當初就不該留她。」

林清音說道：「人家心倒是不大，是妳兒子心太大了。」她看了程樂一眼。「妳兒子叫魏野？」

見程樂點頭，林清音說道：「魏荀不能走路的事妳可以問問妳兒子，這件事是他一手策劃的。另外，最好連妳弟弟也一起問問，畢竟沒有他的攛掇，妳兒子還未必真的敢下手害他堂哥。」

魏玉安愣了半天才明白是什麼意思，登時罵「兔崽子」掏出手機讓魏野馬上回來。魏荀的嘴動了動，最後冒著被打的風險，終於將那個問題問了出來。「所以小玉其實是無辜的對不對？」

「也不能說是無辜，畢竟她是這裡面唯一會些厭勝之術的人，要是沒有她動手，這兩隻小穿山甲的魂魄也不會跑到你的腿上。」林清音將茶水一飲而盡站了起來。「行了，大致上的事都幫你們捋清楚了，剩下的你們家慢慢審吧。」

魏老爺子連忙叫魏玉成去拿支票，林清音一手揹在身後，一手指著桌上的一個壽山石擺件說道：「如果肯割愛的話，我想要這個。」

那塊壽山石足足有一個足球那麼大，能擺在魏家正屋也代表著價值不菲，但魏老爺子絲毫沒有遲疑就答應了，甚至親手將壽山石搬下來。在魏老爺子眼裡，一塊壽山石遠沒有結交大師來得重要。

林清音將壽山石拿到手裡眉眼間都是藏不住的喜色，她倒不是稀罕這種石頭，只是這塊壽山石裡頭有一塊手掌大小的上品靈石，裡面蘊含的靈氣堪比幾十塊上好的玉石。最重要的是靈石裡的靈氣純淨自然，足以將龜殼的器靈喚醒。

她終於又能見到小龜龜了，開心！

見林清音要走，魏玉成有些著急。「林大師，剛才您說我兒子要折壽是怎麼回事？」

林清音想起包包裡的兩個小小的幼魂，眼裡露出一絲憐憫。「有很多動物是不允許食用的，殘害牠們剛出生未睜眼的幼崽是會遭天罰的，更別提還拿牠們做了邪法。魏荀也不算是無辜，他要是不知道自己吃的是什麼，是被騙吃下了肚，這天罰就不會降到他身上，自會由害人的人承擔，可現在的情況是他很清楚自己吃的是剛出生的小穿山甲，肯定要給兩隻小穿山甲償命。」

看著兒子害怕的神色，魏玉成忍不住追問道：「要折壽幾年啊？」

「兩隻加起來怎麼也要十年。」看著魏荀倏然變色的臉，林清音歪了歪頭。「不過你不用擔心，設套殘殺小穿山甲的那三個人也會遭到天罰，一人最少十年，誰都少不了。」

第七十七章

魏老爺子聽罷有些坐不住了，這四個人裡頭有他兩個孫子，大孫子是要繼承家業的，二孫子雖然混帳但也流著他的血脈，這一下子一人少了十年，這讓老爺子疼得心口如針扎似的。

魏老爺子也知道涉及壽命的事大師們都不願意沾手，絕大部分是因為本事不夠、有心無力，而即便是有這個本事的也不願意沾染這個因果。

魏老爺子活了一輩子，他知道自己有些不厚道，但是為了兩個孫子他還是厚著臉皮張開嘴問：「大師您幫忙想想辦法，只要您能幫我兩個孫子挽回這十年的命，別說壽山石，只要您說得出來的，我都能找來當酬金。」

小大師自從算卦以來就一直挺有原則的，大奸大惡之徒的工作小大師從來都不接，像魏荀這種中邪法的只替他把邪法給破了，但天罰天譴的事該怎麼樣還是怎麼樣。她既不會出手干涉也不會根據自己的喜好加大處罰，畢竟過多的摻和進去就會牽扯上因果，這對修煉之人來說非常麻煩。

看著老爺子期盼的眼神，林清音搖了搖頭。「讓魏荀以後行善積德，說不定能抵消一些懲罰。」

看了眼沒敢吭聲的二兒子，老爺子問道：「那魏野呢？」

「爸，你不用替那兔崽子說話。」魏玉安羞愧的說道：「這麼多年小荀有什麼東西，小野就有什麼，家裡從來都沒虧待過他。他為了繼承權居然喪盡天良到這個地步，活該他折壽。」魏玉安越說越氣憤。「我都沒惦記過這事，他倒是挺會打算的！」

看著自己弟弟這個樣子，魏玉成不好再說什麼，反而還勸他。「小野還小，他也是一時衝動，回頭你好好說說他就得了。」

「不小了，都二十三了。」魏玉安看了妻子一眼，語氣有些不善。「妳家裡到底是怎麼回事？妳弟弟到底想幹麼？」

程樂也不知道該怎麼說，她既沒有娘家的股份也不參與娘家的經營，程家也從來沒和她說過家裡經營不善。不過按照這位治好魏荀腿的大師的說法，是她弟弟帶著她兒子魏野和借住在她家的遠房親戚小玉聯手害了魏荀，若事情真是這樣，魏家和程家這麼多年的交情就算是完了。

魏玉安也知道程樂在娘家的地位，自己這不過是遷怒而已，不過當著父親和大哥的面，他覺得還是該把話說清楚。「一會兒魏野來了就讓他跪院子裡，什麼時候把話說清楚了什麼時候讓他起來。至於那個小玉今晚就把她攆出去，我好心收留她住在家裡，她反倒害我姪子。還有妳弟弟，這事要是真和他有關的話你們程家必須要給我們魏家一個說法。」

林清音不愛聽這些亂七八糟的事，她已經迫不及待的想回學校解開她的壽山石了。她朝商景華看了一眼，商景華頓時明白了她的意思，站起來朝魏老爺子說道：「老爺子，小大師的事辦完了，我該送她回去了。」

魏老爺子知道林清音是不願意出手了，只能長嘆了一口氣。「我孫子的腿多虧大師出手，以後大師有空的話來家裡喝茶。」

商景華本來想請林清音吃頓飯，若是平時林清音就答應了，可是現在她手裡有壽山石還有兩個小穿山甲的魂魄，她還真的沒有吃飯的心思了。

回到學校的時候天已經黑了，林清音抱著壽山石直接爬到學校的假山上，這裡山環水抱，景色宜人，是風水上佳的寶地。

這個季節晚上還不算冷，吃過晚飯後很多小情侶都喜歡圍著這一帶散步，林清音選了個地方布一個隱匿陣法，避免被人看到。

林清音盤膝坐在陣法裡，從背包裡小心翼翼的將黃表紙取出，將兩個可憐的小傢伙放出來。

看著已經模糊到一起的魂魄，林清音輕輕地嘆了口氣。按理說這種小動物的魂魄根本就無法在世間存在這麼久，通常在身死的時候魂魄就歸入輪迴。牠們因為被施邪法強行綁在魏荀的腿上，雖然在世上多存在了一個月，但對牠們的魂魄來說也是極大的損傷。

若不是今天林清音強行把牠們的魂魄從魏荀的腿上拽出來，過不了幾日牠們就連僅存的那點神智也沒了，到時候即使把牠們救下來也只有魂飛魄散這一條路了。

林清音用手指戳了戳兩隻有些變形了的魂體，給牠們輸入了一絲絲的靈氣，直到牠們魂體穩固下來才把手鬆開。藉著皎潔的月色，林清音將兩隻小魂體放到陣法外面，有魏荀四個人賠償的壽命，牠們下輩子足以投個好胎了。

兩隻小穿山甲在月光的照耀下神智漸漸清晰，牠們雖然看不見陣法裡的林清音，但也知道是誰救了牠們。牠們朝四個方向拜了拜，魂體消失在夜幕裡。

忙完了穿山甲的事，林清音將壽山石抱了出來，她直接用靈氣將壽山石切割開，挖出了裡面手掌大小的上品靈石。

林清音用玉石擺了一個聚靈陣，將靈石和龜殼都放在陣法裡。龜殼裡的器靈雖然陷入了休眠，但是它在陷入昏迷前知道林清音的境況，所以每天只吸取微弱的靈氣來維持靈體，其他的靈氣都留給林清音使用。

林清音也知道小龜捨不得用靈氣，時常把體內的靈氣渡給小龜，尤其是突破的時候更是直接把龜殼放在自己的身邊，強行用靈氣修復滿是裂紋的龜殼。

如今龜殼已經恢復了一些，只要龜殼上被雷劈的紋路消失，器靈就能清醒過來。

林清音坐在聚靈陣外面啟動了陣法，大量的靈氣颳起一陣小小的旋風，將龜殼包裹在其中。起初小龜只是被動的被靈氣灌溉，在經過大量的靈氣沖刷後，小龜雖然沒有清醒過來，但是已經有意識的開始吐納靈氣了。

林清音看著龜殼上的金色光澤越來越晃眼，心裡不由得激動起來。小龜作為靈寵在前世足足陪伴了她上千年，在壽命走到盡頭的時候還為了不離開她又自願化身為法器，就是為了長伴她的身邊。

她在這個世界剛剛甦醒的時候，其實心裡是有些孤寂無助的，沒有了門派、沒有了修煉資源，就連靈氣都如此匱乏。就在她以為整個修真世界就只剩下自己的時候，小龜使勁最後的力氣從她的識海中衝了出來。

雖然林清音被小龜撞得頭暈目眩，但她心裡仍然充滿了喜悅，因為陪伴她上千年的靈寵再一次出現在她的身邊，讓她心裡覺得特別的安穩。

林清音掐算小龜至少要到明天天明才會甦醒過來，不過她依然沒有選擇回宿舍，而是走到陣法外面。她給室友發了條訊息說今晚不回宿舍，便隨意地往草地上一躺，從小說網的軟體找出一本玄學小說津津有味的讀了起來。

這本小說是室友陳子諾推薦她的，說覺得她和裡面那個美貌豔麗的捉鬼女秘書一樣，都是那種在不經意間顯露實力的真大佬。

捉鬼的故事不嚇人，還挺有趣的，林清音不知不覺的看到了東方既白。就在林清音看到最關鍵的時刻，身旁的陣法突然破碎了，一個金色的龜殼十分歡快的蹦到林清音懷裡，開心得直轉圈圈。「掌門，我睡醒了！」

被擋住了手機螢幕的林清音一巴掌將龜殼拍到了地上，盯著手機的眼睛連眨都不眨。被按在草地上的龜殼奮力掙扎兩下都沒有逃出林清音的魔掌，最後氣憤得趴在地上放棄掙扎……

說好的久別重逢呢？說好的抱頭痛哭呢？明明妳說人家是妳最喜歡的小可愛的，我就睡了一覺妳就變了，嚶嚶嚶嚶，騙子！

周易社長于震乘坐了當天晚上的航班回了老家，等到家的時候都半夜了。家裡人對他突然回來有些吃驚，畢竟這才連假剛回學校沒兩天，這回來得也太快了。

于震放下背包先去奶奶的屋裡看了一眼，老人紅光滿面，睡得特別香甜，甚至還打起了鼾。

于震不確定林清音算的卦到底準不準，便找了個藉口說是回來辦一個證件。于爸爸聽了有些生氣的瞪了他一眼。「連假的時候不辦，又特意坐飛機回來一趟，這不浪費錢嘛。」

于媽媽倒是為兒子打圓場，笑呵呵地說道：「來回加起來也不到三千塊錢，多待兩天老太太還更高興呢。」

于爸爸想起老太太白天還叨叨著想孫子，語氣這才緩和了幾分。「先在家陪你奶半天，再出去辦事。」

于震想到林清音說十點之前到家還能見最後一面，心裡有些發顫，他重重地點了點頭。「我知道，我明天在家陪奶奶。」猶豫了一下，于震往奶奶的屋裡看了一眼。「今晚我在奶奶房間睡吧，要是她半夜起夜我好扶她。」

也許是孫子在身邊陪著，老太太一覺睡到大天亮才醒，一轉頭看到于震頓時開心的拍了他兩下。「我昨晚還夢到你了呢，你怎麼回來了？」

于震看著奶奶神色清醒、臉龐紅潤的樣子不像是有事，心裡不由得鬆了口氣，雖然他對林清音信口胡謅有些不滿，但是看到奶奶見到自己這麼開心的樣子，又覺得這一趟回來也值得了。

于震伺候著奶奶洗臉刷牙，給她梳了頭髮，又陪著她看電視。電視上正在演美食節目，老太太忽然想起于震小時候最喜歡吃她做的鍋塌豆腐，非要再給孫子做一次。

于震一家三口都勸不住，只得陪著老太太進廚房，幫她倒油給她遞鹽，三人陪著老太太都熱出了一頭汗才把這道鍋塌豆腐做好。

老太太親手將盤子放到餐桌上，顫顫巍巍的在椅子上坐下，伸手招呼于震。「快來嚐嚐，是不是小時候的味道？」

于震應了一聲，挾起一塊豆腐放到嘴裡，連連點頭。「奶奶做的和以前一樣好吃。」

「好吃就多吃一點！」老太太覺得十分疲憊，她往椅背上靠了靠，覺得睏倦襲來，緩緩閉上了眼睛。

于震吃了幾塊豆腐，忽然察覺到老太太不說話了，他猛然抬起頭，只見老太太歪著頭靠在椅子上像是睡著了。于震見狀哆哆嗦嗦起身，伸手放到奶奶的鼻子下，頃刻間淚流滿面，而這時牆上的時鐘正好是十點零一分。

周易社的社長奶奶去世，請了喪假，目睹林清音算卦的周易社社員周勇和李樂都震驚了，他們沒想到居然有人連生死都能算出來。

李樂拿著林清音的表格發愁。「這應該算是大師了吧？要不要同意她的申請啊？」

周勇也有些發愁。「論本事她絕對夠標準了，不說社長家的事，就是那天她給花圃起的那一卦，我們社團裡面就沒有人能比上。不過……」周勇拿胳膊撞了撞李樂的胳膊。「就是不知道社長願不願意。」

以前社長肯定很高興有強手加入社團，可這個強手太強了，直接把社長的奶奶給算沒了，他們還真不知道該怎麼辦，也沒有這方面經驗啊！

正在兩人不知所措的時候，辦完了奶奶後事準備回來的于震給周勇發了一條訊息：同意林清音的入社申請，一切按照她說的來。

既然社長都發話了，那這事就好辦了，李樂給林清音打了電話通知她過來填資料，還要確定一下看她到底願意參加什麼活動。

林清音上完課後抱著龜殼就來了，李樂記得那天算卦林清音就是用這個龜殼，可不知道是不是他的錯覺，總覺得才幾天的時間，這龜殼看起來更加奪目了。

李樂的眼睛一直盯著林清音的龜殼打轉，周勇則將這個月的社團活動清單遞給林清音。「明天晚上七點半我們有個迎新會議，按理說新社員都要參加，彼此互相認識。另外我們週六有一個周易座談會，探討周易知識，以自由交流為主，會後有自由討論時間。」

一聽到自由討論四個字林清音眼睛亮了。「這個座談會我去，我可以給你們講講周易，順便還可以隨意抽一個人算一卦。」

林清音說完在周勇臉上掃了一眼。「我看你挺想算卦的，要不我提前先給你算一卦？」

周勇腿一軟差點給林清音跪下。「大師，我家人都還年輕呢……」

林清音頓時瞪大眼。這是把我當什麼人了！

林清音看著周勇和李樂驚恐的表情，氣得扠腰。「我算過的卦無數，也沒有個個死親人的呀！」

周勇伸手將躲在一邊的李樂拖了過來。「要不妳給李樂算算吧。」

李樂趕緊擺手。「我算過了，我那天不是請林清音給花圃算了一卦嗎？」

一說到花圃，兩人不約而同的想起那天林清音給花圃算完卦以後，嬌豔的鮮花們就被無人機的螺旋槳割得七零八落，頓時兩人的手揮得更快了。

「不不不不不……」

林清音氣結。「那也是湊巧了！」

李樂糾結的看了眼林清音，覺得自己還是不能得罪她，萬一她一不高興再給自己算一卦怎麼辦？想到這，李樂默默的唾棄了自己一番，然後義正辭嚴地說道：「我覺得也是湊巧了，林清音同學只是恰巧在花圃要出事的時候算了一卦而已，其實和她本人沒什麼關係。」

林清音贊同地點了點頭。「就是這樣沒錯，還是你看得清楚明白。」

李樂看到自己得到了林清音的認同，不由得鬆了口氣，開始給周勇加油鼓勁。「我覺得你不敢算卦的心理和諱疾忌醫差不多。難道你不算，不好的事就不會發生嗎？這根本就不可能的對不對，還不如早點把不好的事算出來有個心理準備呢！」

周勇恨不得過去把李樂的嘴堵上，就沒看過他這種添亂方式。

林清音笑了。「確實是這樣的沒錯，其實給你們算卦只不過是我最近太閒而已，你們知道我在齊省算一卦要多少錢嗎？提前半年預約還要兩千五，要是臨時有事想算得先交一萬。」她說著拍了拍周勇的肩膀。「你算算你省了多少錢！」

「就是！」李樂跟著一唱一和。「我那天就是不知道林大師的能耐，所以才把算卦的機會浪費在花圃上，我現在可後悔了。」

林清音看著李樂誇張的表情，朝他一笑。「沒事，我再送你一卦，現在先幫你算。」

李樂的笑容僵在臉上，露出欲哭無淚的表情，抬起手啪啪的往自己嘴上打了兩巴掌。「就你話多。」

林清音看著這兩人一臉的憂鬱笑得特別開心。

誰讓你們質疑我的專業能力？必須給你們好好算算！

林清音往桌子後面一坐。「誰先來啊？」

李樂朝周勇看了一眼，周勇朝他呵呵一聲。「你不是遺憾後悔嗎？你先去算吧！」

李樂連連搖頭。「凡事講究個先來後到，還是你去，小學妹等著呢！」

周勇聽到這話不敢再退卻了，先不說林清音的算卦能力，就單憑她的長相和氣質其他社團都會搶著要，都主動選他們社團了，怎麼也不能讓小學妹失望啊。

周勇看著林清音笑吟吟的表情，沈重地坐在桌子前面，沒等林清音開口就已經有些哆嗦了。「學妹啊，我們商量商量，妳別算我家人，就算我行不？」

林清音有些遺憾的搖了搖頭。「你確定嗎？本來我想說你家裡有一筆橫財有流失的危險……」

周勇猛然坐直了身體，眼睛賊亮的看著林清音。「學妹，這橫財有多橫啊？」

林清音琢磨了一下。「多了不敢說，在你家的那個地方最好的學區買間三房的屋子不成問題。」

周勇飛快的算了一下，他們市最好的學區附近房子差不多都要三萬三一坪，三房的怎麼也要四十五、六坪，那算下來豈不是至少有一百五十萬？

周勇笑得口水都快出來了，李樂在旁邊看不過眼，忍不住呵呵了一聲。「還樂呢，沒聽說這筆錢都快飛了嗎？」

周勇連忙把口水嚥了回去，緊張地看著林清音。「小學妹啊！小大師啊！您能幫我算算這橫財到底是怎麼沒的嗎？還有沒有挽救的機會？」

林清音眼睛一瞥。「這筆橫財應在你父親身上，你不是不讓我給你家人算命嗎？」

一聽說應到自己父親身上，周勇擔憂壞了。「不會是我爸要出事，人家給賠款的橫財吧？那這種橫財還是算了吧！」

李樂在旁邊猛點頭。「對對，還是算了吧！」

林清音簡直要把白眼翻到後腦杓了，難道在他們心裡自己不會算好事嗎？不過看著周勇真心擔憂的模樣，林清音也不逗他，直截了當的說道：「你父親繼承了一套老房子，你讓他不要把老房子賣掉，留在手裡，不出半年就能等到拆遷。」

「繼承房子？」周勇有點糊塗的撓了撓腦袋。「可是我爺爺奶奶都不在了，也沒聽我爸說過他還有什麼孤寡的親戚啊？」

林清音朝他揮了揮手。「愛信不信，你的卦算完了。」

周勇茫然的站起身，想了想決定還是打電話給家裡問一問。

撥通了電話，周爸爸正好在家休息，周勇也沒賣關子，直截了當地問道：「爸，你繼承了一間房子？」

剛剛在沙發上坐下的周爸爸一下滑到了地上，揉著屁股齜牙咧嘴的站了起來。「你聽誰說的？我才剛辦完手續，連你媽還沒說你怎麼就知道了？」

「居然是真的！」周勇轉頭看了林清音一眼，滿臉的不可思議。「還真算什麼都靈啊！」

電話那頭的周爸爸聽得糊裡糊塗的。「什麼算什麼都靈啊，我問你怎麼知道的！」

周勇趕緊解釋道：「我們學校的周易社團新來了個大師，算得可準了。她剛才給我算了一卦，說你繼承了一間房子，讓我告訴你千萬別賣，不出半年就能拆遷。」

「還真是準啊！」周爸爸一拍大腿。「這兩天辦手續的時候就有一個人纏著我說要買那間房子，出四十萬，我正想著晚上和你媽媽商量商量呢。」

「千萬別賣！」周勇提高了音量。「大師說了，拆遷以後至少一百五十萬呢！」

「那行，聽大師的，我就先不賣了。」周爸爸一口答應了下來。「我也覺得剛繼承了人家的房子就賣出去不太好。」

周勇這才想起來這房子哪來的還沒整明白呢，趕緊問：「爸，你不是沒什麼孤寡的親戚嗎？這房子從哪繼承的呀？」

「不是親戚，是我照顧的一個老大爺留給我的房子。」周爸爸輕輕地嘆了口氣。「七、八年前，那時候我還在開計程車。有一天下大暴雨，在回家的路上我正好看到一個老大爺在樹下躲雨，身上淋得濕漉漉的，凍得直哆嗦。我看不過眼就讓他上車把他送回家，等到了他家我才知道，老大爺家裡就他一個人。

「老大爺姓張，他父母早早的沒了，他年輕的時候為了供弟弟妹妹上學努力賺錢，等弟弟妹妹都長大了，他已經錯過了結婚的年齡，一時間也找不到合適的。這個時候弟弟妹妹都開始相看對象了，他又攢錢給弟弟蓋房給妹妹出嫁妝，為此還欠了不少錢。等大爺把錢都還完，自己也買了房子，那時已經五十歲了。」

周勇聽到這已經猜到結局了。「他那些弟弟妹妹姪子外甥就沒一個管他的？」

周爸爸想到這件事就十分憤慨。「當年老大爺買房子的時候那幾個弟弟、妹妹都不樂意，說可以輪流住他們家，把錢給小輩們分了用來上學。好在老大爺終於聰明了一回，覺得無論怎麼樣都要有自己的房子，不顧親戚的反對買了個帶院子的兩房屋子。就是因為這件事，他弟妹都和他翻臉，我認識他的時候都有十來年沒和他來往過了。」

第七十八章

周勇氣得直喘粗氣。「一群白眼狼。」

周爸爸嘆了口氣。「可不是？我看張大爺一個人也挺可憐的，這些年每週我都去他家幫他做點家事。張大爺也沒有退休金，領一百多的最低保障也不夠生活，我就把菸酒都戒了，攢下來的錢給大爺買點吃的。」

周勇聽得挺辛酸。「爸，其實當年你要是告訴我媽的話，她肯定也支持你這麼做的，你就不用為此戒菸了。」

周爸爸輕輕笑了一聲。「你以為你媽不知道嗎？每次家裡燉排骨、做紅燒肉的時候，你媽都單獨留出來一小鍋放在廚房裡，其實就是讓我給張大爺送去的。而且，戒菸戒酒也挺好的，既健康又省錢，一包菸十塊錢，我一天抽一包，一瓶酒十塊錢三天就喝沒了，光這兩樣下來一個月就要四百塊錢，四百塊錢能買多少米麵油鹽啊？我浪費那些錢幹麼！」

周勇聽了心裡暖暖的，他一直覺得他爸就是個普通人，沒想到居然還默默無聞的做了這麼多年的好事。

不過想起老大爺那些白眼狼親戚，周勇總覺得他們不會樂意把這間房子拱手讓人。「老大爺的那些弟弟妹妹姪子外甥沒和你鬧？」

周爸爸不屑地嗤笑了一聲。「他們鬧有什麼用？活著不聞不問，死了才想分財產，哪有那麼好的事？」

看著手上新出爐的房產證，周爸爸心情十分複雜，聲音又低沈了下來。「其實我也是在大爺去世前才知道的，他在去年的時候就自己去公證處做了公證，在他百年之後這間房子將無償贈於我，並且寫了一份證明信給了街道辦，說明了和他家人之間的情況。大爺的那些親戚就是來鬧也沒什麼用，有公證的遺贈在呢。再說了，來鬧我也不怕，我正好找媒體記者好好說說他們這些年的所作所為，看他們覺不覺得丟人，也正好給張大爺出口氣。」

掛上電話，周勇仍然覺得有些憤憤不平。「這世界上怎麼有這麼沒良心的人呢！他們就不想想自己怎麼成家立業的？張大爺當時還不如不管他們，也不會落一個孤老無依的結局。」

李樂在旁邊聽了個大概，也跟著生氣。「類似的事在各大論壇上看太多了，反正我相信他們這麼做總有一天會有報應的。」接著他轉過頭看向林清音。「林大師，妳說是不是？」

林清音手裡轉動的古錢剛好落在桌子上，她撿起古錢認同的點了點頭。「你說得對，這種白眼狼肯定會遭報應的，說不定哪天就被雷劈了。」

李樂聽到這話順嘴問：「林大師，妳有沒有見過被雷劈的？」

「見過，不過不太多。」林清音扳著指頭算了一下。「也就七、八個吧。」

「居然這麼多？」李樂心裡忽然湧起一絲不妙的預感。「妳不會給他們都算過卦吧？」

林清音思索了一下。「他們倒是沒出錢請過我……」

李樂剛鬆了一口氣，就聽林清音繼續說道：「不過倒是都和出錢請我的人有些關聯。」

哎，你抖什麼，你又沒做過壞事有什麼好怕，天雷也不是什麼人都劈的好不好？」

李樂掐了一把自己顫抖的大腿，心裡瘋狂的吶喊：小學妹妳說，那些天雷是不是都是妳招來的？

「算點什麼呢？」林清音問李樂要來了八字，又打量了一下他的面相，沈吟了一會兒。

「從面相上看，你出身書香世家，祖上出過兩名進士，父母和家裡的老人桃李滿天下。」

周勇聞言連忙拍了李樂一巴掌。「別抖了，小學妹說得對不對啊？」

「對倒是對，不過……」李樂糾結地摸了自己臉一把。「到底從哪兒能看出來啊？」

林清音沒理他，繼續說道：「你有一個雙胞胎哥哥，你哥哥更喜歡武行，他上的是軍校吧？」

李樂已經把之前的害怕都忘得差不多了，在旁邊連連點頭。

林清音繼續說道：「你的家人都還挺順的，身體也都不錯，沒災沒難。」

看著李樂喜笑顏開的表情，林清音問：「你有沒有特別想算的事情？」

李樂想了想，還真想出一件事，他有些臉紅的撓了撓頭。「我也不知道這個能不能算，要是算不了也沒事，我只是問問。」

林清音看著他兩頰泛出來的紅潤，微微一笑。「是想算哪個女生嗎？」

李樂有些不好意思的點了點頭。「我小時候有個鄰居的小女孩叫瑤瑤，我們關係很好，從小就在一起玩，小學的時候還當了五年同桌，那時候我就喜歡她了。」

見周勇捂著嘴偷笑，李樂臉更紅了，他白了周勇一眼，將後背對著周勇繼續說道：「不過小學畢業後，瑤瑤一家就搬到別的省市去了。當時我們兩家留了電話的，一開始逢年過節的時候還彼此問候，可後來時間一長，座機慢慢淘汰，手機也都換了號碼，兩家就失去聯繫了。」

李樂有些惆悵的嘆了口氣。「我是真的挺想再見見她的，我從小關於女孩子的美好印象都來自於她，不見她一面我總是放不下。」

林清音拿出龜殼和古錢。「我幫你搖一卦吧。」

搖卦也屬於八卦中的一種，周勇和李樂都瞪大了眼睛盯著林清音的動作，只見她將三枚古錢放在龜殼裡，輕輕的搖了一搖，將龜殼裡的古錢撒了出來。

連搖六次，卦象就出來了，林清音一看差點笑出聲，嘴角一彎。「你想見這個女孩還真不難，要是真想見，說不定今晚就能見到。」

李樂猛然蹦了起來，直接將椅子都帶翻了，一邊拚命的拿手捋自己的頭髮，一邊激動得語無倫次。「在哪兒見呢？我得上哪兒找她呀？」

林清音指著一邊看熱鬧的周勇，笑呵呵地說道：「你問他！」

「問我幹麼？」周勇立刻皺眉，緊接著像是明白了什麼，猛然睜大了眼睛。

就在這時，李樂聽到林清音慢悠悠的說道：「你算的這個女孩和周勇有所牽連，從血緣上來講是他的表妹，如今正好也在帝都上大學。」

李樂轉身看著僵硬的周勇，一下子撲了上去，緊緊的抱住他。「哥，周哥，求求你了，就讓我見見瑤瑤吧，以後說不定我就是你妹夫了。」

周勇臉都綠了，一腳將李樂踹開。「滾，我妹還小呢！」

「不是和我同歲嗎？」李樂對自己童年女神的一切事情都記得格外清楚。「她應該剛過完二十歲的生日。」

周勇磨了磨牙，朝李樂呵呵一笑。「你倒是記得挺清楚啊。」

「那是。」李樂這下子一點也不害臊了。「以前我每年都給她準備生日禮物呢。表哥，你就幫我問問唄，說不定瑤瑤也想見我呢！」

「誰是你表哥！」周勇眼神不善地看了李樂一眼。「別瑤瑤、瑤瑤的叫，又不是小時候了，現在都多大了自己不知道嗎？」

「好好好！」李樂連連點頭。「我聽哥的。」

周勇被李樂的厚臉皮鬧得一點脾氣都沒有了，不情不願地掏出手機，給自己的表妹王玉瑤打了個電話。

「瑤瑤啊，妳認識一個叫李樂的人嗎？」

周勇看了李樂一眼，將後背對著他，準備在表妹一說不認識的時候就飛快的掛斷電話。

誰知電話那邊的王玉瑤聽到這個名字陡然尖叫起來。「李樂？你是說樂樂嗎？哥，你在哪兒見到他的？我要見他啊啊啊啊，我都想死他了！」

李樂趴在周勇後背上聽到電話裡傳出來的聲音，聽見人家也想他，嘴都咧到耳朵後頭去了，當下什麼也不管，一把搶過周勇的電話。「瑤瑤，我是李樂，妳在哪兒呢？我現在去找妳！」

周勇氣得直跺腳。「我舅媽說不讓我妹在大學談戀愛的！」

帝都大學的周易社團突然流傳起一個傳聞，這次新招來的新社員裡有一個算卦大師。據傳言，這個大師不但能勘破生死，一言不合還可招來天雷，最神奇的是還能幫你找到你心心念念的另一半。

周勇聽到這個傳聞後氣得半死，光聽最後一句就知道消息肯定是李樂那個不要臉的傢伙散播出去的。

想到那天的情景，周勇就鬱悶得肝疼，這兩人居然一見面就激動的給對方一個擁抱，簡直不把他這個表哥放在眼裡。尤其是李樂還特別有心機的給瑤瑤準備一瓶香水，說是遲來的二十歲生日禮物，把小女生感動得淚流滿面。當時周勇就明白了，李樂和他表妹估計要雙雙脫單了。

想他嬌嬌小小的表妹，直到上完小學才隨家人搬回老家的城市，當時家裡人就告訴他，要好好護著表妹，在學校不能讓人欺負她，也要看著表妹不許她談戀愛。

周勇和表妹國中、高中都是同班同學，他真是特別聽話，兢兢業業的護了表妹八年，終於看著表妹長大了，只要再堅持兩年他就能圓滿完成任務、功成身退，沒想到這個時候居然被好朋友連盆帶花的給端走了。

簡直是太氣人！

李樂哼著小曲一派悠閒的走進了周易分社的活動教室裡，春風滿面的和社友們打了聲招呼。「都來了，還有十分鐘我們的討論就開始了啊。」

幾個男生看到李樂都眼睛一亮，湊過來七嘴八舌的問他。「聽說新來的學妹裡面有一位大師？」

「能算人生死？」

「能呼風喚雨、招來天雷？」

「還能送女朋友？」

男生們臉上洋溢著興奮的神色，異口同聲說道：「我們也想要女朋友！」

剛剛推門進來的林清音就只聽見這句話，滿腦子問號。

正在鬧著，正對著門的一個男生看到了站在門口的林清音，他捋了下頭髮拉平了衣服，飛快地走到林清音的面前露出燦爛的笑容。「妳是新進社團的小學妹吧，我叫孫旋，是妳大三的學長，我帶妳熟悉熟悉社團吧？要不我先幫妳淺顯的介紹一下周易，要不然妳一會兒聽不懂講座的。對了，妳叫什麼名字？」

林清音朝他淡淡的一笑。「我叫林清音。」

「林清音？這個名字有些熟啊？」孫旋撓了撓頭，笑得傻兮兮的。「我們是不是在哪兒見過？」

周勇在旁邊對著孫旋翻了個大大的白眼。「這就是那位能送女朋友的大師，剛才你不是想要一個嗎？」

孫旋的臉一下就紅了，看著林清音的眼睛發亮。「哈哈哈，要是能有女朋友的話，希望能像小學妹這麼可愛的！」

林清音認真地看了他一眼，有些遺憾的搖了搖頭。「你現在考慮戀愛太早了些，至少還得等四年桃花才開呢。」

頓時活動室裡爆出哄堂大笑，孫旋垂著腦袋無精打采地回到了位子上，表情看起來格外的哀怨。

看著其他學生要圍過來，周勇連忙攔了一下。「我知道大家都很想找林清音同學算卦，不過林同學進社團的時候說了，每次社團活動的時候會贈送一次免費的算卦作為社員福利，如果沒抽中又很想算的可以私下找林清音同學，市場價兩千五，不過我們社團有優惠，可以打八折。」

聽到這個價格，不少人都吸了一口冷氣。「這麼貴啊！」

李樂在旁邊說道：「可是人家算得準啊！反正要是真有什麼難事不好解決的話，不妨找清音同學算算。」

正說著，一個剛進門的女生看到林清音後驚訝的叫了出來。「林清音？這不是我們齊城的小大師嘛？今年我們省的高考狀元啊！」

幾個人聽到聲音看了過去，有人就問：「李楠楠，妳認識她？」

「我聽我媽說過。」李楠楠一臉興奮地說道：「你們不知道，林清音在我們齊城可有名了，知道她的人都叫她小大師。要找她算卦得提前幾個月預約，價格還比這裡貴呢。我聽說要是沒有預約又想算的話，至少得五位數的卦金才能排上，這還不是誰都能排上，像那種品行不好的，拿多少錢都不行。」

周勇和李樂聽到這話不由得吸了口涼氣，他們的確聽林清音說過這話，但都以為是開玩笑，誰也沒當真，沒想到林清音算卦真的這麼貴。

李樂有些不好意思地撓了撓頭。「林清音，妳算卦真的這麼貴啊？」

林清音瞥了他一眼。「所以你得慶幸我那天心情好還很閒，要不然你現在還只能躺在床上想你的小青梅呢。」

李樂想起自己的瑤瑤，美得像二傻子似的，那燦爛的笑容看得周勇直鬱悶。

好白菜就要被豬給拱了！

李楠楠還沒說完，繼續滔滔不絕的說道：「我們齊城有個住宅區價格特別昂貴，比同地段的社區價格要貴一倍，可是一開盤還是被搶了個精光。就是因為那個住宅區有小大師親手布的風水局，而且每個戶型都經過了小大師認可。那個住宅區還不是光有錢就能買到，聽說要通過小大師設定的人品檢測才有搖號資格。」

周易社團的學生們聽得目瞪口呆。「還有這種事，太扯了吧？」

「不信你去搜。」李楠楠說了林清音所在住宅區的名字。「我們當地的論壇也有討論過這件事。」

一群人都摸出手機搜索一下，樓市新聞裡果然有差不多的消息，只是因為是新聞的緣故，沒有說得太明顯，只是隱晦地說。倒是論壇裡的討論就多了，確實和李楠楠說的一般無二，雖然帖子裡不乏酸溜溜的回覆，但是卻沒敢說林清音不好的，只檸檬一下自己什麼時候有錢才能買上小大師設計的房子。

李楠楠乘機擠開李樂站在林清音旁邊，一臉興奮地說道：「小大師，妳還給我嬸嬸和堂姊算過卦！」

林清音打量了她一下，笑著點點頭。「我知道了，妳堂姊是李玉雙，說起來妳嬸嬸還是我第一個顧客呢。」

「哇！這妳也能看得出來？」李楠楠驚訝地摸了自己的臉一下。「是不是從我的面相上也能看出我親人的事啊？」

林清音點了點頭。「看父母至親的話會更清楚，妳嬸嬸和堂姊只能看出大概，但是因為她們在我這算過卦，所以我知道妳說的是誰。」

「小大師果然很靈驗。」李楠楠喜不自禁地說道：「沒想到我居然也能見到傳說中的小大師。您不知道，每到過年過節的時候我們家人總會提起您，要不是當初妳給我堂姊算卦，她兒子就要被她那黑心腸的親媽給偷走了。不過好在小大師提前算出了這件事，我堂姊乾脆將計就計，直接將她那親媽變成現行犯，現在我堂姊的親媽還在坐牢呢。」

李楠楠噼哩啪啦說完之後忽然想起一件事。「小大師，我能替我姑姑預約一下您寒假期間的號嗎？我連假回家的時候還聽她在念這件事呢，她現在天天盯著手機，就怕放號的時候錯過了預約不上。」

林清音點了點頭。「妳讓妳姑姑跟王大師約一下時間吧，我會私下和他說的。」

李楠楠瞬間興奮得歡呼。「多謝小大師！沒想到考個好大學還有這福利。」說著說著她又傻笑了起來，開心得臉都紅了。「我就是因為您算卦靈驗的事才對周易好奇，所以一進大學就申請加入了周易社團。」

正熱鬧著，于震推門走了進來。看到社長，屋裡頓時安靜了不少，于震第一眼就看到了被人圍住的林清音，走過去朝她鞠了一躬。「謝謝妳。」

因為有林清音那一卦，他才趕上見奶奶最後一面，陪伴奶奶度過了最後時光。雖然時間有些短暫，但祖孫兩人都沒有什麼遺憾。

林清音朝他點了點頭。「節哀。」

于震輕輕「嗯」了一聲，老人走得很安詳沒有痛苦沒有折磨，在走之前還能親手給最喜歡的孫子做一道菜，這對於老人來說應該是最大的幸福了吧。

社員們見狀竊竊私語著，這才知道關於林清音傳聞裡「能斷人生死」是怎麼來的，原來是給社長算出了他奶奶的去世日期。

之前社員們對於林清音的傳聞多數是半開玩笑的心態，但是李楠楠的介紹和于震的親身經歷，大家對林清音的態度馬上就變了，一個個都不敢嬉皮笑臉，看起來都有些敬畏。

還有不少人都同情的看了孫旋一眼，這可是被大師親自蓋章還有四年才能找到女朋友的人，簡直太可憐了！孫旋也欲哭無淚，要知道他剛才就不那麼積極了，起碼還能給自己留點希望。

于震來了，代表著社團活動要開始了，周勇乘機把剛才被打斷的話又重複了一遍。「大家剛才也都看到了，既然林清音算卦有規矩大家都按規矩來，該預約預約，該付錢付錢，我相信我們大學的學生也做不出那種無賴的事。」

有個男生乘機問道：「那社團福利贈送的免費算卦是怎麼選人？」

關於這件事周勇早就問過林清音了。「會優先由林清音選擇，如果恰好沒有合適的人選的話就抽籤。」

那個看起來不服氣的男生忍不住又多嘴問：「那她優先選擇是看什麼？不會先挑社團幹部吧？」

周勇被駁了這一句有些憋悶，倒是林清音無所謂的看了他一眼。「被我選中的可能就是最近最倒楣的那個，比如這次被選中的人就是你了。騎車的時候要集中精神，不要看手機、打電話，萬一撞樹上，那樹多無辜啊！而且你也有摔骨折的風險。」

有人忍不住笑了起來，那個叫李磊的男生覺得有些沒面子，站起來就走了。

于震也沒管李磊，他聽說林清音要給他們講周易，便問林清音要講哪一段。

「從頭開始講吧。」林清音說道：「我之前問過李樂你們討論的東西，不但連皮毛都算不上，還有很多理解錯的地方。」

林清音說得十分不客氣，但是大家想到她算卦的能耐以後誰都沒敢吭聲，畢竟人家實力在那兒。

在林清音所處的神算門，入門弟子也要學易經，但是他們能被選入神算門，就代表著他們在玄學上有很大的天賦，很多都是不點自通的人。

而在這個周易社團就不一樣了，社員們都是因為愛好或者是對周易的好奇才加入的，根本談不上天分。這裡面也就社長于震因為是哲學系的緣故，對周易理解能力比別人強一些。

林清音來到這個世界後發現，現在很多人對玄學對易經都不了解，一提起來就是封建迷信四個字。其實易經博大而精深，很多理論研究都建立在易經的基礎上。而經過歲月的流逝，易經只剩周易一部，剩下兩部已經失傳了。

林清音畢竟是神算門的人，和易經有些淵源，所以她想盡一己之力弘揚易經。

林清音手上自然有沒失傳的部分，但是她現在還不打算拿出來講，光易經就夠她講的了。第一次講課，林清音只講了一段，而且只講最簡單的那一層，但也讓周易社的社員們聽得目瞪口呆。

社員們聽得如癡如醉的時候，到了活動結束的時間，林清音很準時從臺上下來，剩下的社員回味了好一會兒才如夢初醒。

「不愧是大師，講得真好。」有個社員意猶未盡。「可惜李磊剛才嘔氣走了，錯過了這麼精彩的一課真是太可惜了，我得打電話和他說說。」

打了李磊電話，社員剛說個「喂」就愣住了，過了片刻後一言難盡地掛了電話。「剛才是李磊室友接的電話，說李磊剛才騎著自行車發訊息，結果因為速度太快又沒看路直接撞樹上，胳膊骨折了……」

社員們全都轉向林清音，表情震驚。

林清音一臉無辜。「就說騎車要集中精神不能玩手機，還不信。」

第七十九章

周易社有個算卦很準的小大師的事從社員的嘴裡面傳了出去，沒兩天就有人上門求卦了，而這個人居然是周易社的指導老師韓天海。

韓天海是哲學系的教授，也是周易社團的指導老師。雖然韓天海每個月也就到社團一次，但因為社長于震就是他帶的研究生，所以他對社團的事瞭如指掌。

于震前幾天請假回家的時候因為走得太匆忙沒有說清楚，回來銷假的時候就提到了林清音。韓天海本想社團活動的時候去見見這個大一新生，可那天他正巧有件事走不開，才沒有去成社團。

一般社團有周易講解或者周易探討這兩項活動時，于震都習慣帶一支錄音筆，有聽不明白的就回來重聽一遍，反覆的思考。那天林清音講的時候他也帶了錄音筆，回到宿舍越聽越玄妙，便將錄音拷貝了一份發給了韓教授。

韓教授鑽研了周易二十多年，自認為在周易研究這方面十分有造詣，能超過他的寥寥無幾，所以對于震發來的錄音並不在意。不過韓天海有個習慣，一定要在晚上睡覺前聽點東西，於是當晚他便將那份錄音打開了，這一聽，他一晚上沒睡著覺。

林清音自認為講得十分淺顯也就是一點點皮毛，可就這皮毛的知識讓韓天海十分震撼，讓他覺得自己之前二十多年只不過是在周易的門外打轉，根本就沒進門。

韓天海將錄音反反覆覆聽了一夜，越聽越覺得玄妙，越聽越覺得自己之前對周易的理解是多麼的匱乏。他足足將這個錄音聽了五天，這個時候對林清音的傳聞越來越多，有不少周易社的社員都好奇的去網上搜尋關於林清音的事，這才發現很多論壇都提到過林清音，其中琴島的別墅風水局討論最熱烈，足足有十幾頁，上面寫得十分玄乎。

有別墅風水局的事，自然也就有多人失魂案，幾個當事人都證實了這件事，罪魁禍首被雷劈死又有新聞佐證，就連職業槓精都找不到漏洞。

而林清音在學校算這幾卦都算是小打小鬧，也就于震這個最讓人覺得驚奇，但是網上的這幾個帖子不單是算卦這麼簡單，還側面說明林清音在風水、陣法上的造詣十分深厚。

韓天海就是看了琴島的那兩個帖子以後，決定請林清音出手幫忙。

林清音在看社團介紹資料的時候在上面看到過韓天海的名字，所以在韓天海打電話給她想約她見面談談的時候，她很爽快的答應了。

韓天海有獨立的辦公室，林清音來的時候韓天海剛泡了一壺茶，還特意準備了新鮮的水果。

林清音敲了敲門，門開後目光在韓天海的臉上游走了一圈，微微一怔。「韓教授遇到的麻煩不小啊。」

韓天海將人請了進來，和林清音分別坐在相對的沙發上。將茶杯放到林清音面前的茶几，韓天海看著林清音問道：「我有什麼麻煩？」

林清音淡淡一笑。「韓教授這是準備考考我？從面相上看，您的妻子、兒女以及父母的身體都出了問題，但這問題不是天災，而是人禍。」

韓天海的笑容消失了，表情變得十分嚴肅。「我的面相真的這麼顯示的？不是天災而是人禍？」

「人為插手的痕跡十分明顯，就拿你女兒來說，她在舞蹈上十分有天分，在下個月本來有個嶄露頭角的機會，可從你面相上看卻是被人為造成的腿疾阻斷了事業運。」林清音看著韓天海，很認真地說道：「若是及時消除還好，可要是拖久了，這浮於表面的痕跡會將事業線徹底割斷，她的人生就要完全的被改變了。」

韓天海頓時緊張起來，他女兒下個月原本確實計劃要去參加一場很重要的舞蹈比賽，可上週忽然覺得腿疼，一開始還只是關節痠麻，現在疼得都走不了路了，可去醫院檢查又查不出什麼毛病。家裡出現這種情況的不只女兒韓美，就像林清音所說，他父母和妻子也生病了，可到醫院卻檢查不出什麼東西。

韓天海本身就喜歡鑽研周易，他這幾天也懷疑家裡是不是在風水上有什麼問題。可他家這房子住很久了，一直很旺人，按理說不會突然出現風水變化，居然是有人動了手腳。

可韓天海就更不理解了，他只是一個普普通通的哲學系老師，平時除了研究學科的內容以外就是琢磨琢磨周易，為什麼有人要針對自己？

「妳能不能幫我到家裡看看情況？」韓天海道：「妳給別人是什麼價，我就出什麼價，不用打折。」

林清音微微笑了一下，她就喜歡這麼爽快的客人。

韓天海家離帝都大學有些距離，需要坐地鐵還要轉車。第二天是週六，兩人便約了八點鐘去韓天海家看風水。

姜維週末也沒有課，身上的龍氣還有林清音給的玉符遮掩，也不怕出門被人發現，所以便跟著一起出門了。

韓天海是哲學系的教授，也曾教過姜維，所以對他還是有些印象。見姜維一口一個小師父的叫林清音，韓天海不由得有些好奇。「你也和林清音學周易？」

姜維其實和林清音學的是修仙，但這件事王胖子和姜維都覺得不要讓太多人知道比較好，免得單純的小大師被人利用了。王胖子對外依然稱呼林清音是小大師，而姜維思考了一下，自己和林清音學周易倒是個好藉口。

「我和小師父認識好幾年了，不過學周易也是這個月的事。」姜維笑呵呵地說道：「還什麼都不懂呢。」

韓天海看了看姜維又看了看林清音，忽然想起一件事來。「我才想你們怎麼這麼眼熟，你們都是齊城來的是吧？還都是高考狀元！」

其實帝都大學每年招來的全國各地的高考狀元真不少，他對姜維有印象一是因為教過他，二是因為姜維這個人運氣比較好，當時韓天海還想研究一下姜維的好運氣在周易裡面有沒有說法。結果還沒等研究出什麼名堂就發現姜維開始走霉運了，和之前像是兩個極端，雖然他不明白是什麼原因，但是他對姜維的印象很深刻。

而林清音更不用說了，這是他要請回家看風水的大師，韓天海還特意調出她的檔案看了一下，知道她是今年齊省的狀元。

姜維知道韓天海今天是請林清音看風水的，所以便把自己的事拿出來說了。「我認識小師父是在我大學剛畢業那年，那幾年我事事不順，甚至還有了輕生的念頭。當時小師父在公園給人算卦，一眼就看到了我，說我被人奪運了。」

姜維想起當年的事依然十分感慨和氣憤。「我把小師父請回家裡，小師父算卦推衍出奪運的人正是我爸的好哥們，她破開邪術，那個做法的人也受到了反噬。」

韓天海愣住了。「你是說你那兩年很倒楣也是因為被人做了手腳？」

姜維苦笑了一下。「當時要不是遇到了小師父，我恐怕現在早就不知道在什麼地方了。」

「林清音同學說我家也是被人動了手腳。」韓天海越想越鬱悶。「怎麼到處都有這種幹壞事的人呢？他們從哪兒學到這些東西？」

林清音對此倒是不覺得奇怪，很多東西到現在不是失傳就是變樣了，而民間有很多各種稀奇古怪的術法殘留，也有邪門歪道專門找那種東西為了給自己謀利，畢竟掠奪可比自己發憤圖強來得容易。

八點出門，到韓天海家已經九點半了，一進院子就發現站了三個人，一個人拿著羅盤，兩個拿著八卦尺正圍著院子亂翻。

韓天海遲疑了一下，問院子裡的老頭。「爸，他們是？」

韓父說道：「他們是路過這的大師，說我們家風水出了問題，願意來瞧瞧。」

韓天海有些頭疼的看著老頭。「爸，我昨天不是說我今天請大師回來嗎？」

「萬一你請的大師不行呢？」韓老頭嘴硬地說道：「我看還是他們算得更靈驗一些，把我們家的情況說得明明白白的。」

韓天海狐疑地看著這三人一眼，總覺得他們上門得太湊巧了一些，而且在聽了姜維的經歷以後，他對這種突然上門的人心裡總有種戒備。

韓天海看著他們三個，這三個人的眼睛賊溜溜的在林清音和姜維身上轉了一圈，嘲諷地笑了起來。「這兩個小毛頭就是大師嗎？」

「也不知道是哪個師父帶出來的，學了點皮毛就敢出來騙錢，我們像這麼大的時候，也就敢跟在師父後面拖法器什麼的。」

「一分錢一分貨啊，這請大師也一樣，可萬萬不能圖便宜。」

韓老頭被這一言一語說得更信任他們了，伸手把韓天海拽到一邊，吹鬍子瞪眼地說道：「你就帶回來兩孩子？我看還不如我們家美美大呢，你也太胡鬧了。」

「爸，我是研究什麼的你不知道？」韓天海看起來無奈極了。「你怎麼就信不過我？」

韓老頭吹了吹鬍子，冷哼一聲。「你倒是研究了二十來年的周易，可你研究出什麼東西來了？連家裡的事都弄不明白還得請人，我看你還真不怎麼可靠。」

父子倆你一言我一語的時候，林清音已經把這家裡的風水看明白了，也知道哪裡出了問題，甚至也知道了對面三人是為何而來。

「你們不是第一次來的吧？」林清音圍著三人轉了一圈。「還組團來？」

「呦，小丫頭，妳這是準備和我們打擂臺啊？」一個穿著簡化版唐裝的人挽起了袖子。

「妳個小丫頭騙子連羅盤都沒有，也敢出門看風水？就不怕妳師父知道了打妳？」

「本事不佳的人才靠羅盤看風水，我只有入門第一年才會用這種東西。」林清音微微一笑，從口袋裡將龜殼取出來抱在了手心裡，淡淡地笑道：「至於被師父打的事你們就不用操心了，說實話我比較擔心你們……」

林清音看著他們三人，嘴角露出了一抹諷刺的笑意。「畢竟設局害人是要遭天譴的。你們說怎麼總有人這麼想不開，萬一有道雷看不過眼劈一下，那場面多慘烈呀是不是？」

林清音話音剛落，天空突然陰了下來，轟隆一個雷聲把院子裡的幾個人都嚇了一跳。林清音抬頭往天上望了一眼，笑得無比開心。「你看，說不定這雷就不走了，專等在這裡看熱鬧呢。」

韓天海一臉震驚。我靠，林清音居然真的會招雷！

三人組互相對視了一眼，臉上都有些膽怯。這雷不會真劈人吧？看起來有點嚇人啊！

韓老頭左右看看，突然覺得這丫頭好像更可靠一些！

轟隆隆的雷聲和越來越黑的天空給了三人極大的精神壓力，其中兩個都扭頭看那個穿唐裝的人，壓低聲音問道：「大師兄，怎麼辦？」

唐裝男神色陰沈地看著臉上掛著淡笑的林清音，嘴唇微動，用低不可聞的聲音說道：「別聽那丫頭胡說八道，要是害個人就會被雷劈，從師父到我們三個早就被劈得連渣都不剩了，還輪得到今天的雷？這就是天氣正好趕巧碰上了，你們又不是不知道，天氣預報就沒有準的時候！」

另外兩個聽唐裝男這麼說，心裡多了些底氣。「行，我們聽大師兄的。再說我們也不可能真走，師父要這底下的東西呢，要是拿不到，回去也不好交代。」

三個人圍在一起竊竊私語了半天，韓老頭雖然聽不到他們在說什麼，不過越看越狐疑。

「你們三個不會真的是來害人的吧？」

「哎喲，你這大爺怎麼聽風就是雨呢？」唐裝男一臉委屈的喊冤。「你說我們素不相識的能害你們什麼？不過是看到你家風水不好想幫你改一改。既能讓你家人恢復健康，我們師兄弟三人也能拿到一筆酬金，兩全其美，多好！」

唐裝男把說得很直白，倒讓韓老頭少了一些懷疑。「那你們說要怎麼改？」

三人互相看了一眼，其中一人說道：「你這院子裡埋著大凶之物，早些年這東西凶氣弱，對你們來說沒有什麼影響，但是現在凶物已成，要是再不將它取出來，輕則你家人重疾纏身，重則一家老小都沒命。」

唐裝男接著話頭往下引。「一會兒我們會用羅盤定好凶物的位置，布下陣法，用符紙將那凶物抓住。不過這凶物對人傷害極大，我們必須把它用黃表紙包好帶走，免得它以後繼續害人。」

唐裝男說得十分嚇人，韓老頭的臉都嚇白了。而韓天海自然不信這三人的信口胡說，轉頭問林清音。「林大師，妳看呢？」

林清音一來就把這院裡院外都看了一遍，確實在這院子裡發現了不一樣的東西，也明白了這三人大張旗鼓到底是為了什麼。不過她和這三人不一樣，林清音不貪圖這東西，也沒打算占為己有，她只想趕緊把這事處理完，看天色再過二十分鐘就要下雨了，若等雨停再處理，又要耽誤大半天的時間。

見韓天海問自己，林清音也沒藏著，指著院子外面說道：「院子外面被人設了個鎖龍局，這裡的氣場被牢牢的鎖在了院子裡面。再好的氣運只要無法運轉流通便是死地，更何況這院子裡龍氣太足，若是自然流通的話，多餘的龍氣會洩出去，剩餘的那些能夠滋養你們的身體、提升你們的氣運，所以我一直說你們家這裡是風水寶地。可現在因為鎖龍局的緣故，龍氣無法外洩只能積壓在院子裡，普通人根本就無法承受這麼多龍氣，所以你們一家人才會接二連三的生病。」

「龍氣？」剛剛吞了一個龍珠的姜維對龍氣特別感興趣，不過他還是感應不出龍氣是什麼東西，只是覺得待在這院子裡挺舒服的。

「小師父，這裡為什麼會有龍氣？」姜維看了看院子裡。「這裡也沒水池啊？」

林清音沒好氣地看了他一眼。吃了一條誤吞龍珠身帶龍氣的鯉魚已經算是氣運逆天了，這是沒吃夠還想再來一條？怎麼那麼貪心呢？

「這地下有一根龍骨。」林清音的神識探入地下，這根龍骨並不算大，目測也就二十公分長，但上面帶的龍氣卻十分驚人，估計應該是龍最靠近心臟的那根骨頭。

林清音說得簡單，但唐裝男三人的臉色都變了，他們沒想到這個年紀輕輕的小姑娘居然一眼就看出了他們師父用了小半輩子才研究明白的東西，並且還把他師父費盡心思才布好的鎖龍局看出來了。

要知道這個鎖龍局並不是十分容易，單布這個陣法就用光了他師父積攢了一輩子的家底。而且這個陣法對布陣的人要求極高，就連他師父那種高人布完這個陣法也足足躺了半個月沒起來，現在渾身骨頭還軟著呢，要不然也不會把取龍骨這麼重要的事交給他們。

不過即使今天來了強勁的對手他們也不能退讓，這鎖龍局最多撐兩個月就會被龍氣頂開，而現在時間已經過去了一半。他們必須在今天得手，師父可沒有第二套家當來布這個陣法了。

在三人打量著林清音評估她能力的時候，在旁邊聽得津津有味的韓老頭越聽越糊塗。不是說龍是神話裡的嗎？怎麼會留下什麼龍骨，還有什麼龍氣害得自己家人生病，怎麼聽起來這麼誇張。

韓老頭有些不高興地看著林清音。「妳到底會不會啊？怎麼聽著像胡說八道呢？還不如他們說的大凶之物聽來可信呢！」

林清音一臉無奈地指了指那邊的三個人。「若不是為了龍骨你以為他們三個是幹麼來的？你們家外面的鎖龍局就和他們三個有關。」

三個人雖然心虛得眼神飄移，但嘴上卻死不認帳。「沒有，不是我們幹的，我們什麼都不知道。」

韓天海雖然覺得龍骨的事聽著有些玄，但是自己既然請林清音來了就得信任她，所以直接從工具間拿了個鐵鍬出來。「林大師，妳說龍骨在哪兒？我挖出來！」

韓老頭見兒子也相信龍骨的事，覺得可能是自己真的不懂，畢竟自己兒子是大學教授，還是很有文化的。

既然真的有龍骨，韓老頭覺得還是不要隨便挖比較好，他連忙攔著說道：「不是說因為外面有鎖龍局的原因我們家才生病的嗎？既然這樣，直接把陣法破開不就得了。」

三人聽到這話心裡不免都嗤笑了一聲這老頭見識短，這鎖龍局布局難破局更難，就連他師父都沒這個本事，更何況這個小丫頭。

林清音腳尖在地上點了點。「這院子現在就像是一顆打滿氣的氣球，破局宛如那針扎氣球，氣流會直接將這裡炸平。若是先將龍骨取出挪到陣法外面，再將院子裡面的龍氣吸走，這時候破開陣法才是最安全的。」

「爸你就別跟著添亂了！」韓天海把老爺子往屋裡推。「這馬上就要下雨了，你趕緊進屋去！」

老頭頓時不樂意了。「不行，我活了一輩子還沒見過龍骨呢，我要看看長什麼樣！」

「這有什麼好看的？」韓天海氣得直跺腳。「你是能拿這骨頭煮肉還是燉湯啊？我們都是普通人，這東西對我們來說就是個招災惹禍的累贅，你別看也別想，全家人平平安安的比較重要！」

韓老頭想了一下也被說服了，他轉身進屋搬了個凳子坐門口看，他不想要什麼龍骨，就想看看那龍骨長什麼模樣。

「林大師，我是不是先把這地磚撬開？」韓天海拿著鐵鍬戳了戳青石板。「不知道要掀開幾塊？」

林清音搖了搖頭。「不用這麼麻煩，你們讓開一些。」

姜維和韓天海聽話的站到了林清音的後面，但是那三個人就是為了龍骨而來，自然不會聽林清音的話，反而往前邁了兩步，站在離林清音前面不遠的位置。站好以後三人還偷摸的互相使了眼色，打算在龍骨出土的瞬間將東西搶走，這丫頭小胳膊小腿肯定打不過他們。

林清音走到院子中間，那三個人趕緊跟了過去，就站在林清音身前一公尺的位置。林清音看了他們三人一眼微微一笑，然後腳尖往地上輕輕一點。只見青石和泥土猛然從地下掀了起來，連泥帶土帶石板朝三個人飛過去，直接將三人撞出去三、四公尺遠，被泥土石子打得灰頭土臉。

這還不要緊，最令人驚恐的是那塊長寬各有一公尺的青石板也飛到了半空中，正好在那三人的腦袋上方急速地往下落。

這石板一掉下去，恐怕這三人的命就沒了，林清音和韓家肯定要為此負責，賠錢是少不了的，說不定還有牢獄之災。林清音自然不會讓他們死得這麼容易，抬起手輕輕一揮，那塊巨大的青石板瞬間往旁邊移了三、四公尺，林清音又凌空用手一托，將那塊石板穩穩地放在地上，免得摔壞了。

三個人剛才被巨大的恐慌淹沒，眼睛都盯著那塊石板沒敢往別處看，根本就沒注意到林清音的動作。但是韓天海就不一樣了，他就站在林清音的身後，看到林清音明明離那青石板有四、五公尺遠，但輕飄飄的一揮手就改變了石板墜落的方向，這簡直是打破他活了半輩子積累的物理常識。

韓天海覺得，林清音有點像神話故事裡的仙人，好像無所不能。

院子中間多了一個四、五公尺的深坑，姜維探頭往下面看，並沒有看到骨頭之類的東西。他興奮地拿起一旁的鐵鍬。「小師父，是不是還要往下挖啊？我來替妳幹活吧！」

林清音似笑非笑地看他一眼。「至少得挖五十公尺，你一把鏟子準備挖到什麼時候？」

「五十公尺？」這回不僅韓天海愣了，就連三個人都面面相覷。他們自然知道龍骨埋藏的地方不會那麼淺，但他師父估算也就二十公尺，所以他們的符紙和工具都是以二十公尺的位置準備的。要是穩妥一點，應該準備力量更大的符紙，只可惜實力不允許，光準備這些都快要了他們的老命。

看著林清音兩手空空什麼都沒帶，三人坐在土堆裡直嘀咕。「你說她都沒有符紙也沒有工具，怎麼把龍骨挖出來？」

第八十章

「管她怎麼挖，我們只管搶就行。」坐在土堆中間的大師兄，身上的唐裝現在看來就和抹布一樣，他伸手往口袋裡摸了半天才拽出來兩張符紙，分別遞給兩個師弟。「這小丫頭本事不小，我看我們三個加起來還真未必能打得過她。一會兒龍骨出來了，我帶著龍骨先跑，你們兩個先替我撐一撐攔住她，實在撐不住再貼上神行符跑。」

看著兩人有些不情願的神色，唐裝男的聲音裡帶了幾分嚴厲。「你們想想師父為了這個龍骨付出的代價，要是龍骨拿不回去，我們三個都活不成，死了以後魂魄還都逃不出師父的手心。」

另外兩個人想起了什麼似的，臉色頓時變得煞白，當下什麼話都不敢說了，捏著符紙從土堆裡站了起來，一副豁出去的表情。

三個人灰頭土臉的走到坑邊，誰也不吭聲。都到這個時候了，他們已經沒有必要掩飾什麼了，反正掩飾人家肯定也不相信，反而顯得自己和跳梁小丑一樣可笑。

林清音用神識圍著龍骨轉了一圈，龍骨似乎感應到了神識的刺探，掙扎著想反抗，可周圍忽然出現一個金網將它牢牢的鎖在裡頭。

林清音的神識落在了金網上，這也是一個鎖龍陣，可這個鎖龍陣比這院子外面的高級多了。這個陣法是附在骨頭之上，並不會禁錮龍氣。林清音猜測當初有大能用這個陣法鎖住了這條龍，後來龍雖然死了，但陣法依然附著在它的身上。

這樣看來，當初吞了龍珠的那條鯉魚是逆天的好命，而稀裡糊塗把鯉魚給吃了的姜維簡直好命到人神共憤。想到那顆不知道什麼味道的龍珠，林清音氣得轉頭瞪了姜維一眼。

「哼！」

突然被林清音瞪了一眼的姜維迷糊的摸了摸自己的腦袋，小心翼翼地湊過來問道：「小師父怎麼了？」

「沒事！」林清音委屈地說道：「你離我遠點站。」

「哦！」姜維雖然覺得有些莫名其妙，但還是聽話的找了個離林清音最遠的位置，老老實實站在院子的角落裡發呆。

林清音耍了一下小脾氣後覺得心裡痛快多了，她將神識探入地下，飛快找到陣法破損最嚴重的位置，用神識狠狠將它撕開。龍骨雖然沒有了意識，但是依然有本能，在鎖龍陣破開的瞬間一個翻身，從地底下衝了出來。

林清音破陣法的時候是閉著眼睛靠神識的，但是對面三個人卻不知道，他們看林清音閉著眼睛像打瞌睡似的，一個個的都有些迷糊，正彼此交換著眼神，忽然對面的林清音猛然睜開了眼睛，嚇得他們三人同時往後退了一步。

就在這時，一道輕微的龍吟從耳邊響起，緊接著一根瑩白色的骨頭從坑裡飛了出來，徑直朝站在牆根打哈欠的姜維撞了過去。

姜維一個哈欠還沒打完，就感覺胸口被什麼東西撞擊了一下，他捂住心臟的位置後退了兩步，等拿開手以後卻發現手心裡空空的，什麼東西都沒有，他一臉茫然地往四周看了看。

「誰打我？」

所有人都轉頭看著姜維，在他們眼裡，那根龍骨頭一出來就直奔姜維而去，撞到他胸口後就憑空消失了。

韓天海盯著姜維的胸口直看，要不是顧忌自己的身分他真的想把姜維的衣服掀起來看看，他總覺得那裡頭可能藏了一個黑洞。

然後這一切在林清音的眼裡則是另一個場景。她用神識試探那根龍骨的時候就發現上面殘留了一股本能，所以龍骨才會在地下那麼不安分地散發龍氣。而龍骨出來後徑直朝姜維而去，林清音還用神識攔了一下，可居然沒攔住。

龍骨掙脫開林清音的神識後，徑直朝姜維而去，在和他胸口接觸的一瞬間進入姜維的體內，和他胸前的一根肋骨合而為一。就在這時，院子裡的龍氣就像是找到了出口，瘋狂的往姜維身上湧入，姜維卻絲毫沒有察覺到這一切，還一臉委屈的摸著自己的胸口，總覺得自己被人偷襲了。

林清音抬起手來掐算，這卦象就像是被一個看不見的薄紗擋著，怎麼算都不明晰，只隱隱約約能看出姜維和這龍骨似乎有什麼關聯。

若是往這個方向想的話，姜維吞龍珠可能不僅僅是因為運氣好，估計有什麼更深層的淵源。

等著抓龍骨的三個師兄弟看到龍骨消失在姜維的胸前，頓時嚇得臉都白了，不管不顧的直衝過去，兩個人拽著姜維的胳膊，唐裝男在他胸口摸來摸去，嘴裡發出了絕望的哭泣聲。

「藏哪兒去了？你把龍骨藏哪兒去了？」

姜維被摸了好幾下才反應過來自己被吃了豆腐，一揮手將三人甩出去，義憤填膺地用胳膊捂住了胸。「色狼！」

唐裝男被摔坐在地上哭得老淚縱橫。這龍骨怎麼就沒了呢？

龍骨的事解決了，龍氣也都鑽入姜維的體內了，林清音走出院子輕輕地跺了一下腳，那三人師父用大半輩子家當布的鎖龍陣陣眼就被硬生生踩碎了，陣法頓時失去了效力。

感受到陣法失效，三個人哭得更傷心了，不是說布陣難解陣更難嗎？怎麼人家一跺腳陣法就碎了，他們拿什麼賠給師父啊！

布這種鎖龍陣是要遭天譴的，三個師兄弟在其中又沒少幫忙，這陣法一破天雷就找上了他們，一道驚雷在他們腦袋上方炸響。

三個師兄弟哭得正淒慘的時候被雷聲嚇了一跳，不由得想起剛才林清音說的天雷，頓時嚇到抱頭鼠竄，連滾帶爬往院子外面跑。但那雷就像是逗他們玩一樣，一路追著他們猛劈，每次都正好在他們的腦袋上炸開，韓天海站在院子裡都能聽見一百公尺外三人淒慘的叫聲。

雨滴噼哩啪啦地落了下來，滿院子的土頓時變得泥濘不堪，林清音一邊叫大家趕緊回屋一邊一甩袖子，只見院子裡的土突然打起了漩渦，全都被回填到那個坑裡，最後連那塊巨大的石板也飛回到原位，絲毫看不出有被挪動的痕跡。

林清音轉身也進了屋，別看她在院子裡淋了一、兩分鐘，可頭髮衣服都乾乾淨淨的，就像是沒被淋過雨一般清爽。

姜維已經踏入仙途，自然知道是什麼緣故，但韓老頭不一樣，他現在看林清音的眼神簡直就像是看神仙，就差沒拿三炷香朝林清音拜一拜了。

林清音被看得十分不自在，看了看旁邊神色淡然的韓天海，心裡不由得誇獎了一番。不愧是教授，就是見多識廣。

陣法破了，龍骨消失了，龍氣也都鑽進姜維的體內，家裡因龍氣太足生病的幾個人不藥而癒。躺了一個月的韓美立刻從床上跳了下來，連續做了幾個高難度的舞蹈動作，覺得自己的身體似乎比生病之前柔軟了許多。

外面雷聲不斷，氣象臺緊急發布了雷電警報，內容也不敢確定說這雷打多久，只模稜兩可的寫今天白天到夜裡，明天的天氣等明天再說。

韓家人忙裡忙外的準備午飯，準備好好感謝一下這位像神仙一樣的大師。姜維閒得沒事在屋裡轉圈，時不時的摸摸胸口心臟的位置，總覺得那裡好像怪怪的。

大雨足足下了五個小時，等雨停後已經下午了，韓天海開車送姜維和林清音回學校，便回到辦公室休息，打開手機看看新聞，只見頭條新聞標題是：帝都遭遇雷電災害，已有一人死亡三人受傷。

韓天海連忙點開了那則新聞，被雷劈死的那個人據說是坐在家裡看電視，也不知道電視怎麼連了電，直接把雷給引進屋，簡直是人在家中坐，禍從天上來的最好範例。

至於那三個被雷劈的人更容易辨認了，雖然臉被打了馬賽克，但是那三人穿的衣服韓天海認得，正是從他家跑出去的那三個人。

韓天海心裡十分震撼，原來林清音不但會招雷，還能控制它們，想劈誰就劈誰啊！林清音哪裡是大師啊？簡直是大仙！

又到了週一，第一節就是哲學課，林清音揹著書包一路小跑，在教學樓前碰到了正準備去上課的韓天海。

見旁邊沒人，韓天海和林清音打了個招呼，小聲地叫。「林大仙早！」

林清音驚恐地瞪大眼。

韓天海看到林清音震驚的樣子，露出「我會保密」的笑容。「大仙，我都知道了。」

看著韓天海的表情，林清音凌亂了。

不是，你給我回來，你知道什麼了？你可是哲學系的教授，不能有封建迷信的想法啊！

周易社團每週都有活動，但林清音加入社團的時候就說了，她不會每週都去參加，要看自己時間安排。不過這事除了于震、李樂、周勇三人知道以外，並沒有告訴其他的社員。

上週的社團活動因為剛開學的緣故有一些社員沒有參加，不過在社團的群裡關於林清音的周易講解討論已經熱鬧得翻了天，讓沒有參加活動的社員看著十分眼熱，也讓騎自行車玩手機摔斷胳膊的李磊感覺十分鬱悶。

李磊其實是有些憤青性格，一開始他對林清音算卦的事並不是十分相信，但是聽說社長于震以及兩個幹事免費在林清音那算了卦，而其他人得被指定或者隨機抽取他就覺得很難以忍受。在他的認知世界裡，像他這種沒頭銜沒地位的人得到免費的機會才公平，要是其他人有而自己沒有那就是黑箱，就是行使特權，就是不公平。

李磊認為自己的想法是沒問題的，可在林清音說他騎自行車看手機容易撞樹、摔骨折的話後，他又覺得林清音是想惡意嘲諷自己，頓時覺得沒面子，才氣呼呼的走出活動室，一邊掏出手機在自己宿舍的群裡吐槽一邊跨上了自行車，結果剛吐完槽，他就撞樹了。

側趴在地上的李磊看著自己剛發出去的那條「她說會撞在樹上摔骨折」的那句話欲哭無淚。要不要這麼湊巧？太丟臉了！

疼得趴在地上起不來的李磊只能自己打臉，在剛吐完槽的群裡呼喚自己的室友來幫忙，室友們連安慰的話都沒打完就被這反轉給震驚了，突然都很想找周易社的小姑娘算卦怎麼辦？

不管怎麼樣，林清音只去了一次社團就紅了，社團的群裡每天都能刷出幾千條的消息，除了討論林清音講的周易以外，李楠楠也講了不少林清音在齊城算卦的事，甚至還有新生把林清音在迎新會上表演的魔術影片也發了上來。

在群組潛水的韓天海看了影片後，覺得自己的猜測絕對是正確的。

這根本已經脫離了魔術的範疇，這就是法術！

韓天海覺得這幾天的時間他研究了一輩子的哲學觀點已經碎成了渣渣，不知道改學習其他專業來不來得及？反正哲學和宗教是一個系的，他不如去研究宗教吧，就是不知道林大仙修的是什麼，也不知道能不能問。

被熱烈的討論了一個星期，第二次社團活動的時候社員們的情緒十分高漲，幾乎所有的人都來了，只有林清音沒來。
在聽到這個答案後，不僅學生們發出了一陣哀嚎，就連早早等候的韓天海也一臉失望，他還想聽林清音講周易呢。
不過韓天海失望以後又飛快的調整了心態，林清音不來沒關係，社員們可以把林清音上次講過的周易拿出來探討。韓天海雖然把錄音連續聽了一個星期，但是很多內容依然覺得一知半解，就連他都如此，那學生們更不用說了。
韓天海越想越覺得這個主意好，甚至覺得林清音是有意不來，就是為了讓大家反覆溫習，自行體悟。
自認為摸清了林清音的韓教授十分興奮，拿著自己的筆記本坐到了給林清音預留的位置上。正準備說話的時候他猶豫了一下，若是他直接叫林清音的名字總覺得顯得不尊重，要是叫大仙又有些封建迷信，猶豫了一下，決定還是稱她為大師。
「上次活動課林大師給大家講了周易的內容，這次活動課我們就林大師的講課內容進行探討。」韓天海說完掏出手機放了兩句錄音，然後說道：「這句話林大師是這麼講的……」
聽著韓教授一口一個林大師，社員們一臉震驚，就連帶著不滿情緒來的李磊都服了。
連教授都管林清音叫大師了，他還能說什麼？這說明他活該撞樹唄！

林清音和室友在校外吃完飯，慢慢閒晃回到學校散步，剛繞著湖轉了一圈，就碰到了剛參加完社團活動的社員們。社員們聽了一晚上的「林大師」，現在見到林清音一個個都像條件反射似的，順口就叫了一聲林大師。

叫的人多，聲音難免也就大了些，引起不少納涼散步的同學的側目，朱承澤就是其中一位。

林清音最近在學校裡的名氣直線上升，朱承澤就是聽了關於林清音的傳聞後才有了算卦的想法。只是他又有些猶豫，不知道該不該算這個卦，正坐在湖邊的長椅上思考這個問題，就聽到有人叫林大師。朱承澤順著聲音看過去，正好和身穿白色長裙的林清音對視了一眼，他頓時覺得自己現在就應該去算一卦。

和社員們打了招呼，林清音看著走到面前的朱承澤，神色淡淡地問道：「找我算卦？」

「是的！」朱承澤緊張地吞嚥了一下口水。「我聽說您兩千五一卦，不知道是不是真的？」

「是真的。」林清音問道：「你要算嗎？」

朱承澤連忙點了點頭。「我要算！」

「那你跟我來。」

林清音和陳子諾三人打了聲招呼，帶著朱承澤去了周易社團的活動室。李樂和周勇剛整理完教室，正準備關燈鎖門的時候就見林清音來了，頓時喜出望外地喊了一聲。「林大師，您怎麼來了？」

林清音指了指朱承澤說道：「我借活動室用一下，給人算個卦。」

「行！」李樂直接把自己的鑰匙摘下來遞給了林清音，笑嘻嘻地說道：「這把鑰匙就給您用了，以後您什麼時候想用什麼時候自己過來開門就行，這樣方便一些。」

林清音向李樂道了謝，等人走了，她才隨便拉了張椅子坐下來，點了點桌子示意朱承澤坐在自己對面。「你想算什麼？」

坐到林清音對面，朱承澤又有些猶豫了，似乎不知道該不該算這卦。林清音靜靜地看了他一分鐘，忽然開口問道：「是給你母親算卦嗎？」

朱承澤抬起頭，臉上閃過一絲訝然的神色。「這都看得出來？」

既然林清音都看出來了，朱承澤當即把事情說了出來。「我家住在帝都旁邊的海北省，我們那喪葬文化濃厚，尤其是在農村，有很多封建愚昧的思想，特別信鬼神一類的東西。」他有些愁苦地嘆了口氣。「我媽就是從事類似的職業，她是一個通陰人。」

林清音還是第一次聽說這個職業，有些好奇地問道：「什麼叫通陰人啊？」

「有些人因為種種原因想和去世的親人說說話，這個時候就是找通陰人，通陰人就是拿自己當媒介，讓死去的人把魂魄臨時上身。」朱承澤臉上露出了痛苦的神色。「我媽就是那個媒介。」

林清音上輩子沒接觸過這類人，這輩子也是第一次聽說，不過從朱承澤的面相上看，他媽媽已經有短壽的跡象了。

「起初我以為我媽是騙人的，畢竟我們村裡也有神婆、神漢、算卦的，就沒一個靈驗。不過我們那有些儀式和習俗還必須得用他們，所以即便知道他們不靈也總有人請他們，一個月下來總能成幾筆生意，這一個月生活費就有著落了。」朱承澤嘆了口氣。「我以為我媽也是這種的，可是連假我回去發現，她有些不人不鬼的了，甚至變得不太像她。我當時就有些害怕，和她說不要再當通陰人了，我現在已經大三了，當家教完全能賺夠生活費和學費，甚至還能存不少錢，完全不用她那麼操勞。可我媽說，她回不了頭了。」

朱承澤說到這，抬起頭看著林清音。「我就想算算我媽是怎麼回事，她到底能不能變回正常人？」

林清音掏出了龜殼，慢慢撫摸著龜殼上的紋路說道：「從你面相上看，你媽媽已經少了十年的壽命，並且有繼續減少的跡象。若是想知道更詳細一些，我給你搖一卦。你先和我說下你媽媽的生辰八字。」

朱承澤急忙將母親的生辰八字說了出來，林清音將古錢放到龜殼裡，兩手扣住龜殼輕輕搖晃起來。

林清音搖卦的時候看起來十分神聖，看起來就像在進行一個古老而隆重的儀式，看得朱承澤也不禁神色肅穆起來。

連搖六次，卦象合到一起，林清音皺起眉頭。「你媽的情況比較複雜，不是算一卦就能解決的，我週末陪你去看看。」

朱承澤鬆了口氣，連忙站起來朝林清音鞠了一躬。「謝謝林大師。」

朱承澤家離帝都不算遠，坐火車兩個小時就到了。姜維身上多了根骨頭，龍氣濃郁到連護身符都快遮不住了，林清音便沒帶他，抱著龜殼上了火車。

下了火車又轉了兩次公車，終於到了這個看起來有些落後的小村落。林清音看了看村裡的風水，眉頭不禁皺了起來，這裡的陰氣有些太濃了。

如今的世界靈氣稀薄，陰氣也是如此，所以並沒有太多鬼魂在外面遊蕩，可這個村裡卻和其他地方不太一樣，可看著又沒有陣法的痕跡。

此時已經快到中午了，村裡的人收完莊稼扛著鋤頭往家裡走，林清音的目光從田地裡的墳頭上滑過，朱承澤見狀連忙解釋。「我們村裡人下葬也是找人看風水，只要看風水選中了地方，無論是耕地還是田莊都能下葬，主人家是不能拒絕的。」

林清音點了點頭沒說話，等再路過一個墳頭的時候她突然停了下來，轉頭問朱承澤。

「這是你父親的墳？」

朱承澤看著地裡的那個土包，沈默地點了點頭。「他在我上大學那年生病去世的，我媽就是為了給我湊學費才當了通陰人。」

朱家村的占地面積大，人少地多，所以顯得十分空曠。村子裡耕地和房屋並不是完全分開的，一路走過來一會兒是莊稼一會兒是房子，看起來十分凌亂。

林清音將神識放開，整個村落的情況便一覽無遺了。這個村子周圍有山有水，看起來景色不錯。可在林清音眼裡，兩座山將村子半包圍起來，像張開的大嘴一樣，將外面的污穢、陰邪之氣全都吸了進來。而那條圍著村子轉了一大圈的河流則將吸進來的晦氣帶到村子的每一個角落。

林清音來到這個世界這麼久，還是第一次看到風水這麼差的村落，怪不得這麼大地方只有四、五十戶人家。

朱承澤見林清音一直盯著自己父親的墳包看，有些不安地問道：「林大師，是不是我爸的墳有什麼不妥啊？」

林清音摸著手心裡的龜殼，聲音聽起來十分平淡。「誰給你爸爸點的墓穴啊？」

「是我媽選的。」朱承澤看著平平整整到連一根雜草都看不到的墓，聲音裡帶著幾分酸楚。「請人點穴要五百塊錢，若是點到別人家的地裡，也不能空著手去，至少得準備兩千塊錢的禮。我媽乾脆就將我爸葬在自己家的地裡了，說哪兒的風水都不如自家的風水好。」

林清音都不知道怎麼評論這件事了，這村子風水本來就不好，這塊地又是村子裡風水最差的一塊地。

也不知道是湊巧還是有意為之，這塊地正好是村子正中間的位置，八方陰氣匯集於此，而這個墳正好是最中心的那個點。更讓人無奈的是，朱家村有土葬的習俗，如今雖然天天宣揚要火葬，但不少村子都暗地裡土葬，上面對這方面管得也不是特別嚴。

朱承澤的爸爸就是土葬的。

林清音的神識從棺木裡那具栩栩如生的屍體上滑過，轉頭看向朱承澤。「走吧，帶我去你家。」

朱承澤家是二十年前蓋的房子，有三間房，看起來已經很舊了。只是這房子有一個奇怪之處，一共三間房卻只有兩個房門，其中一個房門明顯是新建的，門邊的牆壁甚至能看到被砸開的磚頭，看起來十分簡陋。

朱承澤對這個門看起來也十分無奈。「自從我媽做了通陰人以後就把她房間和堂屋之間的那道門堵死了，單獨開了這扇門，從那以後我就再也沒進過她的房間。」

林清音摸了摸龜殼，輕輕吩咐。「去敲門吧，就說有客人來了。」

——未完，待續，請看文創風1128《算什麼大師》5（完）

2022年10月出版

撿到潛力股相公

文創風 1109～1110

她當機立斷，花幾個銅板擬好婚書就把自己給嫁了，
而現成的相公正是那個她救回家養傷的瘦弱少年郎！
雖然至今昏迷不醒，但她已認出他是誰，這樁婚事將來穩賺不賠……

大力少女幫夫上位／晏梨

不速之客上門認親，聲稱她是工部陸大人失散的親生女，蕓娘反應出奇冷淡，
毫不猶豫關門送客，對那官家千金所代表的富貴榮華無動於衷！
開什麼玩笑，誰說認祖歸宗才有好日子過？
重活一世，她已不稀罕當那個被自家人欺負、最終短命而亡的柔弱千金，
姑娘有本事自力更生，憑著養父留下的殺豬刀，以及天賦異稟力大如牛的能耐，
當村姑賣豬肉何嘗不是好選擇？小日子勢必比悲摧的前世過得有滋有味～～
只是本以為裝傻能阻絕陸府的騷擾，怎料事情沒這麼簡單，煩心事接二連三，
無良大伯還來摻一腳，籌謀著想把她賣給隔壁村的傻子當媳婦，
想來她得先下手為強把自己嫁了，名義上有了夫婿，看以後誰還敢算計她！
好在身邊有個最佳的相公人選，正是她從雪地裡救回的落魄少年顧言，
雖說他有傷在身至今昏迷不醒，但已花了她不少銀兩及心力救治，
也該是他「以身相許」回報的時候了……

2022年10月出版

田邊的悍姑娘

文創風 1107～1108

雖然穿越到古代，但她沈瑜實在做不來那繡花小意的事，
她就種種田、打打怪，說不定還能為自己掙一個官兒來做做呢！

風拂過田野，聞到愛情的甜／碧上溪

沈瑜剛穿越到窮得響叮噹的沈家，就立刻體會到親情的殘酷。
娘親辛苦生了她們三姊妹，爺奶不疼便罷，父親死後就把她們當奴僕使喚，
原主菩薩心腸可以忍，但她可不是那種打落牙齒和血吞的弱女子，
欺人太甚的沈家，她絕對要他們加倍奉還！
她在沈家颳起的風暴，讓周圍鄰里都不敢惹她，
唯有那個不怕死的齊康例外——
這男人看著像京城的貴公子哥兒，卻跑來這窮鄉僻壤當縣令，
甫新官上任，就插手管她的家務事，
一把摺扇天天拿在手上，冬天也不嫌風大？
其他女子看到齊康都臉紅心跳，就她沈瑜不買單，
她忙著用她的「法寶」開荒種田、種靈芝，偶爾行俠仗義，
誰知他竟還對她起了興趣，引來不少流言蜚語，
要不是她得靠他這位縣令買田地發大財，她才不想跟他有什麼瓜葛！

2022年10月出版

見鬼了才當後娘

文創風 1104~1106

本來，她當一窩孩子的面吃香喝辣也不害羞，
可自打他們把她當親娘孝順、聽話，
她頓時慈母上身，不禁反省起來……

愛不在蜜語甜言，
在嘻笑怒罵下的承擔／霓小裳

何月娘穿越成乞丐後，最大的願望就是吃飽喝足恢復力氣。
因此，當陳大年這個剩一口氣的老男人，承諾給她溫飽，
並讓她照應他的六個孩子，不使陳家分崩離析時，她一口就應下了。
可憐她一個黃花大閨女，平白就有了六娃、兩兒媳、四個孫，
那陳大娃、陳二娃，都比她這個後娘年歲大了！
所幸陳大年逝去前強硬地將一家人擰成一條繩，接下來便是她的事了。
眼前一張張嗷嗷待哺的嘴，而這個家剩下的除了這棟房，
就餘下三兩二錢銀子，連給陳大年弄一副棺材的錢都不夠……
此外還有想欺負婦孺的親戚虎視眈眈，好在她填飽了肚子，
總算有力氣驅趕麻煩，並發揮她一手打獵的好功夫養家。
儘管她打獵、採藥掙得的錢，可比陳家給她那幾頓飯多得多，
但她既是答應負責任，那便會說到做到，可眼前這鬼是怎樣？
「我不放心孩子們，走了管道，讓一縷魂魄留在陽間一段日子……」
說來說去就是不信她，那怎麼不乾脆走走關係，從棺材裡爬出來呢？

2022年9月出版

糕手小村姑

文創風1102～1103

她的發家金句是——靠人人倒，靠吃最好！
客人的肚子跟銀子，統統等著被她的廚藝征服吧～～

點味成金，秋好家圓／揮鷺

因嘴饞下河摸魚摸到見閻王，穿到異世活一回後，好不容易重生回到扶溪村，
佟秋秋決定了，絕不再為口吃的跟小命過不去，她要賺大錢讓全家吃香喝辣！
前世身為打工達人的她，從點心廚藝到特效化妝無一不精，都是發財的好營生。
村裡什麼沒有，新鮮食材最多，先帶弟妹與小玩伴們用天然果汁和果酪攢本錢，
再教娘親搗豌豆製出美味涼粉，做起渡口和季家族學的買賣，便要進軍糕點市場，
尤其她的各式手工月餅，那是一吃成主顧，再吃成鐵粉，賣到府城絕對喊得起價！
但月餅攤子生意紅火惹來地痞鬧事，氣得她喬裝打扮去修理人，卻被敲暈綁走，
唉，這輩子不為食亡，竟要為財而死嗎？可看到「主謀」時，她的眼都直了——
是異世時一起在孤兒院長大的季知非！那張能凍死人的冰塊臉，她不會認錯的。
難道他也穿越了？前世他性子冷卻待她好，連遺產都給她，現在為何要綁架她呢？

風 文創

1127

算什麼大師 4

國家圖書館出版品預行編目資料

算什麼大師 / 懿珊著. --
初版. -- 臺北市 : 狗屋出版社有限公司, 2022.12
冊 ; 公分. --（文創風 ; 1124-1128）
ISBN 978-986-509-386-0（第4冊 : 平裝）. --

857.7　　　111018681

著作者	懿珊
編輯	林俐君
校對	吳帛奕
發行所	狗屋出版社有限公司
地址	台北市104中山區龍江路71巷15號1樓
電話	02-2776-5889～0
發行字號	局版台業字845號
法律顧問	蕭雄淋律師
總經銷	知遠文化事業有限公司
電話	02-2664-8800
初版	2022年12月
國際書碼	ISBN-13　978-986-509-386-0

本著作物由北京晉江原創網絡科技有限公司授權出版

定價270元

狗屋劃撥帳號：19001626

網址：love.doghouse.com.tw　E-mail：love@doghouse.com.tw